COLLECTION SÉRIE NOIRE
Créée par Marcel Duhamel

Parutions du mois

2294. CONFIDENCES SUR L'ESCALIER
(PASCALE FONTENEAU)
... et mensonges sur l'oreiller.

2295. FAUSSE BALLE
(PAUL BENJAMIN)
et vraie trappe.

2296. VALDEZ EST ARRIVÉ !
(ELMORE LEONARD)
Et il était pas content du tout.

1389. LA 5 VA SE FAIRE LA PAIRE
(E. RICHARD JOHNSON)
En 5 sec, et pas à la 6-4-2.

PAUL BENJAMIN

Fausse balle

TRADUIT DE L'AMÉRICAIN
PAR LILI SZTAJN

nrf

GALLIMARD

Titre original :

SQUEEZE PLAY

1

C'est le second mardi de mai que George Chapman m'appela. Son avocat, Brian Contini, lui avait donné mon nom et il voulait savoir si j'étais libre pour me charger d'une affaire. A n'importe qui d'autre, j'aurais probablement dit non. Je venais de passer trois semaines pénibles à chercher une jeune fille de dix-neuf ans pour le compte d'une famille de banlieusards aisés, et la dernière chose que je désirais en ce moment, c'était un nouveau client. Après avoir suivi des douzaines de fausses pistes, j'avais fini par retrouver la jeune fille à Boston où elle tapinait dans la Combat Zone *. Les seules paroles qu'elle m'adressa furent : « Casse-toi, sale flic. J'ai pas de papa, j'ai pas de maman, tu piges ? J' suis née la semaine dernière quand t'as enculé le clébard. »

J'étais fatigué et j'avais besoin de décrocher quelques jours. Les parents m'avaient octroyé une prime en apprenant que leur fille était encore en vie, et je pensais utiliser cet argent pour m'offrir des vacances à Paris. Mais quand Chapman appela, je décidai d'attendre. Je sentais que ce dont il voulait m'entretenir était plus

* Quartier chaud de Boston. (N.d.T.)

important que de contempler des tableaux au Louvre. Il y avait quelque chose de désespéré dans sa voix, et sa réticence à parler au téléphone éveilla ma curiosité. Chapman avait des ennuis et je voulais savoir de quoi il retournait. Je lui dis de venir à mon bureau le lendemain matin à neuf heures.

Cinq ans plus tôt, George Chapman avait réussi tout ce qu'un joueur de base-ball peut espérer accomplir en une saison. Il avait frappé une moyenne de 348, réussi quarante-quatre *homeruns,* marqué cent trente-sept points et reçu le Gant d'Or du meilleur joueur de troisième base. Cette année-là, les New York Americans avaient tout raflé. La première place de la division, le fanion du championnat et les World Series. Et au bout du compte, Chapman avait été nommé Meilleur Joueur de la ligue.

C'était presque irréel. A chaque fois qu'on ouvrait un journal, on avait l'impression que Chapman faisait la une pour un *homerun* en neuvième reprise ou un jeu extraordinaire sur le terrain. En ces années de grèves des éboueurs, de scandales politiques et de temps pourri, Chapman était devenu la coqueluche de la ville. Son portrait était si souvent imprimé qu'on commençait à voir son visage en dormant. Même les junkies du Lower East Side connaissaient son nom et un sondage effectué par l'une des radios locales avait révélé que ses traits étaient plus familiers aux gens que ceux du secrétaire d'Etat aux Affaires étrangères.

Chapman lui-même était un héros presque trop parfait. Il était grand et beau, parlait toujours avec franchise aux journalistes, ne repoussait jamais un gamin qui lui demandait un autographe. De plus, il était allé à Dartmouth où il avait étudié l'histoire, il avait une femme belle et sophistiquée, et possédait d'autres centres d'intérêt à côté du base-ball. Ce n'était pas le genre de type qu'on s'attendait à voir dans une pub vantant les mérites d'un déodorant masculin. Quand Chapman apparaissait à la télévision, c'était pour promouvoir le Metropolitan Museum ou solliciter des dons pour des enfants réfugiés. Cet hiver-là, après une saison extraordinaire, Chapman et sa femme avaient fait la couverture de tous les magazines. Le peuple américain avait découvert quels livres lisaient les Chapman, quels opéras ils préféraient, comment Mme Chapman préparait le poulet chasseur et à quel moment ils prévoyaient d'avoir des enfants. Il avait vingt-huit ans à l'époque et elle vingt-cinq. Ils étaient devenus le couple de l'année.

Je ne me rappelais que trop bien la saison de Chapman. La période avait été rude pour moi. Mon mariage se désintégrait, mon travail au bureau du District Attorney commençait à rancir et j'étais dans les dettes jusqu'aux yeux. A chaque fois que je me retournais, je voyais un taureau noir prêt à me piétiner. Quand le printemps était arrivé, je m'étais surpris à me réfugier dans mon enfance, à essayer de mettre un peu d'ordre dans mon petit monde en régressant vers une époque où la vie semblait encore pleine de promesses. L'une des choses auxquelles j'avais recommencé à m'intéresser était le base-ball. Son irréalité même avait sur moi un effet apaisant. Un moyen de diversion comme un autre face à la panade dans laquelle je me débattais. J'en avais assez de poursuivre en justice des adolescents noirs pour des vols à la tire, de mariner dans les salles d'audience en compagnie de gros flics suants, d'être confronté à des crimes où tout le monde se retrouvait en position de victime. Et j'en avais assez des disputes avec ma femme, assez de prétendre que ça pouvait encore marcher entre nous. Je faisais le dos rond, je me préparais à quitter le navire.

Au fur et à mesure qu'avançait la saison de base-ball, je m'étais mis à suivre les Americans avec de plus en plus d'attention, m'absorbant tous les matins dans l'étude des scores, m'arrangeant pour écouter les matches à la radio ou les regarder à la télévision aussi souvent que je le pouvais. Chapman m'intéressait plus que tous les autres membres de l'équipe parce que nous avions joué l'un contre l'autre au collège. Au moment où il faisait son numéro à la troisième base pour Dartmouth, je me traînais à la même place pour Columbia. Je n'ai jamais été ce qu'on appelle un espoir. J'ai dû frapper quelque chose comme 245 durant toute ma carrière au collège et décroché trois années de suite pour mon équipe le record des fautes sur la position que j'occupais. Tandis que Chapman faisait reculer les limites du lancer universitaire et s'apprêtait à signer un contrat avec l'une des grandes ligues, je me contentais de stagner à ma place, jouant pour l'amour du jeu, me préparant vaguement à faire mon droit. En suivant Chapman tout au long de cette saison, je m'étais mis à penser à lui comme à un alter ego, une part imaginaire de moi-même qui aurait été immunisée contre l'échec. Nous avions le même âge, la même taille et nous avions reçu la même éducation prestigieuse. La seule différence entre nous était anatomique : il avait le monde à ses pieds et moi, le monde me tenait par les couilles. Quand il se dirigeait vers le marbre sur le stade, je me surprenais parfois à l'applaudir si fort que j'en étais gêné. On aurait dit que ma rédemption tenait à sa réussite et l'idée de reporter tant d'espoirs personnels sur quelqu'un d'autre me faisait peur. J'étais devenu un peu fou, cette année-là. Mais Chapman continuait à si bien se défendre, jour après jour, qu'en un sens, je suppose, il m'avait empêché de couler à pic. Sans doute haïssais-je aussi ce type jusqu'à la moelle.

Ce fut la dernière saison de Chapman dans les grandes ligues. Toute la jalousie secrète que j'avais pu éprouver envers lui s'était envolée une nuit de février juste avant le début de l'entraînement de printemps. Rentrant en ville au volant de sa Porsche après un banquet dans le nord de l'Etat, Chapman avait heurté un semi-remorque de plein fouet. On avait d'abord pensé qu'il n'en réchapperait pas. En fin de compte, il survécut, mais avec la jambe gauche en moins.

Ensuite, pendant un an ou deux, on n'avait plus beaucoup entendu parler de George Chapman. Un petit article par-ci par-là — « Chapman équipé d'une jambe artificielle » ou encore « Chapman rend visite aux handicapés » — et ce fut tout. Puis, au moment où on pensait qu'il allait disparaître définitivement, il avait publié un livre sur son expérience, *Les Pieds sur terre*, qui avait connu un énorme succès et l'avait ramené sur le devant de la scène. S'il est une chose que l'Amérique vénère plus qu'une vedette, c'est une vedette qui réussit un come-back. Le talent et la beauté suscitent toujours l'admiration mais ceux qui possèdent les deux sont un peu loin de nous, comme s'ils existaient dans une sphère coupée de tout contact avec le monde réel. La tragédie rend les stars plus humaines, prouve qu'elles sont vulnérables comme nous tous, et lorsqu'elles parviennent à se reprendre en main pour remonter au sommet nous leur réservons une place à part dans notre cœur. Chapman, on ne pouvait le nier, avait l'étoffe des stars. Ils n'étaient pas nombreux, ceux qui auraient pu réussir à bâtir une seconde carrière sur une jambe amputée. Mais dès l'instant où il était réapparu, il n'avait plus quitté les feux de la rampe. Il était devenu l'un des défenseurs les plus en vue des droits des handicapés, parrainant les Olympiades en fauteuil roulant, témoignant aux audiences du Congrès, se produisant dans les émissions de télévision spécialisées. Un siège de sénateur se trouvant vacant pour l'Etat de New York, certains démocrates influents poussaient maintenant Chapman à se présenter. On racontait partout qu'il allait annoncer sa candidature avant la fin du mois.

Il arriva quelques minutes en avance, marchant d'un pas raide avec sa canne à pommeau d'argent, et me serra la main avec la froideur cérémonieuse d'un diplomate. Je désignai une chaise et il s'assit sans sourire, parfaitement droit, la canne entre les jambes. Chapman avait un visage large et musclé, les yeux étirés d'un Apache, et l'aspect impeccable de sa chevelure châtain clair m'apprit qu'il était du genre à prendre son image au sérieux. Il paraissait toujours en excellente forme. A l'exception d'une touche de gris aux tempes, il n'avait rien perdu de sa jeunesse ni de cette autorité physique qui émane de tous les athlètes. Et pourtant, derrière tout cela, il y avait dans ses traits quelque chose qui me rendait circonspect. Les yeux bruns ne semblaient pas au diapason. J'eus l'impression qu'ils étaient trop déterminés, trop fixes, comme s'il les forçait, je ne sais comment, à ne jamais laisser filtrer la moindre spontanéité. Chapman m'apparut comme un homme décidé à ne pas céder un pouce de terrain. Quiconque n'acceptait pas de jouer selon ses règles ne jouerait pas du tout. Pas vraiment le genre de comportement qu'on attendait d'un aspirant politicien. Plus qu'à tout autre chose, il me faisait penser à un soldat de plomb.

Il n'essayait pas de cacher son déplaisir à se trouver dans mon bureau, et quand il s'assit en promenant un regard autour de lui, il avait l'air de quelqu'un qui se retrouve seul la nuit dans un quartier mal famé. Je refusai de me laisser démonter. La plupart des gens qui entrent dans mon bureau ne s'y sentent pas très à l'aise et Chapman avait probablement pour cela de meilleures raisons que les autres. Il ne perdit pas de temps et m'expliqua d'emblée pourquoi il était venu. Apparemment, quelqu'un cherchait à le tuer.

« Brian Contini me dit que vous êtes intelligent et que vous travaillez vite », déclara-t-il.

« Chip Contini a toujours surévalué mes capacités », répondis-je. « C'est parce qu'on avait toujours les mêmes notes en fac de droit et que je bûchais deux fois moins que lui. » Chapman n'était pas d'humeur à m'écouter évoquer de plaisants souvenirs. Il me jeta un regard impatient tout en jouant nerveusement avec le pommeau de sa canne. « Je suis flatté que vous m'ayez appelé », continuai-je, « mais pourquoi n'êtes-vous pas allé raconter ça à la police ? Ils sont mieux équipés que moi face à ce genre d'affaire et pour vous, ils feraient tout ce qui est en leur pouvoir. Vous êtes un homme important, monsieur Chapman. Je suis sûr qu'on vous réserverait un traitement de faveur. »

« Je ne veux pas que cette histoire arrive au grand jour. Elle entraînerait un déferlement de publicité tout à fait ridicule et détournerait l'attention de choses bien plus importantes. »

« Il est question de votre vie. Qu'y a-t-il de plus important ? »

« Il y a deux manières de régler cette affaire,

monsieur Klein. Une bonne et une mauvaise. Je veux utiliser la bonne. Je sais ce que je fais. »

Je me renversai sur ma chaise et attendis que le silence s'installe de façon à rendre l'atmosphère légèrement désagréable. L'attitude de Chapman attisait ma mauvaise humeur et je voulais qu'il comprenne exactement où il mettait les pieds.

« Vous dites que quelqu'un essaye de vous tuer. Qu'entendez-vous par là exactement ? Qu'on a tenté de vous pousser par la fenêtre ? Qu'on vous a tiré dessus ? Que vous avez vu quelqu'un verser de l'arsenic dans votre Martini ? »

« Je parle de cette lettre », répondit tranquillement Chapman. « Elle est arrivée lundi. Avant-hier. »

Il plongea la main dans la poche intérieure de sa veste de cachemire beige. Les vêtements de Chapman étaient élégants et décontractés, comme seuls savent l'être ceux des nantis. La plupart des joueurs de base-ball s'habillent comme s'ils sortaient d'un bar hawaiien pour célibataires, mais Chapman était Madison Avenue jusqu'au bout des ongles, pantalon anthracite et chaussures à cent dollars inclus. Je me dis qu'il dépensait probablement plus chaque année pour ses sous-vêtements et ses chaussettes que moi pour la totalité de ma garde-robe.

Il sortit une simple enveloppe blanche de format commercial et me la tendit par-dessus le bureau. Elle portait l'adresse de son appartement de l'East Side et le cachet de la poste centrale. L'adresse avait été dactylographiée sur une machine à écrire électrique, peut-être une IBM Selectric. J'ouvris l'enveloppe et lus la lettre qu'elle contenait. Elle avait été tapée sur la même machine et remplissait toute la page.

Cher George

Tu te rappelles le 22 février, y'a cinque ans ?

On dirait pas, vu comme tu te conduis ces derniers temps. T'as eu de la chance cette nuit-là d'être vivant quand on t'a tiré de l'épave. T'en aura peut être pas autant la prochaine fois.

T'es un gars intellijent George, alors pas la peine qu'on te fasse un dessin. On avait un accors et t'es sensé t'y tenir. Ça veut dire que sinon...

Il paraît que tu vas être candidat. Au train où ça va, on dirait bien que t'es surtout candidat pour le grand froid.

Un ami.

Je levai les yeux sur Chapman dont le regard d'acier ne m'avait pas quitté pendant que je lisais la lettre.

« Pas besoin d'être un génie pour voir que ça ressemble à du chantage », fis-je. « Qu'en pensez-vous, Chapman ? Est-ce que quelqu'un a essayé de vous taper ? »

« Tout le problème est là », dit-il. « Je ne sais pas de quoi parle cette lettre. Elle insinue que je n'ai pas respecté les termes d'un marché. Pour commencer, je n'ai jamais conclu de marché avec qui que ce soit. »

« Elle laisse aussi entendre que l'accident n'en était finalement pas un. »

Chapman secoua la tête, comme s'il essayait de s'éclaircir l'esprit, de renvoyer dans l'ombre le souvenir de ce qui s'était passé cette nuit-là, cinq ans plus tôt. Pendant un bref instant, il parut plus vieux, presque épuisé. L'effort qu'il fournissait pour affronter le passé lui était pénible, et pour la première fois, je vis sur son visage une souffrance qu'il était parvenu à cacher jusque-là.

« Croyez-moi », dit-il lentement, « c'était un accident. J'ai dérapé sur le verglas pour éviter une branche d'arbre tombée au milieu de la route et j'ai foncé droit sur un camion qui arrivait en sens inverse. C'est beaucoup trop improbable pour avoir été préparé. Et pourquoi se serait-on donné tout ce mal ? »

« Et le chauffeur du camion ? » demandai-je, remontant le fil de ma pensée. « Vous vous rappelez son nom ? »

« Papano... Prozello... » Il s'arrêta. « Je ne m'en souviens pas exactement. Un nom italien qui commence par P. Mais imaginer qu'il y a quelque chose de ce côté-là me paraît vraiment tiré par les cheveux. Le type était sincèrement bouleversé quand il a découvert que j'étais le conducteur de la voiture. Il est venu me voir à l'hôpital et m'a supplié de lui pardonner alors qu'il n'était même pas responsable. »

« Où s'est produit l'accident ? »

« Duchess County, sur la route 44 près de Millbrook. »

« Mais le banquet avait lieu à Albany, n'est-ce pas ? Pourquoi n'étiez-vous pas sur l'autoroute, ou du moins sur la Taconic Parkway ? »

Chapman parut soudain embarrassé.

« Pourquoi me demandez-vous ça ? »

« C'est un long trajet, d'Albany à New York. Je suis curieux de savoir comment vous vous êtes retrouvé sur une petite route de campagne. »

« Eh bien », fit-il, se ressaisissant maladroitement, « j'étais assez fatigué et je me suis dit que si je quittais l'autoroute, la conduite serait moins pénible. » Après une pause théâtrale, il ajouta : « De toute évidence, je me trompais. »

A ce stade de la discussion, je ne voulais pas dévier du sujet, aussi classai-je ce petit détail dans un coin de ma tête pour y réfléchir ultérieurement.

« Il y a quelque chose qui sonne faux dans cette lettre », dis-je. « Elle paraît très menaçante, et pourtant, je ne sais pourquoi, il s'en dégage une sensation d'imprécision. Si, comme vous le dites, vous ne savez rien du marché auquel elle fait allusion, elle n'a absolument plus aucun sens. Je me demande si vous avez envisagé la possibilité d'un canular, d'un truc écrit par un détraqué, ou même d'une blague que vous aurait faite un de vos amis. »

« Si j'avais pensé que cette lettre était un canular », répondit Chapman, « je ne vous aurais pas téléphoné hier, et je ne serais sûrement pas venu vous voir dans ce bureau à neuf heures du matin. Il va sans dire que j'ai envisagé toutes les hypothèses. Mais au bout du compte, ça ne fait aucune différence. Cette lettre existe, et la seule manière de s'en occuper est de la considérer comme une menace sérieuse. Je ne veux pas me contenter de penser qu'il s'agit d'une blague et finir assassiné dans une ruelle obscure parce que j'ai fait le mauvais pari. »

« Posons les choses autrement. A ce que je sais, vous avez toujours eu beaucoup de succès et vous êtes très aimé. Y a-t-il quelqu'un qui vous haïsse, qui vous haïsse au point de penser que le monde serait un endroit plus agréable si vous n'y étiez plus ? »

« J'ai passé ces deux derniers jours à essayer de répondre à cette qucstion. Franchement, je ne vois personne. »

« Bon. Essayons une autre approche. Comment va

votre couple ? Votre vie sexuelle ? Où en est votre situation financière ? Où en êtes-vous sur le plan professionnel ? »

Chapman ne me laissa pas continuer.

« Epargnez-moi vos sarcasmes », coupa-t-il. « Je ne suis pas ici pour vous raconter ma vie. Je suis venu vous engager pour trouver la personne qui veut me tuer. »

« Ecoutez, Chapman », rétorquai-je d'un ton brusque, « je n'ai même pas encore décidé si j'allais travailler pour vous. Mais si j'accepte, j'aurai besoin de votre totale coopération du début jusqu'à la fin. Les gens ne lancent pas des menaces de mort par pur caprice, vous savez. Ils ont des raisons, froides, dures, généralement en rapport avec le sexe, l'argent ou l'un de ces sujets dont personne n'aime parler. Si vous voulez que je retrouve l'auteur de cette lettre, vous devez accepter de me laisser retourner votre vie comme un gant, parce qu'à coup sûr ou presque, c'est là que la réponse est enfouie. Ça risque de ne pas être très agréable pour vous, mais au moins vous resterez en vie. Je présume que c'est le but recherché ? »

Par principe, je n'aime pas parler de cette façon à mes clients. Parfois, pourtant, cela se révèle nécessaire, surtout quand les choses s'enclenchent mal. Une enquête est toujours un sale boulot, mais pas pire qu'un crime, et il est préférable de faire comprendre aux gens que si décidé soit-on à les aider, ils risquent d'y laisser des plumes. C'est un jeu où personne ne gagne. Il n'y a que des perdants. La seule différence, c'est que certains perdent plus que d'autres.

Chapman se montra plein de contrition et s'excusa de bonne grâce, ainsi que je l'avais espéré. Bien qu'il eût sur lui-même moins d'emprise qu'il ne le prétendait — ce qui le plaçait continuellement sur la défensive — je me surpris à ne pas pouvoir le détester. Il constituait un curieux mélange de discernement et de stupidité. Un homme avec des œillères et néanmoins capable de percevoir les choses avec une surprenante clarté. Les contradictions de sa personnalité m'intéressaient. Derrière ses airs pleins d'assurance, on devinait quelque chose de pathétique, comme s'il ne s'était pas encore totalement réconcilié avec lui-même. Je ne désirais en aucun cas devenir son ami, pourtant, j'avais envie d'essayer de l'aider. Je compris que je voulais m'occuper de cette affaire.

« Désolé », dit-il. « Vous avez absolument raison. Ces deux derniers jours m'ont mis à rude épreuve et je ne me sens pas moi-même. En général, je suis un homme très heureux. Je sais que ça paraît dur à croire, mais perdre ma jambe a été pour moi un événement positif à bien des égards, et je crois que ça m'a rendu meilleur. Maintenant, j'ai un but dans la vie et je travaille pour des choses qui me sont importantes. Mon épouse est une femme merveilleuse qui m'a soutenu tout au long des moments difficiles qui ont suivi l'accident et je l'aime profondément. Je n'ai pas de maîtresse, ma situation financière est saine et je trouve mon travail très satisfaisant — ceci pour répondre à vos questions. La seule chose que j'aimerais savoir c'est pourquoi quelqu'un pourrait bien vouloir me tuer ? »

Il me regardait d'un air indécis, le visage empreint de sincérité et de perplexité. Ou bien Chapman était un excellent acteur, ou bien il menait réellement une vie irréprochable. Je ne savais que penser. Il semblait presque trop franc, trop empressé à me convaincre avec ses belles paroles. Je voulais le croire, pourtant quelque chose résistait au fond de moi. Si j'acceptais le récit qu'il donnait de sa vie, je n'avais rien sur quoi démarrer mon enquête. Pourtant, quelqu'un souhaitait vraiment sa mort.

« Et l'angle politique ? » demandai-je. « Peut-être qu'on n'aime pas l'idée que vous deveniez sénateur. »

« Je n'ai rien annoncé officiellement. Comment pourrais-je être une menace pour qui que ce soit alors que je ne suis même pas encore candidat ? »

« Avez-vous l'intention de vous présenter ? »

« Je pensais prendre ma décision à la fin de la semaine prochaine. Mais avec cette affaire, tout est de nouveau en suspens. J'ignore ce que je vais faire. »

« Il y a aussi votre carrière sportive », fis-je, explorant une autre possibilité. « Les joueurs de base-ball sont en contact avec des tas de personnages douteux — des parieurs, des arnaqueurs, ce qu'on appelle des éléments indésirables. Vous vous êtes peut-être trouvé mêlé à quelque chose, ou bien vous avez côtoyé quelqu'un de louche sans même vous en rendre compte.

« C'était il y a longtemps. Les gens se souviennent à peine que j'ai joué au base-ball. »

« Vous seriez surpris. Un type qui manie la batte comme vous ne s'oublie pas si facilement. »

Chapman sourit pour la première fois depuis qu'il était entré dans mon bureau.

« Merci pour le compliment », dit-il, « mais encore une fois, il n'y a rien de ce côté-là, rien du côté base-ball. Je n'ai jamais rencontré les gens dont vous parlez. »

Je continuai ainsi un moment. Je posais une question à Chapman et il répondait qu'il ne voyait rien de ce côté-là, qu'il n'y avait aucun rapport avec la lettre.

Depuis que j'avais manifesté ma mauvaise humeur, il était devenu très poli et aimable, mais je soupçonnais qu'il ne s'agissait là que d'un changement de tactique de sa part. Le résultat était le même, c'est-à-dire nul. Je n'arrivais pas à comprendre quel jeu il jouait avec moi. Il était sincèrement ébranlé par la lettre, et pourtant il se comportait comme si son unique souci était de m'empêcher de faire quoi que ce soit pour résoudre le problème. Il m'offrait l'affaire et me la retirait dans le même mouvement. Je me sentais comme un homme à qui on donne une montre très chère, et qui découvre ensuite qu'elle n'a pas d'aiguilles.

L'entretien se traîna jusqu'à sa conclusion, et j'obtins de lui une liste de noms, d'adresses et de numéros de téléphone que je reportai sur mon carnet. Je ne savais pas si ces noms seraient d'une quelconque utilité mais je comptais tout vérifier. Vu la façon dont les choses se présentaient, j'aurais pas mal de recherches à faire.

« Je prends cent cinquante dollars par jour plus les frais », annonçai-je. « Trois jours payables d'avance. Quand le travail sera terminé, je vous fournirai une liste détaillée des dépenses. »

Chapman sortit son chéquier, le posa sur le bureau et se mit à écrire avec son Mont Blanc. « Payable à l'ordre de Max Klein », dit-il. « Vous avez un deuxième nom ? »

« Juste Max Klein. »

« Je vous fais une avance de mille cinq cents dollars, ce qui couvrira les dix premiers jours. J'espère être dans les parages au moins jusque-là. » Il m'adressa un sourire par-dessus le bureau. « Si par hasard vous parveniez à résoudre le problème avant, vous pourrez garder la différence. »

Chapman était étrangement jovial, comme beaucoup de gens lorsqu'ils dépensent de l'argent. En me faisant une aussi grosse avance, il avait probablement l'impression d'agir de manière concrète, de signer une police d'assurance sur la vie. On ne prête qu'aux riches, dit-on. Mais je n'ai encore jamais vu un billet vert arrêter une balle.

« J'ai quelques idées », dis-je. « Je vous appellerai demain matin quand j'aurai vu ce qu'elles donnent. J'aurai sans doute besoin d'un autre entretien avec vous à ce moment-là. »

Il détacha le chèque et me le tendit. Puis il se leva, déportant adroitement son poids sur sa canne pour y prendre appui. J'imaginai que ce geste lui était devenu automatique. Je le raccompagnai à la porte, nous nous serrâmes la main et je le regardai s'éloigner en boitant dans le couloir en direction de l'ascenseur. L'entrevue avait duré moins de quarante-cinq minutes.

Je n'avais pas pris la peine de rappeler à Chapman que nous avions joué l'un contre l'autre à l'université. A ce stade de nos relations, cela paraissait dépourvu de la moindre importance. Je n'avais pas non plus pris la peine de mentionner le fait que le père de son avocat, Victor Contini, était l'un des chefs de la pègre de la Côte Est. Ni que Chip Contini avait grandi dans la ville de Millbrook, à Duchess County. Comme le disait la lettre, George était un gars intelligent. Il savait probablement déjà tout cela.

2

Mon bureau se trouvait au troisième étage d'un immeuble ancien sur West Broadway, à deux blocs au sud de la station de métro Chambers Street. Il comprenait une pièce qui mesurait à peu près quatre mètres cinquante sur six — trop petite pour être louée comme salle de danse mais assez vaste pour me permettre d'y respirer confortablement si je n'allumais pas cigarette sur cigarette. Le plafond était haut, découpé en rectangles à l'intérieur desquels s'enroulaient des volutes en relief, et çà et là, sous la plomberie fatiguée, le plâtre avait formé des bulles qui me rappelaient un reste d'Alka Seltzer au fond d'un verre à chaque fois que je levai les yeux vers elles.

Le soleil ne s'engouffrait pas à flots à travers les deux fenêtres grillagées percées dans le mur est ; elles n'avaient pas vu de chiffon depuis le jour où Monsieur Propre était devenu chauve et je gardais le plafonnier allumé à toute heure. En guise de meubles, j'avais un bureau en chêne balafré de cicatrices, aussi massif qu'un menhir de Stonehenge, quelques chaises, un canapé en simili cuir crachant sa mousse jaunie aux coutures, deux classeurs, un vieux réfrigérateur et une splendide plaque électrique à un feu, toute neuve, pour faire du café.

Mon voisin du dessus était un artiste nommé Dennis Redman. Quelques années auparavant, il m'avait offert trois de ses œuvres de jeunesse pour décorer les murs et durant six mois, l'apparence de mon bureau s'en était trouvée nettement améliorée. Arriva une femme jalouse qui tira quatre balles dans l'un des tableaux, suivie, le lendemain, par son mari qui lacéra l'une des deux toiles intactes à l'aide d'un couteau de chasse. Les gens semblaient considérer l'art moderne comme le parfait exutoire à leurs frustrations. Je rendis les tableaux à Dennis et fixai au mur une grande reproduction couleur de *La Tour de Babel* de Bruegel, offerte par la librairie de mon quartier, pour l'achat de deux livres ou plus. Au bout de deux mois, j'avais accumulé neuf de ces gravures qui avaient toutes échoué sur mes murs. Cela m'apparut comme une excellente réponse à mes problèmes de décoration. Je découvris que cette œuvre était une inépuisable source de plaisirs, et quelle que fût ma position dans le bureau — assis, debout ou allongé sur le canapé — je pouvais à présent la contempler. Les jours calmes, je passais de longs moments à l'étudier. Le tableau montre la tour presque terminée qui se dresse vers le ciel et une multitude de minuscules ouvriers et d'animaux travaillant dur à la construction de l'édifice, peinant sur le plus colossal monument à la suffisance humaine jamais construit. Il me faisait immanquablement penser à New York et m'aidait à ne pas oublier qu'au bout du compte, notre sueur et nos tourments n'aboutiront jamais qu'au néant. C'était ma façon à moi de garder le sens des proportions.

Je rangeai le chèque de Chapman et la lettre dans le

coffre-fort encastré dans le mur derrière mon bureau puis m'assis pour téléphoner au Département de sociologie de l'université de Columbia. Je demandai William Briles.

« Je suis désolée », répondit la voix féminine au bout du fil. « Le professeur Briles n'est pas encore arrivé. Voulez-vous laisser un message ? Je peux lui demander de vous rappeler. Il devrait être à son bureau entre onze heures et midi. »

« Mon nom est Max Klein », dis-je. « Le professeur ne me connaît pas mais il est très important que je puisse lui parler aujourd'hui. Pourriez-vous me prendre un rendez-vous vers onze heures trente ? »

« Je suis désolée », répéta la voix. Apparemment elle ne connaissait pas d'autre façon de commencer une phrase. « Je ne prends pas de rendez-vous pour les enseignants. Nous approchons de la fin du semestre et le professeur Briles a probablement prévu plusieurs conférences avec ses étudiants. »

« Moi aussi, je suis désolé », fis-je, « et je suis particulièrement désolé que vous soyez désolée. Mais je vous serais reconnaissant d'annoncer au professeur Briles que je viendrai le voir à onze heures trente, qu'il s'agit d'une question de vie ou de mort et que s'il n'a pas l'intention de me laisser entrer il a intérêt à faire renforcer les serrures de sa porte avant mon arrivée. »

La voix resta silencieuse quelques instants. Quand elle se fit à nouveau entendre, elle était devenue plaintive.

« Vous devriez baisser d'un ton, monsieur. C'est une université ici, vous savez, pas une salle de billard. »

« Contentez-vous de lui transmettre le message et ne torturez pas votre jolie tête pour ça. »

« Bon Dieu, vous pouvez être sûr que je vais lui

transmettre le message. Et ne dites pas jolie. Personne ne vous a permis de dire jolie. »

« Mille pardons », fis-je. « Je ne dirai plus jamais jolie. »

Elle raccrocha violemment, mettant un terme à notre causerie. Je me sentais fringants, impatient de démarrer sur cette affaire. William Briles était un ami de Chapman qui avait travaillé avec lui jadis sur un livre intitulé *Le Sport dans la société,* et je me disais qu'il pourrait m'apprendre des choses intéressantes sur mon client. De toute façon, j'avais l'intention d'aller à Columbia consulter les fichiers sur microfilms, et je ne voulais pas perdre de temps en y retournant une seconde fois.

Il y avait deux façons de se déplacer dans mon immeuble. On pouvait prendre l'ascenseur, une machine délabrée à peu près aussi rapide qu'un opéra de Wagner, ou bien utiliser l'escalier, une véritable expérience de spéléologie urbaine. Je prenais généralement l'ascenseur pour monter et l'escalier pour descendre. Au deuxième étage, il y avait un atelier de yoga dirigé par une ex-beatnik d'une quarantaine d'années répondant au nom de Sylvia Coffin et tandis que je tournais le coin du palier, j'entendis Sylvia ordonner aux élèves du cours de neuf heures d'oublier qu'ils vivaient sur la planète Terre, de laisser derrière eux leurs préoccupations mesquines pour ne faire plus qu'un avec l'univers. Tout tenait dans le fait de respirer correctement. Je me dis que je tâcherais de garder ça présent à l'esprit.

Lorsque j'arrivai au rez-de-chaussée, je traînai un moment sur le pas de la porte, regardai la rue en plissant les yeux pour leur donner le temps de s'adapter à l'éclat du soleil. C'était une belle matinée de mai.

Une lumière éblouissante, une touche de fraîcheur sur le visage, et partout ces brusques rafales de vent qui faisaient voler les papiers gras, les emportait d'une façon qui semblait donner une destination au monde.

Je couvris à pied les deux blocs qui me séparaient de la station de métro, achetai le *Times* au coin de la rue, et m'engouffrai à nouveau dans la pénombre. Le préposé aux jetons était un Noir maussade, assis dans sa cage, penché sur un journal hippique. A voir son visage, il ne devait pas avoir touché de gagnant depuis six ou sept ans. Quand la rame arriva je m'assis sur un siège en coin et m'attelai sans conviction à la lecture du journal. Les seules nouvelles qui m'intéressaient à présent étaient celles qui concernaient Chapman. Jusqu'à ce que cette affaire soit terminée, j'allais avoir du mal à penser à quoi que ce soit d'autre.

Je descendis à la 116e rue, à la station Columbia-Barnard. Retourner à Morningside Heights ne me procurait jamais beaucoup de plaisir. J'avais passé là sept années de ma vie et au bout de sept ans, même la plus délicieuse des liaisons peut virer à l'aigre. Les institutions universitaires sont, au mieux, des endroits lugubres, et Columbia n'était pas la mieux lotie. L'imposante architecture pseudo-classique encombrant le petit campus faisait penser à un troupeau d'éléphants invités à un cocktail sur un court de tennis et les nouveaux bâtiments érigés durant les quinze ou vingt dernières années n'arrangeaient pas les choses. La fac de droit, par exemple, ressemblait à un toaster. Les étudiants y entraient comme des morceaux de pain bien frais et en ressortaient en miettes carbonisées trois ans plus tard.

Les archives du *New York Times* étaient conservées à la bibliothèque Barnard. Je montrai ma vieille carte d'étudiant à un appariteur en uniforme qui somnolait sur un exemplaire chiffoné du *Daily News* et me dirigeai vers la salle principale, au second étage. Quelques étudiantes penchées sur leurs bouquins étaient assises aux longues tables de lecture au centre de la salle, mais à cette heure-ci, l'endroit était pratiquement désert. Je dénichai la boîte contenant les journaux du mois de février, cinq ans plus tôt, m'assis devant une visionneuse et enclenchai le film dans les bobines. Je fis tourner rapidement la poignée, regardant défiler sans les lire les événements des trois premières semaines puis m'arrêtai à la date du vingt-deux. L'accident de Chapman était relaté au bas de la première page, une brève insérée de justesse dans la dernière édition. Regarder des microfilms procure une étrange sensation. Tout est inversé. Au lieu du noir sur blanc, les mots sont imprimés en blanc sur noir et font penser à des radiographies, comme si on regardait dans les entrailles du temps, comme si le passé était une dimension secrète de l'univers, impossible à débusquer à moins de ruser pour la faire surgir en la piégeant par un jeu de miroir. Un peu comme de découvrir un fossile. La feuille de la fougère s'est désintégrée des millions d'années auparavant, et pourtant son image est posée dans votre main. Elle est présente et absente en même temps, perdue pour toujours et pourtant retrouvée.

UNE STAR DU BASE-BALL BLESSÉE

DANS UN ACCIDENT DE VOITURE.

De notre correspondant particulier

George Chapman, la star du base-ball, troisième base dans l'équipe des New York Americans, a été blessé ce matin au volant de sa voiture lors d'une collision avec un poids lourd sur la route 44 à Millbrook. Les autorités de l'Etat de New York n'ont pas révélé la nature de ses blessures, mais elles sont jugées très graves.

Chapman venait d'assister à un banquet donné en son honneur la nuit dernière au YMCA d'Albany. Il a été conduit en ambulance au Sharon Hospital, à Sharon dans le Connecticut.

D'après les rapports officiels, le chauffeur du camion, Bruno Pignato, d'Irvingville, New Jersey, a été légèrement blessé dans l'accident.

Ce papier me donnait ce que j'étais venu chercher, mais je continuai à faire tourner la manivelle pour lire les articles traitant des suites de l'affaire jusqu'à la fin du mois. Dès qu'il était devenu clair que Chapman ne jouerait plus jamais au base-ball, presque tous les journalistes du service des sports y étaient allés de leur commentaire. Ils mentionnaient les grands moments de la brève carrière du joueur, évoquaient sa personnalité et faisaient l'éloge du style particulier et de la grâce qu'il déployait sur le terrain. Ils donnaient l'impression de se sentir lésés parce qu'ils ne pourraient plus jamais le voir jouer. Au cours des cinq dernières saisons, Chapman avait obtenu une moyenne de 348 *hits,* réussi 157 *homeruns,* marqué 536 points, et chaque saison avait été meilleure que la précédente. S'il avait continué à jouer encore six ou huit ans, les résultats seraient devenus stupéfiants.

Je remis le film à sa place et descendis téléphoner à Dave McBell, du Bureau du District Attorney, depuis la cabine du hall d'entrée. McBell et moi y étions entrés en même temps et il acceptait de me rendre service de temps en temps si je ne forçais trop sur la dose. De tous les gens trimant pour le D. A., il était le seul à me considérer encore comme un être humain.

« Dave ? Max Klein. »

« L'homme en personne », railla-t-il en prenant la voix de W. C. Fields.

« J'ai besoin d'une petite information. Ça ne devrait pas être trop difficile à obtenir. »

« Droit au but, comme d'habitude », fit-il de sa voix normale. « Tu pourrais me parler de ma santé. »

« Bon, comment va la santé ? »

« Beurk », fit-il, observant une pause pour marquer son effet. « Ne m'en parle pas. »

Il éclata d'un rire rauque, satisfait de sa propre plaisanterie.

« Pas mal. Je tâcherai de m'en souvenir pour ma prochaine réunion du Kiwanis Club * en Jamaïque. »

« Qu'est-ce que je peux faire pour toi, Max ? »

« Tu te rappelles cet accident, il y a cinq ans — quand George Chapman a perdu sa jambe ? »

« Je n'oublie jamais une catastrophe. Ce type touchait vraiment sa bille en troisième base. »

« Ce qui m'intéresserait, c'est d'en savoir plus sur le chauffeur du camion que Chapman a emplafonné. Bruno Pignato. Il y a cinq ans, il vivait à Irvingville, dans le New Jersey. »

« Que veux-tu savoir exactement ? »

« S'il a un casier. Et aussi s'il y a un lien entre lui et Victor Contini. »

« Je pense que je peux te trouver ça. Rappelle-moi dans quelques heures. »

« Merci beaucoup, Dave. »

* Rotary Club du pauvre. (N.d.T.)

« Ouais, ouais. Et tu feras la même chose pour moi un de ces jours, je sais. » Il s'interrompit un instant. « Tu es sur un gros coup ? »

« Je n'en sais encore rien. Pour le moment, je gratte un peu ici et là. »

« Bon, si tu tombes sur un filon, n'oublie pas McBell. »

« Ne t'inquiète pas. Tu ne me laisserais pas t'oublier. »

« Hé, Max. »

« Quoi ? »

« Tu connais celle du flic castré ? »

« Tu me l'a racontée il y a quelques mois. »

« Merde. »

Nous raccrochâmes.

3

C'était l'une des filles les plus maigres que j'aie jamais vue. Assise à son bureau, elle lisait un numéro du magazine *Prevention* avec un air satisfait tout en tendant la main pour pêcher un bâtonnet de carotte dans le tas posé sur son sous-main. J'estimai qu'elle devait avoir environ vingt-cinq ans. A en juger par son physique, elle était appelée à finir dans le rôle du squelette dans le placard. Elle n'était qu'un assemblage d'os et d'angles aigus, et sa robe paysanne bleu et rouge pendait sur elle comme un drap sur un portemanteau oublié. Un des titres en couverture du magazine proclamait : « Les fumeurs sont des criminels. » Je sortis mon paquet de Gauloises et allumai ma cinquième cigarette de la journée.

« Salut », fis-je. « Je suis Max Klein. Je viens voir le professeur Briles. »

Elle leva les yeux, contrariée de devoir abandonner sa lecture, et me jeta un regard glacé.

« Ah, voilà le dur de dur », fit-elle, comme si elle se parlait à elle-même. « Vous allez devoir attendre une minute. Je vais voir s'il est libre. »

Elle trônait dans une petite pièce de réception sur laquelle donnaient les bureaux des professeurs. Derrière elle, sur trois murs, des portes fermées entre lesquelles alternaient des classeurs et des tableaux d'affichage où s'étalaient avis et notes de service. Elle se leva lentement, les lèvres pincées, indignée d'avoir à fournir cet effort, comme si je venais d'exiger qu'elle mange un gâteau au chocolat. Bien qu'elle eût le dos rond, elle mesurait un bon mètre quatre-vingts, ce qui la mettait à ma hauteur. Elle se dirigea vers l'une des portes, frappa un petit coup sec et passa sa tête dans l'entrebâillement. Il y eut un échange de mots marmonnés, puis elle retourna s'asseoir à son bureau en traînant les pieds. Sans rien me dire, elle s'empara du magazine et se replongea dans sa lecture.

« Eh bien ? » fis-je enfin.

« Eh bien quoi ? » répondit-elle, sans lever les yeux.

« Je peux entrer ? »

« Pas encore. Il est avec un étudiant. Il en a pour quelques minutes. »

« Merci de me prévenir. J'aurais pu commettre un impair. »

Elle reposa le magazine avec une lassitude feinte et exhala un profond soupir. Ses tristes yeux marron m'adressèrent un autre regard glacé.

« L'ennui avec vous, les vrais durs », commença-t-elle, « c'est que vous n'avez pas de patience. Et vous savez pourquoi ? Manque de vitamines B. Si vous mangiez plus de céréales complètes, vous vous sentiriez beaucoup plus calme. Vous ne seriez pas aussi agressif. Vous laisseriez les choses suivre leurs cours, vous vous fondriez dans le flux. »

« Le flux ? »

« Le flux de la nature. »

« Est-ce que c'est comme de ne faire plus qu'un avec l'univers ? »

« Pas vraiment », dit-elle, soudain très sérieuse. « Rien d'aussi cosmique. Plutôt comme d'entrer en contact avec votre corps, avec le fonctionnement de vos organes. »

« Je préfère entrer en contact avec le corps des autres. »

Elle me regarda à nouveau avec attention, puis secoua la tête, exaspérée.

« Vous voyez », dit-elle. « Vous commencez à parler de quelque chose d'important, et puis ça vous met mal à l'aise et tout ce que vous savez faire c'est vous en tirer par une plaisanterie. » Elle secoua à nouveau la tête. « Tordu. Vraiment tordu. »

N'étant plus un converti potentiel, j'avais perdu tout intérêt pour elle. Elle recommença à lire, tâtonna de la main droite pour attraper un bout de carotte qu'elle s'enfourna dans la bouche. La pièce retentit du bruit de sa mastication.

La porte du bureau de Briles s'ouvrit et un jeune homme en jean et chemise à carreaux en sortit. Il portait une pile de livres et de cahiers sous le bras et avait l'air du type à qui on vient d'annoncer qu'il n'a plus que six mois à vivre.

« Ne vous inquiétez pas », lui dis-je quand il passa devant moi, « c'est juste une matière parmi tant d'autres. »

Il leva les yeux, surpris de me voir debout devant lui et tenta d'esquisser un sourire.

« Allez dire ça au professeur Briles », répondit-il.

Il s'éloigna, les épaules voûtées, essayant d'imaginer à quoi ressembleraient les vacances dans un cours de rattrapage.

Briles apparut à la porte de son bureau. Quarante ans environ, un peu au-dessus du mètre quatre-vingts, il portait ces lunettes à fine monture d'écaille qui étaient récemment revenues à la mode. Il avait une réputation d'écrivain raffiné et prolifique et s'était fait un nom grâce à une série de livres sur les personnages marginaux de la société : les prostituées, les voleurs, les homosexuels, les joueurs, etc. Un Mayhew moderne. J'avais lu quelques-uns de ses ouvrages et j'avais été raisonnablement impressionné. Je le voyais comme un de ces professeurs à grand spectacle qui font leur numéro devant des classes bondées où s'entassent des étudiants timides et gloussants, un de ces hommes qui s'écoutent parler. Cela signifiait aussi, à en juger par l'état du gamin qui venait de quitter son bureau, qu'il était probablement une sorte de tyran. L'universitaire superstar. Il y en a quelques-uns comme ça dans chaque fac.

« Monsieur Klein ? » Il me fit signe d'entrer, ferma la porte lorsque nous fûmes tous deux à l'intérieur et me désigna une lourde chaise en bois avec un dossier à lattes. La pièce était un capharnaüm de livres et de papiers et des bibliothèques envahissaient chaque centimètre carré de mur. Le soleil entrait à flots par les fenêtres et se reflétait sur les lunettes de Briles, si bien que je ne pouvais distinguer ses yeux derrière les verres. Cela le faisait paraître un peu moins qu'humain, comme une créature née sans la capacité de voir. Cinq étages plus bas, les étudiants commençaient à se rassembler au centre du campus pour déjeuner en plein air et par les fenêtres entrouvertes me parvenaient le cri assourdi d'un joueur de Frisbee, l'aboiement d'un chien, le murmure d'une journée qui s'annonçait chaude.

« Je ne sais pas qui vous êtes », commença Briles d'un ton pompeux en s'asseyant derrière son bureau,

« et ça m'est égal. Mais je voudrais entendre vos explications sur la façon dont vous avez parlé à Mlle Gross ce matin au téléphone. Ici nous avons l'habitude de traiter avec des gens civilisés et à dire vrai, je suis tenté de considérer votre présence comme une invasion des plus indésirables. »

« L'explication est simple », dis-je. « Elle refusait de me donner une réponse claire, alors je l'ai bousculée. Je suis sûr que vous auriez fait la même chose à ma place. »

Briles me regarda comme si j'étais une sorte d'étrange spécimen sociologique.

« Que voulez-vous exactement ? » demanda-t-il non sans dégoût.

« Discuter de George Chapman », fis-je. Je sortis ma carte de privé et la lui montrai. « J'ai des raisons de croire qu'il est en danger. »

« George Chapman ? » Ma requête avait pris Briles complètement par surprise. « Qu'est-ce que je pourrais bien vous raconter sur George Chapman ? »

« Eh bien, vous avez écrit ce livre avec lui il y a sept ou huit ans et j'ai pensé que vous pourriez me donner vos impressions à son sujet. »

« Tout d'abord, monsieur Klein, j'ai publié quelque onze livres durant ces douze dernières années et *Le Sport dans la société* est le moins important de tous. Ce n'est pas un livre majeur. Ce n'est même pas un livre intéressant. George Chapman était un de mes étudiants lorsque j'enseignais à Dartmouth. Après sa première année dans les grandes ligues, il a pris contact avec moi et a suggéré que nous fassions un livre ensemble traitant de l'impact du sport professionnel sur ceux qui le pratiquent. Ses relations lui ouvraient un accès direct aux athlètes, il a donc organisé des interviews avec eux.

J'ai écrit les commentaires et les interprétations. Il a posé ses questions consciencieusement et j'ai fait ce que j'ai pu pour organiser ce matériel. Mais le livre a été fait à la va-vite. L'éditeur voulait qu'il sorte pour la saison de base-ball suivante afin de capitaliser sur le nom de George. En fin de compte, les ventes se sont révélées excellentes. Mais ça n'en reste pas moins un mauvais livre. Je n'ai plus eu de contact étroit avec George depuis cette époque. Nous nous voyons une ou deux fois par an, c'est tout. »

« Vous m'en direz tant », fis-je sans essayer de dissimuler mon ironie.

« Je commence à me demander quelles sont vos intentions, monsieur Klein. Il me vient à l'esprit que vous êtes venu ici chercher des ragots sur George Chapman et je refuse d'avoir la moindre part dans ce processus. Qu'essayez-vous de faire, de salir son nom pour diminuer ses chances d'obtenir sa nomination au sénat ? Ou bien agissez-vous simplement par amour de la calomnie ? Cet homme n'a-t-il pas assez souffert ? »

L'entretien commençait à m'échapper. J'avais essayé d'être direct avec Briles, mais ça n'avait pas marché. Pourtant, je n'avais pas encore envie d'abandonner. Je sentais que si je n'obtenais rien de lui, l'étroit chemin que j'étais en train d'ouvrir se refermerait et que Briles serait perdu pour moi jusqu'à la fin de cette affaire. J'essayai de changer de tactique.

« Oui », repris-je, « je suis d'accord avec vous. George Chapman a déjà suffisamment souffert. Mais pour le moment, il connaît certaines difficultés et je fais de mon mieux pour l'aider. »

« Qu'est-ce censé signifier ? »

« Ça signifie que je vous demande votre aide. Je sais très peu de choses sur Chapman excepté ce que tout le monde peut savoir en lisant les journaux. Pour le tirer de son mauvais pas, j'ai besoin d'en apprendre davantage, jai besoin d'un fil pour arriver au cœur du problème. »

« Et bien entendu, vous n'êtes pas en mesure de me révéler la nature de ces difficultés », répliqua Briles. « Croyez-moi, monsieur Klein, j'ai toujours eu beaucoup d'affection pour George et je ferais n'importe quoi pour l'aider. Mais à moins de savoir de quoi il est question, je crains de ne pouvoir coopérer avec vous. »

« Vous parler de son problème serait contraire à l'éthique. Vous le savez très bien, professeur. Je vous demande simplement de me fournir quelques éléments de base afin que je puisse me repérer et ne pas perdre de temps à patauger. Quant à la manière dont j'utiliserai ces informations, vous devrez me faire confiance. »

« Voyons les choses comme elles sont, Klein. George Chapman est un homme très important pour beaucoup de nos concitoyens. Et les hommes importants, quelle que soit la droiture de leur vie privée et publique, sont des êtres vulnérables. Jusqu'à présent, rien de ce que vous m'avez dit ne me donne à croire que vous, ou ceux pour qui vous travaillez, n'avez pas l'intention de vous en prendre à George d'une façon ou d'une autre. Vous me demandez de vous faire confiance. Mais comment puis-je savoir si vous ne mentez pas depuis que vous avez mis les pieds dans cette pièce ? »

« Si vous voulez vérifier mes références, pourquoi n'appelez-vous pas McBell au Bureau du District Attorney ? Nous y avons travaillé ensemble et il sait tout des affaires dont je me suis occupé ces cinq dernières années. Je pense qu'il se porterait garant de mon honnêteté. »

« Monsieur Klein », commença-t-il de sa plus belle

voix de conférencier, comme pour réfuter l'argument naïf d'un étudiant, « je ne doute pas que dans le passé vous ayez œuvré honorablement en maintes occasions. Mais je ne vois absolument pas le rapport entre vos activités passées et l'affaire qui nous préoccupe. Dans votre partie, les gens sont soumis à toutes sortes de pressions et de tentations. On peut très bien concevoir que vous ayez été retourné par une promesse d'argent ou de pouvoir, ou Dieu sait quelle carotte qui vous fait avancer. Je suis désolé, monsieur Klein », conclut-il, se renfonçant dans son siège et joignant ses doigts avec un air dédaigneux, « mais je crains de devoir mettre fin à cette conversation. »

Sur le principe, Briles avait raison. Je ne lui avais rien donné de concret qui puisse prouver que je travaillais dans l'intérêt de Chapman. Il était vrai aussi que les ambitions politiques de Chapman le rendaient particulièrement vulnérable en ce moment. D'un autre côté, je n'avais posé aucune question spécifique et surtout je ne lui avais rien demandé qui puisse le compromettre. Lorsqu'on annonce aux gens qu'une de leurs relations a des ennuis, ils se montrent en général prompts à offrir leur aide. Mais Briles avait regimbé d'entrée, faisant dériver la conversation loin de Chapman pour mettre mes intentions en doute. Non content de rechigner à parler, il mentait. Très mal, qui plus est.

Tout est une question de détails, de coïncidences, un geste qu'on surprend par hasard, un mot qu'on laisse échapper inconsciemment. Il faut être vigilant à chaque instant, guetter la moindre note discordante, la plus subtile indication permettant de deviner que les choses ne sont pas ce qu'elles semblent être. Vous partez dans une direction en espérant trouver un tout petit indice et vous en découvrez un autre qui vous propulse dans une nouvelle direction. Si vous n'êtes pas attentif, vous risquez de vous perdre dans le labyrinthe de la vie des gens et de ne jamais pouvoir en sortir. Mais ce sont les risques du métier. A partir du moment où l'on a affaire aux êtres humains, les routes droites n'existent plus.

« Vous êtes un homme très impressionnant, professeur Briles », dis-je. « Vous avez écrit onze livres, vous faites autorité dans votre domaine, et vous êtes un personnage important du monde universitaire. Mais vous oubliez que je ne suis pas un étudiant transi de peur venu vous demander votre opinion sur *L'Ethique puritaine* de Weber. Pendant un quart d'heure, vous êtes resté là à jouer au chat et à la souris avec moi, refusant de répondre aux questions les plus simples. Ce n'était pas la peine. Je suis venu ici chercher de l'aide, et maintenant vous m'obligez à penser que par le plus grand des hasards je suis tombé sur quelque chose d'intéressant. Comme on disait dans les années soixante, vous faites partie soit de la solution, soit du problème. Et vous ne vous êtes vraiment pas montré très empressé de me proposer une solution. En fait, professeur, j'ai rarement rencontré un menteur moins convaincant que vous. Tout le monde sait que vous êtes un ami intime de George Chapman, que vous avez passé des week-ends avec sa femme et lui à la campagne, que vous êtes allé à l'opéra avec eux, que vous avez invité Chapman à donner une conférence ici, à Columbia, il y a quelques mois. Vous avez prétendu entretenir avec lui des relations distantes alors qu'il vous suffisait de dire que vous ne vouliez pas parler. J'aurais accepté cette réponse. Mais commencer par mentir pour refuser ensuite de parler n'a de sens que si on essaye de cacher quelque chose. »

Briles resta assis, immobile, indifférent, sans montrer la moindre trace d'émotion.

« C'est tout ? » demanda-t-il enfin. Sa voix semblait sortir d'une machine.

« C'est tout. Mais attendez-vous à entendre encore parler de moi. » Je me levai. « Inutile de me raccompagner. »

Je le laissai assis à son bureau dans la pièce inondée de soleil.

4

Je hélai un taxi sur Broadway et dis au chauffeur de me conduire 71ᵉ rue Ouest. Il s'appelait J. Daniels et maniait son engin comme s'il avait été cow-boy de rodéo raté dans une vie antérieure. Environ cinquante ans, des dents de travers et des sourcils en broussaille perchés sur son front comme deux futaies miniatures. Je me félicitai de n'avoir pris qu'un petit déjeuner léger tandis que nous tanguions et roulions vers le sud.

Nous nous arrêtâmes à un feu rouge à la hauteur de la 110ᵉ et il dit :

« Vous n'allez pas me le demander ? »

« Vous demander quoi ? »

« Ce que neuf sur dix des foutus clients qui montent dans ce taxi me demandent. »

« J'entends votre voix, mais il y a de la friture sur la ligne. »

« Le J de J. Daniels », dit-il, comme si n'importe quel imbécile avait dû le comprendre. « Tout le monde se demande ce qu'il y a derrière le J de J. Daniels. Vous n'avez pas envie de savoir ? »

« Pas particulièrement. »

« Oh, allez, essayez de deviner. Ça fait passer le

temps. » Le feu se mit au vert et il démarra comme un boulet de canon.

« Très bien », fis-je. « Je donne ma langue au chat. »

« Non, non, essayez vraiment de deviner. Sinon, c'est pas drôle. »

Il n'allait pas me lâcher jusqu'à ce que je cède, aussi décidai-je finalement de lui faire plaisir. Je me dis que j'aurais dû être aussi tenace avec Briles.

« Puisqu'il n'y a qu'une seule réponse évidente », commençai-je, « je suppose que ce n'est pas la bonne. Si ce n'est pas Jack, ça doit être un nom bizarre. » Je me tus un instant. « Que pensez-vous de Jeremiah ? Vous m'avez l'air d'un homme qui a de quoi se plaindre. »

« Raté ! » brailla-t-il, partant d'un rire tonitruant. « Vous avez perdu. Le J, c'est l'initiale de rien du tout. Mon nom est simplement J., point à la ligne. Mes fichus parents n'ont pas pu trouver une seule idée de nom pour moi. » Sa voix prit une tonalité philosophique. « Mais ça ne fait rien. Qu'est-ce que j'en ai à battre ? Vous pouvez m'appeler Jack. Des tas de gens m'appellent comme ça. »

Nous fîmes le reste du voyage en silence, et je ne l'appelai rien du tout. A mon avis, le mythe du chauffeur de taxi new-yorkais ne tient pas vraiment debout. Ce sont des types comme les autres, qui énoncent quand ils parlent les mêmes stupidités que les autres. J. Daniels avait eu une réplique originale, et maintenant que la blague était terminée, je n'avais pas envie d'entendre le reste du répertoire. Lorsque je sortis du taxi sur la 71e rue Ouest, il passa sa tête par la vitre ouverte et me récita son envoi.

« Vous savez, monsieur, voilà vingt-trois ans que je fais le taxi, et personne, pas un seul de mes foutus clients n'a jamais deviné de quel nom le J était l'initiale. » Il lâcha à nouveau ce rire tonitruant et fila vers l'est, s'enfonçant dans la jungle de la circulation new-yorkaise à la recherche d'une nouvelle victime.

J'habitais dans un de ces bâtiments classiques du West Side, une sorte d'arche de Noé qui abritait presque toutes les espèces existant à New York. Il y avait des Blancs, des Noirs, des Jaunes et quelques nuances intermédiaires. Il y avait des familles, des couples mixtes, deux couples d'hommes, un couple de femmes et des gens qui vivaient seuls. Il y avait ceux qui exerçaient une profession libérale, ceux qui étaient salariés et ceux qui ne travaillaient pas du tout. On trouvait un poète, un journaliste, une soprano de cent cinquante kilos, deux étudiants hautboïstes de Julliard, un marchand d'art homosexuel et noir, un teinturier, un employé des postes, une assistante sociale et un détective privé, pour ne citer que ceux-là. Toute cette congrégation était placée sous le contrôle d'Arthur, un gardien grassouillet et portoricain. Il avait quatre enfants, un sens de l'humour désabusé et prenait son travail très au sérieux. Il était presque toujours là, dans le hall d'entrée ou à l'extérieur, juste devant la porte, sa batte de base-ball à la main, attendant, dévisageant attentivement tout étranger qui tentait de pénétrer dans l'immeuble. Il touchait un joli paquet d'étrennes à Noël.

Je m'arrêtai devant ma boîte aux lettres pour ramasser quelques factures et des prospectus puis montai jusqu'au neuvième étage dans l'ascenseur grinçant constellé de taches blanches et brunes. Mon appartement comprenait deux pièces sombres donnant sur la cour et une cuisine juste assez grande pour me permettre d'y entrer et d'en sortir si je n'oubliais pas de retenir ma respiration. Ils appelaient ça un coin-cuisine, mais le terme approprié était plutôt recoin. Toutes ces dernières années, je m'étais répété chaque semaine que j'allais commencer à chercher un appartement plus confortable, mais je n'avais toujours pas trouvé le moyen de m'y mettre. Je m'étais probablement trop attaché à cet endroit pour le quitter.

Je mis un disque de Mozart, l'un des quatuors dédiés à Haydn et me préparai un sandwich jambon-fromage avec du pain de seigle, deux tranches de gruyère, une feuille de laitue de Boston et une cuillerée de moutarde Poupon. Je pris une bouteille de Beck's dans le réfrigérateur et transportai le tout sur la table ronde du salon.

Dix minutes plus tard, j'appelai Dave McBell.

« Il était temps » dit-il. « J'allais partir déjeuner. »

« Tu n'as pas besoin de déjeuner », répliquai-je. « C'est une activité réservée aux humains. Je pensais que tu savais qu'on employait uniquement des machines au Bureau du D. A. »

« En tout cas, cette petite machine-là a besoin d'une vidange-graissage avec une ou deux bières par-dessus pour faire glisser l'huile. »

« Du nouveau ? » demandai-je.

« Pas de problème. Ton homme, Pignato, a roulé sa bosse. Rien de trop sérieux, quand même. Ce qu'on pourrait appeler un figurant. Il aurait plus ou moins une araignée au plafond. Mais son dossier médical ne fait pas état de violence. Depuis cinq ans, il passe son temps à entrer et sortir de chez les dingues. Il a une femme et trois enfants. »

« Et Contini ? »

« Patience, patience. J'y viens. Pignato a les mains propres depuis pas mal de temps. Depuis l'accident avec Chapman. Il travaille surtout comme chauffeur. La dernière fois qu'il a été arrêté c'est parce qu'il conduisait un camion auquel il manquait un phare. »

« Ça n'a pas l'air bien grave. »

« Ouais. Mais quand ils ont ouvert le camion ils ont trouvé pour environ vingt mille dollars de cigarettes de contrebande en provenance de Caroline du Nord planquées à l'arrière. On n'a pas pu retenir de charge contre lui, évidemment, mais il travaillait pour Contini. Il émarge chez lui depuis quinze ans. »

« Et avant ? »

« Les trucs habituels. Quelques vols de voitures. Chauffeur dans plusieurs hold-up. Maison de redressement quand il était gosse. Il est allé en taule trois fois, mais il n'est jamais resté plus de quelques mois. »

« Tu as une adresse ? »

« Toujours la même. Irvingville, 815, 17e rue. Sa femme s'appelle Marie. »

« Merci, Dave. Je pense que ça fera l'affaire. »

« Bien. Maintenant je vais peut-être pouvoir quitter cet endroit avant que mon estomac ne rampe à l'extérieur de mon corps pour m'étrangler. »

« N'oublie pas de faire attention aux calories. »

« Ouais. Et toi, n'oublie pas de faire attention à toi, Max. Contini se fait peut-être vieux, mais ce n'est toujours pas un agneau. »

« Ne t'inquiète pas pour moi », fis-je. « Je suis le dernier des Juifs durs à cuire. »

Je ne bougeai pas de ma chaise. Pendant quelques minutes, je me contentai de regarder un couple de pigeons aller et venir, se pavaner sur le rebord de la fenêtre. L'un d'eux, tout gonflé de virile fierté, ne cessait de vouloir escalader l'autre, mais la femelle s'arrangeait pour lui échapper à chaque fois qu'il approchait. Le désir chez les pigeons est une affaire mécanique et implacable. On dirait qu'ils sont contraints de faire la même chose toute leur vie, encore et encore, sans témoigner de la moindre conscience de ce qui leur arrive. Il n'y a pas d'amour véritable chez eux, comme chez les moineaux. Les pigeons sont des New-Yorkais exemplaires, et ils affichent les traits les plus caractéristiques de la ville : le sexe sans l'âme, la gloutonnerie, la méchanceté et la maladie. En France, on les élève avec un soin tout particulier et on les mange comme un mets de choix. Mais les Français, il est vrai, sont censés savoir profiter de la vie mieux que nous.

Jusqu'à présent, les choses se présentaient plutôt bien pour moi. J'avais ma première piste et elle semblait bonne. L'important était d'éviter de tirer des conclusions hâtives. J'avais joué avec l'idée qu'en fait, l'accident de Chapman avait été une tentative de meurtre délibérée, mais j'hésitais pour l'instant à considérer ceci comme autre chose qu'une simple hypothèse. Une intuition n'est pas une preuve et je n'avais toujours rien de tangible à quoi me raccrocher. C'est maintenant que je devais commencer à gagner l'argent que Chapman m'avait versé.

Je passai en revue les noms figurant sur la liste de Chapman puis appelai Abe Callahan, l'un des dirigeants du Parti démocrate qui poussait la candidature de Chapman. Il était de cette soi-disant nouvelle génération de politiciens qui s'habillait, se comportait et dégageait exactement la même odeur que la soi-disant ancienne. Sa secrétaire m'apprit qu'il était à Washington ct ne rentrerait pas avant lundi. Je laissai mon nom et annonçai que je rappellerais à ce moment-là.

Mon deuxième coup de fil fut pour Charles Ligh, le propriétaire des Americans, et sa secrétaire m'accorda un rendez-vous avec lui le lendemain matin de bonne heure. Je fus un peu surpris d'être reçu aussi facilement, mais je mis ça sur le compte du charme naturel que le téléphone conférait à ma voix. Aujourd'hui allait être mon jour de chance.

Je composai le numéro des abonnés absents pour savoir si j'avais eu des messages. Il n'y en avait qu'un seul. De Mme Chapman, et il était urgent. Elle m'attendrait à mon bureau à deux heures et demie. Je ne ferme jamais la porte de mon bureau à clé et n'ayant pas de secrétaire, j'avais donné aux préposées du service téléphonique des instructions pour prendre mes rendez-vous. Je regardai ma montre. Il n'était pas loin de deux heures. En m'activant, je pouvais arriver à temps.

Je portai mon assiette à la cuisine et la balançai dans l'évier avec le reste de la vaisselle sale en m'apprêtant à m'occuper du tout à mon retour. Les cafards m'en seraient reconnaissants et j'aimais rester en bons termes avec mes locataires.

J'allai dans la salle de bains, m'aspergeai le visage d'eau froide, réajustai ma cravate, brossait les miettes qui s'étaient égarées sur ma veste de velours côtelé vert et me peignai. Je me regardai dans la glace et mon visage me parut plein d'ardeur, c'était le visage d'un adolescent qui se préparait pour un rendez-vous galant. Je suppose que j'étais excité à l'idée de rencontrer Judith Chapman. Mais cette idée n'entrait que pour une part dans ma fébrilité. L'affaire était en route à présent et je sentais la tension nouer mon estomac. L'adrénaline coulait à flots.

J'étais sur le point de partir lorsqu'on frappa à la

porte. Ce n'était pas les coups polis, hésitants du voisin qui vient emprunter la salière, mais un choc lourd et insistant m'annonçant que je n'arriverais pas à temps au rendez-vous de deux heures et demie, quels que soient les efforts que je déploierais. Ils savaient que j'étais là et ne souhaitaient pas qu'on les fasse attendre. Ma dernière pensée avant d'ouvrir la porte fut de me demander comment ils avaient fait pour tromper la vigilance d'Arthur dans le hall.

Ils étaient deux, comme toujours. L'un était très balèze et l'autre juste balèze. Très Balèze était vêtu d'une veste sport en madras bleu et rouge, assorti d'une cravate pourpre, d'une chemise jaune délavée et d'un pantalon en lainage vert d'eau. C'était une combinaison cauchemardesque, un truc qu'on aurait dit concocté par un aboyeur de cirque frappé de démence. Il portait des lunettes de soleil emboîtantes et le sourire de satisfaction imbécile qui s'épanouissait sur son visage lisse et charnu indiquait qu'il aimait son travail. Balèze était légèrement plus distingué. Son costume brun en tissu synthétique laissait deviner qu'il s'était interrogé quelques secondes devant les portants de Sears avant de l'acheter et sa cravate bleu pastel « Bicentenaire américain » montrait qu'à défaut d'autre chose, il était au moins patriote. Mais je n'aimais pas ses yeux. Ils avaient la couleur de la cravate, et cette expression dure et affamée de ceux qui ont tout vu et qui en redemandent. Je ne m'attendais pas à recevoir ce genre de visite aussi tôt et cela m'effraya. Les types de ce genre ne débarquent jamais pour une simple visite de politesse. Ils viennent avec un but précis et ne partent généralement pas avant d'avoir obtenu satisfaction. Je me trouvais dans une situation dangereuse et ils m'avaient pris par surprise. Je m'exhortai au calme.

Très Balèze rompit la glace.

« Max Klein ? » demanda-t-il. C'était une voix qui arrivait tout droit de Newark par la voie suspendue Pulawsky et s'était perdue dans la circulation quelque part sur la 10e avenue.

« Désolé », fis-je. « Je ne suis que la femme de ménage. M. Klein est en vacances en Europe. »

« Un rigolo », dit Très Balèze. Il semblait tout heureux, comme si ce fait allait rendre sa visite plus agréable.

« Vous allez devoir m'excuser, messieurs », lançai-je, « mais je suis déjà en retard à un rendez-vous. Pourquoi ne reviendriez-vous pas dans trois ans ? On en parlera à ce moment-là. »

Je fis un pas pour sortir mais ils restaient là, impassibles, comme deux statues de l'île de Pâques.

« Ça ne prendra que quelques minutes, monsieur Klein », affirma Balèze. Il la jouait pro et ne me laissait pas le choix.

« Très bien », lâchai-je enfin. « Entrez, mais faites attention à ne pas écraser vos cigarettes sur le tapis. »

« On fume pas », répliqua Très Balèze avec le plus grand sérieux.

Je les laissai entrer. Balèze s'assit sur le divan et je m'installai à la table. Très Balèze se baladait dans la pièce, examinant les livres et les disques. Il me faisait penser à un chauffeur de poids lourd qui aurait pris la mauvaise sortie et se serait retrouvé par hasard dans un musée.

« Nous savons qui vous êtes », commença Balèze. « Alors pas la peine de jouer au plus fin avec nous. Nous savons comment vous avez foutu le souk au Bureau du District Attorney il y a quelques années à propos de l'affaire Banks. Nous savons que vous avez craché le morceau à la presse quand vous avez démissionné. Et nous savons aussi que vous n'avez plus beaucoup d'amis dans cette ville. » On aurait dit qu'il avait planché sur des fiches format dix-quinze pour apprendre son discours par cœur.

« Je suis content que vous sachiez toutes ces choses », répondis-je. « Je n'aurais pas aimé avoir de secrets pour vous. Mais je ne vois pas le rapport avec le prix de la pizza dans le Bronx. »

« Ça veut dire que nous avons plus d'amis que vous, monsieur Klein. Ça veut dire que vous seriez très bête de ne pas coopérer avec nous. »

« Allons-y, alors. Ce suspense me tue. »

Balèze se renversa contre le dossier du divan et me lança un de ces regards censés stopper net les tigres en plein vol. Le fait est qu'il ne s'en tirait pas mal. Heureusement pour moi, je n'étais pas un tigre.

« Restez à l'écart de George Chapman », me dit-il, la voix sèche et monocorde.

« Oh, je vois », fis-je d'un ton railleur. « Vous déboulez chez moi pour me dire qui je dois fréquenter et je suis supposé dire oui et merci de m'empêcher de dévier du chemin de la vertu. »

« Quelque chose comme ça », confirma-t-il.

Dans le coin, près de la stéréo, Très Balèze examinait le disque que je venais d'écouter.

« C'est qui ce type ? » demanda-t-il, tendant la pochette du disque, regardant le portrait de Mozart. « Une vraie tronche de tante. »

« Ce type, comme vous dites, est mort depuis presque deux cents ans. A l'âge de trois ans, il avait déjà plus d'intelligence dans son ménisque que vous n'en avez dans la totalité de votre cervelle de gorille. »

« Merde alors », fit Très Balèze. « Vous savez vraiment causer. » Il sortit le disque de sa pochette, l'examina soigneusement sur ses deux faces et le cassa en deux. Il jeta négligemment les morceaux par terre.

« Pour expier ça », déclarai-je, « vous languirez un millier d'années dans le neuvième cercle de l'enfer. »

« Désolé », fit-il en regardant ses paumes ouvertes avec un étonnement feint. « Mes doigts ont dû glisser. »

« Très bien », dis-je à Balèze, « vous devriez vous sauver maintenant et emmener votre ami. J'ai bien reçu votre message. Il n'y a plus rien à discuter. »

« Si », affirma-t-il. « Je vous ai donné le message, mais j'attends toujours la réponse. »

Très Balèze se dirigea vers la bibliothèque, balança quelques livres par terre puis enfonça son long bras à l'intérieur de l'étagère et d'un seul mouvement balaya le reste des bouquins. Ils dégringolèrent bruyamment sur le couvercle en plastique transparent de la stéréo et atterrirent sur le plancher. Balèze ne prêtait pas la moindre attention à ces clowneries. Elles ne l'amusaient pas mais ne l'offusquaient pas non plus. Il avait son travail, son partenaire avait le sien.

« Doux Jésus », dit Très Balèze, « je ne sais pas ce que j'ai aujourd'hui. On dirait que je suis de plus en plus maladroit. »

Il aspirait sans doute à devenir décorateur d'intérieur. Il devait passer ses soirées libres à éplucher la collection de *House Beautiful* à la recherche de nouvelles idées. En quelques minutes, il avait transformé presque radicalement le design de mon salon, et quand il en aurait terminé, je savais que le résultat serait exactement celui qu'il avait escompté. Cette nouvelle tendance, appelée néo-dislocation, conférait à la pièce une sorte de charme informel qu'on rencontre uniquement dans les meilleures demeures.

Je laissai glisser. Je refusais d'être perturbé par quoi que ce soit. Ce n'était finalement pas mon jour de chance et on n'est pas censé tripatouiller le destin. Je n'étais pas né juif pour rien. Très jeune, on apprend à accepter le bon avec le mauvais. On apprend également à compter. J'avais beau considérer la chose sous tous ses angles, deux contre un me paraissait un argument convaincant.

« Posons le problème de la façon suivante », repris-je tandis que Très Balèze s'attelait à la deuxième étagère. « Pour quelle foutue raison ferais-je ce que vous me demandez ? Vous me dites de laisser tomber un client pour lequel je travaille seulement depuis ce matin, mais je ne vous connais pas, nous n'avons pas gardé les P. 38 ensemble. Vous oubliez que j'essaye de gagner ma vie, que je ne peux pas accepter une affaire et l'abandonner la minute suivante. Si vous voulez m'ôter le pain de la bouche, vous êtes obligé de m'offrir de la brioche. »

Un large sourire illumina le visage de Balèze. Je parlais à présent un langage qu'il comprenait. Nous étions tous deux des professionnels, travaillant certes pour des camps opposés mais néanmoins unis par le même cynisme, la même philosophie qui laisse le dernier mot au billet vert.

« Je savais bien que vous étiez un de ces juristes malins, Klein », dit-il. « Ça m'arrache le cœur de vous voir vous en tirer avec une proposition aussi juteuse, mais dans cette affaire, je ne suis que le garçon de courses. » Il fit une pause, comme s'il enviait ma bonne fortune. « Vous restez à l'écart de Chapman, vous encaissez cinq mille dollars, et personne ne pose de questions. »

« Et d'où vient cet argent ? »

« Comme je vous l'ai dit, personne ne pose de questions. Cinq mille, c'est assez pour faire taire n'importe qui. »

« C'est bon, pas de questions. Comment suis-je censé toucher l'argent ? »

« En liquide. Tout est prévu. »

« Et si je décide de dire non ? »

« Vous ne décidez rien. Vous faites ce qu'on vous dit. Je suis assez clair ? »

« Pas vraiment. J'ai toujours envie de savoir ce qui se passerait si je vous renvoyais à votre patron avec le message suivant : il peut se prendre ses cinq mille dollars et se les fourrer dans le cul ? »

« Vous dites pas ce genre de choses, sauf si vous voulez vous retrouver avec une paire de pattes cassées. »

« Mais c'est précisément ce que je dis. »

Balèze n'en croyait pas ses oreilles. Que quiconque puisse envisager de refuser une offre pareille dépassait les limites de son entendement. Notre rapprochement momentané venait de s'anéantir et il ne savait plus où il en était avec moi. J'étais redevenu un étranger.

« Vous dites non ? Putain de merde, vous dites vraiment non ? »

Sa voix était montée d'un octave.

« C'est ça, je dis non. Et je ne veux pas que vous oubliiez mon message. Qu'il se fourre les cinq mille dans le cul. Le paquet entier. »

Je prenais un risque énorme, et je savais qu'il me faudrait le payer. Mais refuser l'argent était le seul moyen de découvrir qui se cachait derrière cette offre.

Quelqu'un se donnait beaucoup de mal pour m'éloigner de Chapman et cela signifiait que je disposais d'encore moins de temps que je ne le pensais. Si je n'agissais pas rapidement, la vie de Chapman ne vaudrait même pas l'encre d'un timbre usagé.

« T'es un homme mort », dit Balèze. « Tu viens d'acheter ton billet pour les grands territoires de chasse. »

Très Balèze avait mis fin à son entreprise de démolition et regardait Balèze avec l'expression d'impatience joyeuse du chien d'attaque. Il attendait un signe.

« Partons d'ici, Angel », dit Balèze. « Ce fumier doit être l'enculé le plus con de New York. »

« Ouais, je sais », fit Angel. « C'est un rigolo. Je te l'ai dit quand on est arrivé, Teddy. » Il me sourit et s'approcha de moi. « Il me rappelle un de ces clowns avec leur gros nez rouge. Tu vois ce que je veux dire, Teddy ? Un vrai Bozzo. » Sans prévenir, il me souleva de ma chaise et me jeta comme un ballon de plage à l'autre bout de la pièce, sur la pile de livres. « Un vrai rigolo. Comme ces comiques qu'on voit à la télé. Sauf que là, il me fait plus tellement rire. »

Avant que j'aie pu reprendre mon souffle, il était à nouveau sur moi, me remettant debout d'un coup sec. Je tentai de me plier en deux mais il fut trop rapide pour moi et, le temps que je comprenne que j'aurais dû lui opposer mon épaule, il m'avait décoché un direct, sec et incroyablement puissant, dans l'estomac. J'eus l'impression qu'une rame de métro avait déraillé dans mes boyaux. Je m'écroulai, incapable de respirer, incapable de bouger. Le monde entier devenait noir et ce qui restait de lumière vacillait par intermittence, aussi tristement qu'une chandelle sous la pluie.

« Suffit, Angel », ordonna Teddy. « C'est l'heure de s'en aller. »

« Je voulais juste donner à ce fumier un avant-goût de ce qui l'attendait », dit Angel qui se tenait au-dessus de moi, les poings serrés. « Un truc juteux auquel il pourra penser la prochaine fois qu'il ira chier. »

Je ne remarquai pas leur départ. J'étais quelque part au fond de l'océan à la recherche d'un poumon d'acier. Quand je fus à nouveau capable de respirer, ils avaient eu le temps de récupérer leur voiture, de s'arrêter pour un déjeuner tardif et de rentrer à Brooklyn. Ou ailleurs si c'était de là qu'ils venaient.

5

Il était trois heures trente passées quand j'arrivai enfin à mon bureau. Je fus quelque peu étonné de découvrir que Judith Chapman m'y attendait toujours. J'avais appelé depuis mon appartement avant de partir et personne n'avait décroché, ce qui m'avait à nouveau renvoyé sur les abonnés absents qui n'avaient aucun messge à me communiquer. Je m'étais dit qu'elle avait abandonné tout espoir de me voir.

« J'étais en retard, moi aussi », expliqua-t-elle, se retournant sur sa chaise pour m'accueillir. C'était le siège sur lequel son mari était assis le matin même. « Donc, je suppose que je ne peux pas vous en vouloir. » Elle eut un sourire doucement ironique, comme pour dire que puisque nous étions tous deux coupables, nous étions également tous deux innocents.

Je m'installai à mon bureau et lui rendis son sourire. J'appréciais la façon qu'elle avait de nous mettre sur un pied d'égalité.

« Que puis-je faire pour vous, madame Chapman ? Le service téléphonique m'a dit que c'était urgent. »

J'aimais le visage de Judith Chapman. Il n'était pas joli dans le sens classique du terme, peut-être même pas beau, mais irrésistible, le genre de visage qu'il est pratiquement impossible d'arrêter de regarder. Son nez était un peu trop long, sa mâchoire trop large, et ses lèvres un peu trop pleines. Mais le tout, je ne sais comment, allait parfaitement ensemble, et quand on plongeait son regard dans ses yeux bruns et ronds, on sursautait presque, tant ils dégageaient d'intelligence et d'humour. Elle me faisait l'effet d'une de ces femmes rares qui se sentent à la fois à l'aise avec elles-mêmes et avec le monde, une de ces femmes qui peuvent assister à un ballet un soir, jouer au poker avec les copains le lendemain, et retirer le même plaisir de ces deux expériences. Elle était raffinée mais pas coincée, et ses cheveux sombres et ondulés lui conféraient une sensualité qu'on ne rencontre pas souvent chez les femmes riches. Elle portait une simple robe en maille blanche rehaussée au col de broderies de couleur. Peu de bijoux aux mains et aux poignets, juste une touche de maquillage sur les yeux. Elle plongea la main dans son grand sac de cuir brun et en sortit une Merit, qu'elle alluma avec un fin briquet en or sans me laisser le temps de lui offrir du feu. Elle avait agi avec les gestes automatiques de quelqu'un qui fume un ou deux paquets par jour.

« C'est à propos de mon mari, George », dit-elle. « Je sais qu'il est venu vous voir ici ce matin et j'ai peur que quelque chose de grave ne soit arrivé. »

« Il n'est rien arrivé de grave. Pas encore. Nous avons parlé de ce qu'on pouvait faire pour éviter que ça se produise. »

« Il y a donc quelque chose à craindre. »

Elle donnait l'impression que ce qu'elle avait en tête la tracassait depuis bien plus longtemps que ce matin.

« Votre mari ne vous en a pas parlé ? »

« Mon mari et moi ne parlons pas de grand-chose, monsieur Klein. »

Il n'y avait pas d'amertume dans sa voix C'était une simple affirmation, la constatation d'un fait.

« Si vous n'avez pas eu de discussion avec votre mari, commment avez-vous su qu'il était venu ici ? »

Elle hésita un instant, comme si elle cherchait à prendre une décision. J'eus l'impression qu'elle se demandait si elle avait bien fait de me rendre visite.

« Bill Briles me l'a dit. »

Je me renversai sur mon siège et contemplai le plafond. De ma voix la plus sereine et innocente, je demandai :

« Ce ne serait pas le professeur William Briles, par hasard ? Membre du Département de sociologie de l'université de Columbia et auteur de quelque onze ouvrages ? »

J'avançai mon siège et lui souris.

« Ne soyez pas sarcastique, monsieur Klein », dit-elle, montrant de l'agacement pour la première fois. « Vous savez très bien de qui il s'agit. Vous l'avez vu il y a quelques heures à peine. »

« Que vous a raconté Briles, exactement ? »

« Il m'a appelée à midi totalement paniqué. Il a dit que vous meniez une sorte d'enquête sur George, que vous l'aviez menacé et que vous aviez l'intention de ne plus le lâcher. »

« Il ne s'est pas montré particulièrement coopératif. J'ai eu l'impression qu'il essayait de me cacher quelque chose. Et je suis un homme curieux. J'aime bien savoir pourquoi les gens font ce qu'ils font. »

« Il a peut-être eu peur. »

Il y avait de la nervosité dans sa voix, une note défensive.

« Je voulais seulement lui poser quelques questions qui m'auraient aidé à protéger un de ses amis. »

« C'est exactement pour cette raison qu'il peut avoir pris peur. Tout ce qui concerne George est difficile à affronter pour Bill. »

« Peut-on savoir pourquoi ? »

Encore une fois, elle hésita, comme si elle avait peur de dire ce qu'il ne fallait pas.

« C'est compliqué », fit-elle.

« Ce n'est pas grave, je ne suis pas pressé. Vous pouvez me l'expliquer. »

Elle prit une profonde inspiration pour se donner du courage. Puis elle se pencha et écrasa sa cigarette dans le cendrier posé sur mon bureau. Elle parla en la regardant, comme si elle s'adressait à elle plutôt qu'à moi. La cigarette défunte était un auditeur dépourvu de sens critique.

« Je pense que ça n'a plus d'importance, maintenant », dit-elle, « et peut-être se révélera-t-il utile que je vous en parle. » Elle inspira à nouveau profondément et attendit que son corps se détende. Dehors, j'entendais le grondement habituel de la circulation, le bruit de l'eau coulant dans l'atelier de Dennis Redman, à l'étage au-dessus, le roucoulement obsédant des pigeons sur le rebord de la fenêtre, tous les petits bruits qui vivent dans les silences de la ville.

« Voyez-vous », reprit-elle, « Bill Briles et moi avons longtemps été amants. Ce qui peut expliquer pourquoi il était aussi nerveux aujourd'hui. Il ne savait pas ce que vous cherchiez. Je crois que nous avons assez bien réussi à garder le secret. Mais on ne peut jamais en être certain. »

« Votre mari et vous passez pour être entièrement dévoués l'un à l'autre », dis-je. « Vous êtes le couple idéal. »

« C'est terrible, n'est-ce pas », reprit-elle, « de vivre

dans le mensonge, en sachant que vous êtes une parfaite hypocrite. Mes relations avec George se sont désagrégées au bout de trois ans. Mais nous avons continué à paraître ensemble en public, à faire comme si de rien n'était, tout en menant chacun notre vie de notre côté. »

« A quel moment a débuté votre liaison avec Briles ? »

« Deux ans environ avant l'accident. »

« Et elle a continué après l'accident ? »

« Plus ou moins. Bill et moi avons cessé de nous voir un moment, mais ce n'est pas vraiment terminé. ce n'était qu'une pause. »

« Et maintenant c'est fini. »

« Oui, nous avons fini par rompre il y a six mois. J'ai décidé de repartir de zéro avec George. Il disait qu'il voulait à tout prix me voir revenir, et je l'ai cru. Tout s'est bien passé pendant un moment, mais ça a fini par exploser une fois de plus. George Chapman est un homme extrêmement difficile à vivre, monsieur Klein. »

« Il m'a dit ce matin qu'il vous aimait profondément, que vous étiez le pilier de sa vie. »

« Ça lui ressemble. L'un de ses grands problèmes, c'est qu'il préfère donner les réponses attendues et conventionnelles plutôt que de révéler ses émotions. Il a toujours été comme ça, mais cette tendance s'est aggravée depuis son accident. C'est difficile pour moi de parler de ça. Vous devez comprendre que je n'étais qu'une enfant quand j'ai épousé George. J'avais vingt et un ans. Je sortais du collège, et je trouvais qu'il était l'homme le plus extraordinaire que j'aie jamais rencontré. Je ne connaissais rien au base-ball, j'ignorais ce que c'était que d'être la femme d'un joueur. Quand la saison débutait, je ne le voyais pratiquement plus. Il faut que vous sachiez comment se comportent les sportifs en tournée. George avait une femme dans chaque ville. Il m'a fallu quelques années pour le comprendre, mais il ne désirait pas vraiment une épouse. Il me voulait comme un joyau qu'on exhibe. Je lui donnais une bonne image. C'est pour ça qu'il m'a suppliée de revenir l'hiver dernier. Il songeait à entrer en politique et il savait qu'une jolie femme est un atout pour un homme public. C'était aussi le moyen d'éviter un scandale si jamais quelqu'un découvrait ma liaison avec Bill. George a une façon bien à lui de toujours jouer sur deux tableaux. Il n'aime pas prendre de risques. »

« Je ne voudrais pas être indiscret », fis-je, « mais avez-vous jamais songé à demander le divorce ? »

« Bien sûr, j'y ai songé. Bill et moi lui en avons parlé plusieurs fois, mais il a répondu qu'il préférerait nous tuer. Et je l'ai cru. George possède de grandes aptitudes à la violence. Il est sujet à des accès de fureur terribles parce qu'il refoule tellement ses émotions qu'elles finissent par exploser. Il s'est habitué à l'idée que Bill et moi soyons amants. Il a décidé que je pouvais continuer à voir Bill du moment que personne d'autre n'était au courant. Je sais que c'est pervers, mais George est comme ça. Je ne veux pas le faire passer pour un être mauvais. C'est un homme complexe et difficile. A sa façon, une façon étrange, je crois qu'il m'aime toujours — si tant est qu'il soit capable d'aimer quelqu'un. Malgré tout, je me rends compte que j'éprouve encore certains sentiments pour lui. De la pitié... de l'affection... je ne sais pas comment appeler ça. Nous avons traversé beaucoup d'épreuves ensemble, et je suppose que ça crée un lien. Pourtant, j'avais besoin de plus, d'autre chose… j'en ai toujours besoin… »

Je me levai, allai à l'autre bout de la pièce et m'assis sur le rebord de la fenêtre. Perplexe, je me demandai pourquoi elle m'avait choisi comme confident. Ça n'avait pas de sens de me parler de cette liaison avec autant de sincérité après l'avoir gardée si longtemps secrète. En même temps, j'étais content qu'elle m'ait choisi pour s'épancher. J'avais faim d'informations et en quelques minutes, elle m'avait révélé ce que j'aurais peut-être mis des semaines à découvrir seul. Je considérais ça comme un coup de chance.

« Vous êtes un bon auditeur, monsieur Klein », dit-elle. « Je crois que j'avais envie de raconter ça à quelqu'un depuis très longtemps. » Elle eut un sourire gêné. « Et c'est tombé sur vous. »

« Vous pouvez m'appeler Max », répondis-je. « Tout le monde m'appelle Max. Même ceux qui pensent que Fouille-Merde me conviendrait mieux. »

« Si vous le prenez comme ça », dit-elle, souriant à nouveau, mais cette fois d'un sourire authentique et chaleureux qui fit danser ses prunelles, « alors mon nom est Judy. »

Nous nous observâmes attentivement, nous jaugeant pour la première fois comme des êtres humains. L'atmosphère du bureau se transforma, d'une manière soudaine et indicible. Nous n'étions plus de parfaits étrangers. Entre nous, quelque chose d'intime était passé.

Je continuai à la regarder dans les yeux.

« Dites-moi », repris-je, « George a-t-il eu une ou plusieurs liaisons depuis l'accident ? »

Elle secoua la tête.

« Je ne crois pas. En tout cas rien dont j'ai entendu parler. »

« L'accident a-t-il eu d'autres effet physiologiques durables... en plus de la perte de sa jambe ? »

« Si vous me demandez ce que je crois que vous me demandez, la réponse est non. George est parfaitement capable d'avoir des rapports sexuels. »

« Alors pourquoi n'en a-t-il pas ? Je ne parle pas d'amour. Juste de la satisfaction de besoins élémentaires. »

« Les besoins de George ne sont pas comme ceux des autres hommes », murmura-t-elle. « Même avant l'accident, le sexe était plus un devoir qu'un plaisir pour lui. Je crois qu'il en a peur, peur des émotions qu'engendre cette activité. »

Je réfléchis à ce qu'elle venait de dire, essayant de faire cadrer cette information avec l'idée de Chapman qui commençait à se dessiner dans mon esprit. Tous ces faits n'avaient pas forcément de sens, mais ils étaient là, exposés au grand jour. Il me fallait vivre avec eux et tenter de me les approprier.

Je dis :

« Votre mari est venu me voir ce matin parce qu'il a reçu une lettre de menace. »

Judy Chapman me regarda comme si je venais de lui parler chinois.

« Je ne comprends pas », fit-elle. « De quoi parlez-vous ? »

« Quelqu'un a envoyé une lettre à George. Cette lettre annonçait que s'il ne faisait pas certaines choses, il serait expulsé du monde des vivants. Le seul ennui, c'est que George n'a pas la moindre idée de ce que sont ces choses. De sorte que, même s'il voulait coopérer, il ne le pourrait pas. Ce qui le met dans une position assez précaire. »

« Oh ! mon Dieu », dit-elle. Sa voix était à peine audible. « Oh ! mon Dieu. »

« Je n'ai rien de précis pour le moment, mais je travaille sur une piste qui pourrait se révéler passablement solide. » Je m'arrêtai, lui laissant le temps de se ressaisir. « Le nom de Victor Contini vous dit-il quelque chose ? »

« C'est le père de l'avocat de George, Brian Contini. »

« L'avez-vous déjà rencontré ? »

« Non, jamais. »

« Et George ? »

« Pour autant que je m'en souvienne, il ne m'en a jamais parlé. »

Elle me regarda d'un air interloqué.

« Victor Contini n'est-il pas une sorte de gangster ? »

Je hochai la tête.

« L'un des pires. »

Elle me dévisagea un moment, comme si elle espérait me voir brusquement sourire et lui avouer que tout cela n'était qu'une blague. Mon expression ne changeant pas, elle dit :

« Je n'arrive pas à y croire. Tout cela est simplement irréel. »

Je ne fis rien pour la rassurer. Lui affirmer que tout allait s'arranger à la fin serait un mensonge, et je ne voulais pas faire de fausses promesses. C'était bien réel, et jusqu'à preuve du contraire, tout pouvait arriver.

« Parlez-moi un peu de la situation financière de George », repris-je. « Dépense-t-il plus qu'il ne gagne ? »

« Non, c'est exactement le contraire. Il a plus d'argent qu'il ne peut en utiliser. Le livre s'est très bien vendu et il attend encore des rentrées importantes de ce côté-là. Et puis il y a les conférences qu'il donne dans les circuits spécialisés, ses investissements et le salaire qu'il continue à percevoir des Americans. Il avait signé un contrat de longue durée avant l'accident, vous savez. »

« Je sais. Huit ans. »

« Cet argent seul serait plus que suffisant. Il s'agit de sommes considérables, bien supérieures à ce que la plupart des gens gagnent en toute une vie. »

« Deux cent cinquante mille par an, n'est-ce pas ? »

« Pas tout à fait, mais vous n'êtes pas loin du compte. »

« Et Charles Light ? J'imagine qu'il n'apprécie pas de devoir se séparer de tout cet argent chaque année sans rien recevoir en contrepartie. »

« Il n'aime pas ça, c'est évident. Mais il est lié par le contrat, et il ne peut rien faire. Les premières années, il n'a cessé de chercher à obtenir un arrangement à l'amiable, mais George n'a pas voulu en démordre et Light a fini par laisser tomber. »

« Light excepté, y a-t-il quelqu'un qui pourrait avoir une dent contre George ? »

« Je suis sûre que beaucoup de gens le détestent. Il a une très forte personnalité et cela déplaît souverainement à certaines personnes. Mais ça ne signifie pas qu'elles iraient jusqu'à vouloir le tuer. »

« Et William Briles ? »

Elle se figea et me regarda attentivement.

« Impossible. Bill n'est pas le genre d'homme à ça. Pour commencer, il abhorre l'idée même de la violence. Ensuite, il a bien trop peur de George pour ne serait-ce qu'envisager une chose pareille. »

Elle avait parlé d'un ton incisif, comme pour chasser à jamais cette pensée de ma tête. On aurait dit qu'elle tentait de faire sortir Bill Briles du paysage une fois pour toutes et je me demandai si elle le faisait pour elle-même ou bien si c'était un moyen détourné de me faire comprendre qu'elle était disponible. Ce n'était pas le moment d'essayer de le découvrir.

« Un dernier point », fis-je. « George vous a-t-il jamais expliqué pourquoi il roulait sur une petite route de campagne la nuit de l'accident ? »

Ma question la déconcerta. Elle n'avait pas la moindre idée de ce dont je parlais.

« Quelle différence qu'il se soit trouvé sur une petite ou une grande route ? »

« Ça me paraît bizarre. Comme un détail qui cloche. Et je dois sortir du lot tout ce qui ne rentre pas dans un schéma normal pour l'examiner d'aussi près que possible. »

« Mais comment cet accident, qui date de cinq ans, pourrait-il avoir un rapport avec ce qui se passe aujourd'hui ? »

« Je ne sais pas », répondis-je, « c'est ce que je vais essayer de découvrir. »

Judy Chapman resta perdue dans ses pensées, hochant lentement la tête, comme si elle commençait enfin à comprendre toutes les implications de cette affaire.

« Pauvre George », murmura-t-elle presque pour elle-même. « Pauvre George. »

« Pourrai-je vous joindre chez vous ? » demandai-je. « Il faudra probablement que je vous appelle si je tombe sur quelque chose d'intéressant. »

« Oui, je serai chez moi. Et vous pouvez toujours

laisser un message sur le répondeur au cas où je serais sortie. »

Elle se leva, s'apprêtant à partir. Je me rendis compte que j'aimais la façon dont elle habitait son corps mince. Ses vêtements ne construisaient pas une armure autour d'elle, comme c'est le cas pour certaines femmes séduisantes. Ils semblaient rehausser sa présence, en vous rappelant qu'elle était vivante à l'intérieur et qu'elle n'avait pas besoin de s'exhiber pour être désirable. Elle faisait paraître tout cela si simple. Je commençai à me demander si j'avais jamais rencontré quelqu'un comme elle.

Nous nous apprêtions à franchir le seuil pour nous diriger vers l'ascenseur lorsqu'elle se retourna et regarda les neufs tours de Babel ornant les murs de la pièce.

« Je dirai une chose sur votre décoration murale », lâcha-t-elle, pince-sans-rire. « Elle est sans concession. »

« Je ne suis pas le genre de type à aimer beaucoup de choses », fis-je. « Alors quand j'en trouve une qui me plaît, je m'y accroche. »

Nous nous parlions selon un code étrange et laconique, nous nous effleurions avec une délicatesse presque victorienne. Les mots n'avaient pas tout à fait leur sens, même la remarque la plus triviale possédait une double signification, une intention cachée. Elle me sourit d'un air amusé. Je venais de lui faire un compliment, et elle ne s'y était pas trompée. Je constatai que nous étions sur la même longueur d'onde et cela me rendit heureux.

Nous attendîmes l'ascenseur en silence. Quand il arriva, elle posa la main sur mon bras et dit :

« Faites attention à vous, Max. »

Je lui répondis que je n'y manquerais pas.

6

Luis Ramirez était le gardien du parking Big Apple situé de l'autre côté de la rue. J'y garais ma Saab 1971 depuis cinq ans et, avec le temps, j'en étais venu à connaître Luis plutôt bien. C'était un homme mince, la trentaine, qui portait toujours un sweat-shirt bleu à capuche. Il passait ses moments libres dans une guérite en bois délabrée de la taille d'une cabine téléphonique, à lire toutes les publications possibles et imaginables consacrées au base-ball — de *The Sporting News* à *Sport,* en passant par *The Baseball Digest, The Baseball Monthly, The Baseball Quaterly* et le *Baseball Annual* de Street & Smith. Quand il devait déplacer une voiture, il emballait le moteur jusqu'au rugissement, reculait en faisant crisser la gomme et voler le gravier, puis manœuvrait pour la mettre en position avec les gestes abrupts et accélérés des vieux films muets. Depuis cinq ans que je le connaissais, il avait eu trois fils, et chacun portait le prénom d'un joueur de base-ball latino-américain : Luis Aparicio Ramirez, Minnie Minoso Ramirez et Roberto Clemente Ramirez. A chaque fois que je le voyais, nous parlions de son sport préféré. Sa connaissance du jeu était époustouflante.

Ce que Berenson était à la peinture et Tovey à la musique, Luis Ramirez l'était au base-ball.

« Salut, costaud », dit-il, levant les yeux d'un tableau de scores de la ligue Pacific Coast figurant en dernière page du *Sporting News*, « vous voulez votre caisse ? »

« Oui », fis-je, « avec ses quatre roues. Mais vu la façon dont elle est coincée là-bas, il vous faudra probablement vingt minutes pour la dégager. »

« Vous rigolez ! » Il était content de relever mon défi. « Trois minutes. Vous allez voir. Pas plus de trois minutes. »

Il empoigna les clés sur le panneau alvéolé fixé au mur et je le regardai faire son numéro à la Keystone avec une Ford Mustang, une Coccinelle VW et une Chrysler neuve. Quand la poussière fut retombée, quatre minutes et demie s'étaient écoulées.

Il m'ouvrit la porte de la Saab et se mit à rire.

« Qu'est-ce que je vous avais dit, mon vieux ? Quatre minutes. Quand je donne un temps, j'y arrive toujours. Quatre minutes et demie ! »

Je montai dans la voiture et baissai la vitre.

« Qui va gagner le match ce soir, Luis ? »

Son visage devint sérieux.

« Ça dépend. S'ils font entrer Middleton, les Americans ont une chance. Il aime bien ce genre de temps. Mais ses balles cassantes ne sont pas encore au point. S'ils choisissent Lopez, alors c'est cuit, mon vieux. Ce mec n'arrive pas à empêcher les frappeurs de Detroit de renvoyer une seule de ses balles rapides. Je dirais Detroit vainqueur, mais de peu. Six à quatre, sept à cinq, un truc comme ça. »

Si Luis Ramirez avait été homme à parier, il aurait probablement pu passer le reste de son existence sur un parcours de golf dans le sud de la Californie à se balader en petite voiture électrique. Mais c'était un puriste, et l'idée même de gagner de l'argent avec le base-ball le bouleversait. On ne fait pas d'un art une affaire rentable. Ça tue le plaisir.

Je sortis du parking et me dirigeai vers le nord, en direction du Lincoln Tunnel. Il était quatre heures trente, une mauvaise heure pour affronter la circulation à New York, sans parler d'essayer de sortir de la ville. Mais je ne voulais pas attendre jusqu'à demain. J'avais besoin de mettre la main sur Pignato immédiatement.

Dans des conditions normales, il faut trente-cinq à quarante-cinq minutes pour atteindre Irvingville en voiture. J'avais grandi dans le New Jersey et je connaissais bien le coin. En quittant le tunnel, on prend l'une de ces autoroutes qui ont donné au New Jersey sa réputation de dessous de bras du monde occidental. Bien qu'il n'y ait plus de porcs à Secaucus, il se dégage, tout au long de la route, une telle puanteur industrielle qu'on peut se croire propulsé par une faille spatio-temporelle dans l'Angleterre du dix-neuvième siècle. Des cheminées d'usine géantes expectorent une épaisse fumée blanche qui pollue l'inquiétant paysage de marécages et d'entrepôts de brique abandonnés. On voit des centaines de mouettes voler en cercle au-dessus des collines d'ordures et des carcasses rouillées de milliers de voitures en décomposition. Les jours de déprime, ça suffit à vous donner envie de vivre en ermite dans les bois du Maine en vous nourrissant de racines et de baies sauvages. Mais les gens ont tort de dire que c'est là un avant-goût de la fin de la civilisation. C'est l'essence de la civilisation, le prix exact que nous payons pour être ce que nous sommes et vouloir ce que nous voulons.

Lorsque j'abordai la Garden State Parkway, la circulation était dense mais fluide. Il ne faisait pas assez chaud et nous n'étions pas encore entrés dans la saison des radiateurs surchauffés et des pneus lisses qui éclatent. Le temps clément semblait pousser les conducteurs à rouler. Ils se dépêchaient sans doute de rentrer chez eux pour passer le reste de cet après-midi printanier dans leur jardin, à planter des tomates et à boire de la bière, pressés de fuir le théâtre de leurs journées monotones pour s'essayer à une imitation de la vraie vie. Il était six heures moins vingt lorsque j'atteignis la bretelle de sortie pour Irvingville.

Comme la plupart des petites et grandes villes autour de New York, Irvingville était une communauté ouvrière miteuse. Ses beaux jours, qui n'avaient déjà rien de miraculeux, étaient derrière elle. Toutefois, à l'inverse des cités voisines dont la population était devenue majoritairement noire au cours de ces vingt dernières années, Irvingville était encore presque entièrement blanche. C'était une petite enclave de ferveur réactionnaire au milieu d'un monde en pleine mutation. Dans les années trente, Irvingville avait abrité une organisation nazie et ses flics passaient pour les plus brutaux du comté. La ville était peuplée de Polonais et d'Italiens, dont la plupart n'avaient jamais connu mieux qu'un emploi en usine éreintant, une vie de fatigue et de désespoir. Ces gens étaient ceux qui se tenaient juste un cran au-dessus du bureau d'aide sociale, au-dessus de la pauvreté de l'homme noir, et à cause de cette proximité, nombre d'entre eux trouvaient leur consolation dans une forme de racisme particulièrement vicieux. C'était un endroit dur, un endroit déprimant. On n'y venait pas à moins d'y être obligé.

La 17e rue était un quarticr dc maisons doubles qui sombraient en tentant bravement de garder le sourire. La majorité des bâtiments étaient enduits d'un revêtement de bitume graveleux bordeaux ou vert et la plupart exhibaient à leurs fenêtres des jardinières remplies de géraniums rouge vif. Des vieux étaient assis sous les porches, regardant fixement les gamins qui pullulaient sur le trottoir en contrebas.

La maison des Pignato n'était ni pire ni meilleure que les autres de la rue. Je montai les marches branlantes, vis leur nom sur la boîte aux lettres de métal noir près de la porte de gauche et frappai. Il ne se passa rien pendant trente secondes. Je frappai à nouveau, cette fois beaucoup plus fort. De l'intérieur, une voix de femme annonça d'un ton las « j'arrive, j'arrive ». On aurait dit qu'elle s'attendait à trouver un des gamins du voisinage venu mendier un biscuit.

J'entendis le son feutré de pieds chaussés de pantoufles s'approcher de moi, puis la porte s'ouvrit d'un coup. Marie Pignato était une femme brune d'une quarantaine d'années, au visage cireux. Elle devait mesurer un mètre soixante, son estomac et ses hanches volumineuses débordaient d'un fuseau noir moulant. Elle avait des mules roses duveteuses aux pieds et portait une sorte de large blouse jaune avec une chaîne autour du cou, d'où pendait une petite croix d'argent. Son air complètement lessivé indiquait qu'elle avait cessé depuis très longtemps de croire que son heure viendrait. A voir les cernes noirs qui ombraient ses yeux, on aurait dit qu'elle n'avait pas eu une seule vraie nuit de sommeil depuis des années.

« Madame Pignato ? »

« Oui ? » Sa voix était hésitante, dépourvue d'assurance. Elle semblait décontenancée par la présence d'un étranger sur le pas de sa porte.

« Je m'appelle Max Klein. Je suis avoué et je représente la compagnie d'assurances Graymoor. » Je tirai de ma poche l'une de mes cartes juridiques et la lui tendis. « Croyez-vous qu'il me serait possible de voir M. Pignato ? »

« On a pas besoin d'assurances », dit-elle.

« Je ne vends pas d'assurances, madame Pignato. Je représente une compagnie d'assurances. Il semblerait que votre mari ait eu de la chance et je voudrais le lui annoncer. »

Elle me dévisagea, baissa les yeux sur la carte qu'elle tenait, puis revint sur mon visage.

« Vous êtes quoi, une sorte d'avocat ? »

« C'est exact », fis-je avec un sourire. « Je suis avocat. Et si je peux voir votre mari juste quelques minutes, je suis sûr que vous ne le regretterez pas. »

« Eh ben, Bruno est pas là », fit-elle toujours sceptique, mais quelque peu radoucie.

« Savez-vous quand il rentrera ? »

Elle haussa les épaules.

« Comment je le saurais ? Bruno va et vient, on peut pas le tenir à l'œil. Il est en invalidité, vous savez, alors il a pas à travailler. » Elle dit cela comme si le travail était la seule chose qui puisse ramener un homme à la maison tous les soirs.

« Vous l'avez vu aujourd'hui ? »

« Ouais. Il était là avant. Mais il est sorti. » Elle s'arrêta, secoua la tête et soupira, comme si elle essayait de s'accommoder du comportement d'un enfant difficile. « Quelquefois, il rentre pas plusieurs jours de suite. »

« J'ai entendu dire que votre mari n'était pas bien portant. »

« Non, il va pas bien. Ça fait quatre ou cinq ans, depuis son accident. Ils doivent l'emmener se reposer de temps en temps. »

« De quel accident s'agit-il ? »

« Avec son camion. Il a rien eu. Mais mentalement, il est plus le même depuis. »

« Savez-vous où je pourrais le trouver, madame Pignato ? C'est une affaire assez importante et ça m'ennuierait de partir sans l'avoir vu. »

« Eh ben, vous pourriez aller voir chez Angie au coin de la 15e et de Grand. Il y va quelquefois boire une bière. »

« Je crois que c'est ce que je vais faire », dis-je. « Merci de votre aide. »

Je commençai à m'éloigner.

« Hé, monsieur », appela-t-elle, « vous avez oublié votre carte. »

Elle me la tendit, ne sachant qu'en faire. C'était un objet étranger et elle paraissait presque en avoir peur.

« Ce n'est pas grave, vous pouvez la garder. »

Elle baissa à nouveau les yeux sur la carte.

« Est-ce qu'il va y avoir de l'argent pour nous dans cette affaire ? » demanda-t-elle timidement, n'osant pas s'attendre au meilleur.

« Il y a de l'argent », répondis-je. « Je ne crois pas que ce soit beaucoup, mais je suis sûr qu'il y a quelque chose. »

Je lui souris, et elle regarda encore une fois la carte, qui semblait exercer sur elle un attrait magique, comme si elle était plus réelle que moi.

Le carrefour de la 15e rue et de Grand n'était qu'à quelques pâtés de maison, mais je décidai de prendre ma voiture. Je ne voulais pas la laisser là, avec ses plaques d'immatriculation de New York, offerte comme une tentation aux gamins de la 17e rue. Tandis que je roulais, vitre baissée, je passai devant d'autres alignements de maisons jumelles, un lotissement vacant envahi de mauvaises herbes et de chiens errants, et une cour d'école où s'improvisait une partie de *softball*. Le lanceur venait d'envoyer la balle et le batteur rejetait ses bras en arrière pour frapper au moment où j'arrivai, mais je dépassai la cour avant d'avoir vu la suite, et le mur de brique de l'école me bloqua la vue. C'était un moment figé dans le temps, et l'image de la balle blanche suspendue dans les airs ne me quitta pas, comme une vision d'éternelle attente.

Le quartier devint plus commerçant sur Grand Avenue et je trouvai Angie's Palace entre un magasin de spiritueux et une station-service Gulf qui faisait l'angle. Je me garai quelques mètres plus loin devant un institut de beauté. Un panneau bleu et rouge peint à la main annonçait dans la vitrine : Dolorès revient. J'espérai qu'elle ne regretterait pas sa décision.

Malgré son nom, Angie's Palace n'était qu'un bar de quartier, comme il en existe des milliers dans des milliers de rues semblables à celles-ci. Des enseignes au néon vantant des marques de bière à la devanture, une peinture verte lépreuse sur la façade et une porte rouge délabrée que des millions de mains assoiffées avaient poussée. Au-dessous de la porte, une enseigne montrait deux verres de Martini inclinés d'où sortaient des bulles. Les lettres des mots « Salon-bar » étaient réduites à un triste SAL BAR.

Dedans, il faisait sombre comme à l'intérieur d'une cervelle de poisson et il me fallut quelques instants pour adapter ma vision. Dans le bar, seules bougeaient les lumières pourpres ondoyantes du juke-box, qui dansaient avec une gaieté incongrue tandis que la machine débitait une chanson plaintive parlant de rupture et de désespoir. Il n'y avait que cinq ou six clients dans la salle. Deux d'entre eux, vêtus de l'uniforme gris des réparateurs de téléphone, étaient assis au bar, penchés sur leur bière, et discutaient des mérites comparés de la BMW et de l'Audi. Quelques autres, seuls à des tables en bois, lisaient le *Newark Star Ledger*. Le barman, chemise blanche à manches courtes et tablier également blanc, avait l'air d'un ancien bloqueur défensif qui était devenu trop gros à force de ressasser ses souvenirs à coups de bière avec les clients.

J'allai au bar et commandai une Bud. Lorsque le barman revint avec le verre et la bière, je posai un dollar sur le comptoir et annonçai :

« Je cherche Bruno Pignato. Sa femme m'a dit que je pourrais peut-être le trouver ici. »

« Vous êtes pas flic, hein ? »

C'était une question posée d'un ton neutre, et il n'avait pas l'intention d'en faire toute une histoire. Mais il devait protéger ses clients et j'étais une tête inconnue.

« Non, je suis avocat. Je veux juste lui parler. »

Le barman me détailla de la tête aux pieds, me soumettant à l'épreuve de son regard puis, d'un geste, désigna un coin dans l'arrière-salle. Un homme y était attablé devant un verre de bière plein et contemplait le vide.

« Merci », fis-je.

Je pris mon verre et me dirigeai vers le fond.

A cause du prénom Bruno, j'avais imaginé un homme grand à la carrure puissante. Mais Pignato était petit et frêle, à peine plus haut qu'un jockey. Ses cheveux sombres et bouclés ne recouvraient plus que le tiers arrière de son crâne et son visage aux yeux proéminents avait la forme pointue de celui d'une créature souterraine. Il n'avait pratiquement pas de menton, ce qui faisait saillir un nez déjà long et tout en lui suintait le malheur. Bruno Pignato exhalait l'échec de la même manière que George Chapman respirait la réussite. Il portait une chemise hawaiienne trop voyante pour être acceptable et ses maigres bras blancs, pathétiques et inutiles, ressemblaient à ceux des malades qu'on voit dans les hôpitaux. Je compris qu'il me fallait laisser tomber la tactique que je m'apprêtais à utiliser. Je m'assis à la table.

« Bonjour, Bruno. Je m'appelle Max Klein. Votre femme m'a dit que je vous trouverais ici. »

Il se tourna vers moi et me jeta un regard indifférent.

« Salut, Max. Prenez un verre. »

« Je ne veux pas vous faire perdre votre temps, Bruno. J'aimerais juste vous poser quelques questions. »

« Ouais, Max. Qu'est-ce que je peux faire pour vous ? »

« Je voudrais vous parler de ce qui s'est passé il y a cinq ans, la nuit où vous avez eu votre accident. »

Son visage placide devint inquiet. On aurait dit que j'avais appuyé sur un bouton qui permettait de changer automatiquement son humeur. Toute personne animée de sentiments normaux n'aurait pas essayé de le pousser à parler et se serait arrêtée là. Mais j'étais sur une affaire et la vie d'un homme se trouvait en jeu. Je me haïssais pour l'effet que cette conversation risquait d'avoir sur Pignato. Malgré tout, je continuai.

« C'était moche », dit-il, « très moche. Un type a été salement blessé, cette nuit-là. »

« Oui, je sais, Bruno. Très moche. »

« Vous savez qui c'était, ce type ? » Sa voix commençait à trembloter comme s'il ne parvenait plus à la contrôler. « George Chapman. Le joueur de base-ball. » Il regarda la table et prit une profonde inspiration. « Bon Dieu, il touchait sa canette. »

« Pouvez-vous me raconter ce qui s'est passé ? »

Il secoua la tête d'un air abattu, faisant un effort pour ne pas se rappeler. « Je ne crois pas que j'aie envie d'en parler. J'aime plus du tout en parler. »

« Je sais que c'est difficile, Bruno. Mais il faut que vous essayiez, c'est important. Victor Contini veut encore nuire à George Chapman, et à moins que vous m'aidiez, il va y arriver. »

Une lueur de clarté s'alluma dans le regard de Pignato. Il m'examina attentivement pour la première fois puis répondit d'une voix grincheuse :

« Je crois pas vous connaître, si ? Pourquoi voulez-vous me dire du mal de M. Contini ? C'est un grand homme, M. Contini. Vous devriez pas dire du mal de lui. »

« Je ne dis pas de mal de lui, Bruno. Tout ce que je dis c'est que j'ai besoin de votre aide. Vous ne voulez pas qu'il arrive encore quelque chose à George Chapman, n'est-ce pas ? »

« Non », fit-il d'un ton soumis, retrouvant son masque de torpeur. Mais je jure que je ne voulais pas qu'il soit blessé. Je veux dire, ce type touchait vraiment la balle, non ? »

« Que s'est-il passé cette nuit-là, Bruno ? Qu'est-ce qu'on vous a demandé de faire ? Croyez-moi, c'est très important. »

« On m'a rien dit de faire, vrai. Ils voulaient juste que je m'arrête sur la route pour pouvoir charger des trucs dans le camion. Je sais pas, je me rappelle pas bien. Mais M. Contini a toujours été vraiment gentil avec moi. »

« Est-ce qu'ils sont arrivés avec les trucs ? »

« De quels trucs vous parlez ? »

« Est-ce qu'ils sont arrivés avec les trucs qu'ils voulaient mettre dans le camion ? »

« Je crois pas. » Pignato regarda dans ses mains, comme si la réponse, par on ne sait quel miracle, l'y attendait. « Mais je me rappelle plus très bien les choses. »

Il y eut un long silence, je sortis un billet de cinquante dollars de mon portefeuille et le posait sur la table devant lui.

« Tenez, Bruno, je voudrais que vous preniez ça. »

Il ramassa l'argent et l'examina attentivement, un peu comme sa femme avait inspecté ma carte un moment plus tôt. Après l'avoir tourné et retourné, il le reposa sur la table.

« Pourquoi vous voulez me donner ça ? »

« Parce que vous m'avez rendu un grand service. »

Il hésita, ramassa à nouveau le billet et le regarda. Il réfléchissait, tentait de prendre une décision. Au bout d'un moment, il plaqua le billet sur la table de la paume de sa main et le repoussa vers moi.

« Je crois pas que j'aie envie de prendre votre argent », dit-il.

« Si vous n'en voulez pas, pourquoi ne le donnez-vous pas à votre femme ? Je suis sûr que ça lui ferait plaisir. »

« Marie ? Qu'est-ce que ça à voir avec elle ? » Il commençait à s'énerver. « Je croyais qu'on avait une conversation. Vous savez, d'homme à homme. »

« C'est exact, Bruno, d'homme à homme. »

« Alors pourquoi voulez-vous que je donne l'argent à Marie ? Je veux pas lui donner d'argent », cria-t-il. Il prit le billet de cinquante dollars et, avec des gestes rapides et violents, le déchira en petits morceaux. « C'est pas bien de me forcer à donner de l'argent à Marie. »

J'avais sans le vouloir touché une corde sensible. Il avait transféré une grande partie de son ressentiment envers lui-même et sa maladie sur sa femme, la personne qui s'occupait de lui. C'était une situation humiliante pour lui, impossible pour elle. Je préférai ne pas penser à ce que devait être leur vie quotidienne.

« Alors ne lui donnez pas », fis-je. « Vous n'êtes pas obligé de faire quoi que ce soit si vous n'en avez pas envie. »

« C'est vrai », dit-il, « je suis pas obligé. »

On aurait dit qu'il prononçait un plaidoyer pour la totalité de sa vie.

J'avais espéré que les cinquante dollars le rendraient plus loquace mais c'était une erreur. Avec l'étrange perspicacité dont font preuve nombre de schizophrènes, il avait percé mon geste à jour et s'était refermé.

Il me faudrait tenter ma chance une autre fois. Du moins était-ce déjà un début.

« Je vais partir maintenant, Bruno. Je crois que nous ne devons pas continuer à parler de ces choses aujourd'hui. »

Il me lança un regard hagard et plein de haine. Sa bouche tremblait.

« Je vous aime pas », dit-il, « vous êtes un mauvais type. »

Je me levai et commençai à m'éloigner de la table.

« Vous êtes un mauvais homme », me cria-t-il. « Je vous hais. Un mauvais homme ! »

Tout le monde dans le bar me regardait, me dévisageait de la façon froide et curieuse dont on observe un animal au zoo. Je continuai à marcher et ne me retournai pas. Lorsque j'arrivai dans la rue et me dirigeai vers ma voiture, j'entendis Pignato qui m'avait suivi à l'extérieur.

« Vous êtes un mauvais homme », criait-il toujours de sa voix cassée et haut perchée. « Un mauvais homme ! »

Parvenu à ma voiture, je déverrouillai la portière. Je me retournai pour jeter un dernier coup d'œil et le vis debout devant Angie's Palace. Il ne criait plus après moi, mais après le monde entier ; son minuscule petit corps blanc affublé de vêtements ridicules oscillait d'avant en arrière dans le crépuscule comme un oiseau décharné privé d'ailes.

7

Au cours des cinq années qui s'étaient écoulées depuis la fin de notre mariage, Cathy et moi avions peu à peu appris à redevenir amis. Une fois l'amertume passée, chacun avait découvert qu'il tenait encore à l'autre. Mais il avait fallu du temps. Notre union s'était brisée par ma faute, à cause d'un travail auquel je ne croyais plus et j'aurais eu mauvaise grâce à reprocher à Cathy de m'avoir quitté au moment où elle l'avait fait. Je l'avais presque incitée à prendre sa décision, tentant, d'une certaine manière, de saboter en secret notre couple, comme si je devais me prouver que ma vie était véritablement un désastre avant de pouvoir commencer à la transformer. J'avais envie de m'apitoyer sur moi-même et j'y étais finalement très bien parvenu. Cathy avait trouvé du travail comme professeur de musique dans une école privée de jeunes filles, refusant toute aide de ma part. Nous n'étions même pas enchaînés par le lien habituel de la pension alimentaire. J'avais beau me dire que c'était stupide, je ne pouvais m'empêcher de me sentir blessé par ce qui m'apparaissait comme un rejet supplémentaire. Même mon argent ne valait rien. Le jour de mon divorce avait sans doute été le point le plus bas de toute mon existence.

Quelques mois plus tard, j'avais réussi à me convaincre que je n'étais finalement pas taillé pour la carrière juridique et je m'étais mis à travailler comme détective à mon compte. Alors, seulement, les choses avaient commencé à s'améliorer. L'affaire Banks m'avait fourni une excuse commode pour me dégager de mon poste d'assistant du District Attorney.

Jo Jo Banks, un gamin noir de Harlem âgé d'une douzaine d'années, avait été abattu par un flic blanc de trente ans nommé Ralph Winter. Winter prétendait que le gosse l'avait menacé d'une arme. Comme dans la plupart de ces affaires, les choses auraient dû en rester là. Winter s'en serait tiré avec une brève suspension et tout le monde aurait oublié l'incident. Mais il s'avéra que le père de Jo Jo Banks n'était pas un concierge d'école primaire prêt à accepter avec résignation la mort de son fils comme une conséquence naturelle de sa condition de Noir et de pauvre. James Banks était journaliste à l'*Amsterdam News* et il n'avait pas l'intention de laisser l'opinion publique oublier le fait que son fils avait été assassiné de sang-froid un samedi après-midi par un flic éméché qui n'était pas en service. Alors que la pression commençait à monter au Département de police, Banks se retrouva brusquement accusé de vendre de la drogue. On découvrit pour trente mille dollars d'héroïne dans son appartement. Lorsque l'affaire arriva en justice, je fus désigné pour mener l'accusation. Je refusai. Et plus tard, cette même journée, je démissionnai. Winter était coupable, Banks avait été victime d'un coup monté, et je ne voulais pas être complice d'une arnaque organisée par la police. Je donnai pas mal d'interviews aux journaux cette semaine-là et cela me fit du bien de vider mon sac. Peu m'importait que tous les flics de la ville me haïssent et que le District Attorney me prenne pour un gauchiste. J'avais joué le coup selon mes propres règles et j'avais retrouvé un peu de respect pour moi-même. Six mois plus tard, Winter fut viré de la police pour un autre incident et finit par atterrir dans le bâtiment. Dix-huit mois plus tard, il mourut en tombant d'une poutrelle d'acier depuis le vingt et unième étage d'un immeuble de bureaux qui s'élevait sur la 3e avenue. Il était ivre au moment de l'accident.

Le lendemain du jour où les journaux annoncèrent ma démission, Cathy m'appela pour me féliciter. Nous eûmes une agréable conversation et ce fut la première fois en plus d'un an que nous nous parlâmes sans nous quereller. Nous étions parvenus à une sorte de trêve émotionnelle et j'eus l'impression que nous étions enfin guéris de toutes les rancœurs qui avaient suivi le divorce. C'était pour nous le moment d'oublier le passé, de sortir de la vie de l'autre pour de bon. S'il n'y avait eu Richie, notre petit garçon, nous ne nous serions probablement plus jamais revus. Mais il était là, et je continuais à passer le voir chaque semaine. Cathy n'avait jamais été très convaincue ni de mes capacités ni de mon dévouement de père, et au début, elle était toujours absente quand je venais chercher Richie, le confiant à la garde de sa mère avant mon arrivée et après mon départ. Il lui fallut un moment pour comprendre que je tenais à lui autant qu'elle. Quand elle s'en rendit compte, nous pûmes recommencer à nous faire confiance.

Depuis les huit ou dix derniers mois, nous dînions ensemble chaque mercredi. Cathy avait décidé que ce serait bien pour Richie de nous voir tous les trois. Nos rapports étaient devenus plus chaleureux, plus détendus, et elle pensait que nous pouvions arriver à nous retrouver sans que cela engendre trop de tensions. Nous en étions capables, effectivement. La guerre était finie et la camaraderie qu'elle avait engendrée lui était aussi précieuse qu'à moi. Nous comptions l'un sur l'autre désormais pour toutes ces petites choses que personne d'autre ne pouvait nous apporter. En même temps, ni Cathy ni moi ne voulions nous rapprocher trop, attendre trop de l'autre. Nous avions peur d'être blessés et de détruire ce que nous avions réussi à reconstruire. Nous ne nous demandions jamais avec qui nous sortions, avec qui nous couchions. Nous nous voyions à cause de Richie, et parce que nous aimions être ensemble. Mais nous n'avions plus aucune prise l'un sur l'autre.

Richie avait neuf ans à présent. Il n'y avait pas si longtemps qu'il ne se passionnait plus pour les dinosaures. Il était passé aux insectes, puis à la mythologie grecque. Un jour, l'été dernier, après une balade en voiture, nous étions rentrés au parking et Richie s'était lancé dans une conversation sur le base-ball avec Luis Ramirez. Luis l'avait emmené dans sa guérite et lui avait montré ses livres et ses magazines. C'était comme une initiation à un univers occulte fait de nombres ésotériques, de personnalités obscures, de stratégies cabalistiques, et Richie avait été conquis. Luis était devenu son Virgile, son guide dans ce pays de dieux, de demi-dieux et de mortels, et toute sortie avec moi était incomplète pour Richie s'il n'avait pas droit à sa conférence dans le parking avec Luis. Il avait appris par cœur les deux tiers de l'*Encyclopédie du base-ball* que je lui avais offerte pour son anniversaire, et il ne se déplaçait pratiquement plus sans sa collection de cartes de base-ball.

Il était neuf heures moins le quart lorsque je sonnai à

la porte de l'appartement de la 83e rue Est. Richie vint m'ouvrir en pyjama.

« Maman dit que le dîner est fichu », annonça-t-il.

« J'espère que vous ne m'avez pas attendu. »

« Elle a pas voulu. J'ai mangé un hamburger et des épinards à six heures et demie. »

Cathy apparut dans le salon. Elle portait un jean et un pull gris clair dont les manches étaient remontées jusqu'aux coudes. Ses longs cheveux blonds flottaient librement sur ses épaules et je fus un peu surpris de voir qu'elle avait l'air si jeune. Mon estomac douloureux subissait les conséquences du coup de poing d'Angel et je me sentais particulièrement vieux et usé. Un instant, j'eus l'impression d'être venu voir ma fille et mon petit-fils. Mais quand Cathy s'avança et m'embrassa sur la joue, je vis qu'elle avait des cernes de fatigue autour des yeux et j'en fus rassuré. Cela signifiait que cette journée l'avait marquée elle aussi, que nous voyagions d'un même pas à travers la vie. Je me demandai à quoi nous allions ressembler dans trente ans.

« On avait presque abandonné tout espoir de te voir », dit-elle.

« Je suis désolé », fis-je, essayant d'inventer un mensonge plausible. « Je pensais être là à temps mais il y a eu un grave accident sur la Garden State Parkway. »

« Est-ce qu'il y avait des morts ? » demanda Richie.

Il était à un âge où l'idée de la mort violente était excitante, aussi irréelle qu'une explosion à la télé. Je me demandai s'il trouverait toujours ça fascinant si un jour, brusquement, je cessais de venir.

« Personne de tué », fis-je, « mais un gigantesque carambolage. »

« Mince », dit-il, tâchant de se représenter la scène. « J'aurais bien voulu être là. »

Je posai la bouteille de beaujolais que j'avais apportée sur la table du salon et enlevai ma veste.

« Il n'y a pas grand-chose à manger », dit Cathy. « J'avais tout préparé pour six heures et demie. Mais c'est devenu de la semelle maintenant. »

« Et ça s'appelait comment avant d'expirer ? »

« Saltimbocca de veau. »

« Tu vas me punir en n'en refaisant plus jamais ? »

« Exact », répondit-elle, mi-souriante, mi-contrariée par le triste destin de ses efforts culinaires. « A partir d'aujourd'hui, tu n'auras plus que des surgelés. »

Nous nous décidâmes pour un repas de bric et de broc. Soupe de lentilles, une boîte de pâté, de la salade et du fromage. Des débuts et des fins, comme dit Cathy, et rien entre les deux. Richie eut le droit de veiller plus tard que d'habitude et il resta à table avec nous, devant un verre de lait et un tas de biscuits au blé complet. Cathy et moi eûmes du mal à nous raconter quoi que ce soit étant donné que Richie avait décidé de mener le bal ce soir-là. Il y avait un quizz sur le baseball au programme, dont il serait l'animateur. Le seul ennui, c'est qu'il posait des questions auxquelles il était impossible de répondre. Quel était le dernier joueur des Cleveland Indians à avoir remporté le championnat de batte de la Ligue américaine ? Bobby Avila en 1954. Qui détenait le record des bases volées au classement annuel de la Ligue nationale — Maury Wills ou Lou Brock ? Brock, huit fois classé numéro un. Wills six fois. Et ainsi de suite. On aurait dit que ça ne s'arrêterait jamais.

« Je crois que tu nous as prouvé », dit enfin Cathy,

« que tu en connais plus sur le base-ball que tous ceux qui sont présents dans cette pièce. »

« Ce n'est pas difficile », fit-il modestement. « Le jour où j'en saurai plus que Luis, j'aurai vraiment de quoi me vanter. »

« Je suis sûr que tu l'as déjà dépassé », dis-je. « Après tout, il doit travailler pour subvenir aux besoins de sa famille, et il n'a pas autant de temps que toi à consacrer à ces trucs-là. »

« Moi, je dois aller à l'école », dit Richie, « et ça occupe un gros morceau de ma journée. »

Il comprit son erreur dès que les mots furent sortis de sa bouche, mais il était trop tard. Cathy avait accepté de le laisser veiller, mais à présent que le sujet était venu sur le tapis, Richie était un homme mort. Après quelques faibles protestations, incluant l'affirmation qu'Einstein ne dormait que quatre heures par nuit, il céda sans trop se faire prier. Il était dix heures moins le quart.

Je le surveillai tandis qu'il s'appliquait à me faire croire qu'il se brossait les dents et se lavait la figure. Il affrontait l'eau avec les gestes hésitants qu'adoptent les enfants lorsqu'ils ne croient pas entièrement à ce qu'ils font. Je le couchai et lui demandai s'il voulait que je continue à lui lire *L'Ile au trésor*. Il me répondit qu'il en avait eu assez d'attendre que j'en vienne à bout et qu'il avait lu la fin lui-même. Il préférait parler. J'avais acheté des tickets pour le match de samedi au Stadium et il avait du mal à penser à quoi que ce soit d'autre. Ce serait la première fois qu'il assisterait à un match de grande ligue.

« Quand on ira au match », demanda-t-il, « est-ce qu'on va passer à la télévision ? »

« Le match sera retransmis à la télévision. Mais il y a peu de chances qu'on nous voie. »

« J'ai dit à mon copain Jimmy que je passerai à la télé. Il va me prendre pour un menteur. »

« Tu n'auras qu'à lui montrer le talon de ton ticket », fis-je. « Ça prouvera que tu y étais. Ce n'est pas de ta faute si les caméras ne te filment pas. »

Cet argument parut le rassurer.

« Est-ce que ce sera un programme double ? » demanda-t-il.

« Non, il n'y aura qu'un match. Mais ça devrait suffire. S'il y en avait deux, tu finirais probablement à l'hôpital avec une intoxication alimentaire. Ces hot dogs sont mortels. »

« Maman ne me laisse pas manger de hot dogs », dit-il d'une voix triste. « Mais moi je trouve ça plutôt bon. »

« Ta mère est une femme intelligente, Richie. Tu dois lui obéir. »

Il me jeta un regard ensommeillé et demanda :

« Est-ce que tu aimes maman ? »

« Oui, beaucoup », fis-je.

« Alors pourquoi tu ne reviens pas vivre avec nous ? »

« On a déjà parlé de ça, Richie. C'est tout simplement impossible. C'est comme ça. »

« Je sais. C'était juste une question. » Il avait les yeux fermés à présent, mais il les rouvrit une dernière fois. « Je ne comprends rien aux adultes », déclara-t-il. « Je n'y comprends rien du tout. »

« Moi non plus, Richie. »

Je restai là quelques minutes à le regarder dormir. Lorsque je revins au salon, Cathy avait déjà fini la vaisselle et fumait l'une des rares cigarettes qu'elle s'accordait après dîner, assise près du piano. J'ouvris une autre bouteille de beaujolais et m'installai sur le canapé. J'aimais bien être dans cette pièce. Cathy l'avait arrangée d'une manière qui n'était pas envahissante, qui vous donnait l'impression que les murs, les meubles et les tableaux concouraient à votre bien-être. Le fait qu'elle gardait toujours une bonne réserve de vin sous la main y était aussi pour quelque chose.

Nous parlâmes un moment des petits événements de la semaine. Cathy dit que l'année scolaire avait été difficile et qu'elle attendait avec impatience les vacances d'été, dans six semaines. J'évoquai mes projets de voyage à Paris, qui avaient été retardés à cause de la nouvelle affaire sur laquelle je travaillais. Quand nous eûmes descendu la moitié de la bouteille de beaujolais, elle se leva, s'approcha du canapé et se pelotonna contre moi, la tête sur mes genoux. C'était son premier geste de tendresse physique envers moi depuis cinq ans.

« Il faut que je te parle, Max », dit-elle. « J'ai besoin de ton avis. »

Je caressai ses doux cheveux blonds. Une tension émanait de son corps. Elle s'enroula en position de fœtus, comme les enfants la nuit, dans une maison qu'ils ne connaissent pas.

« Pourquoi faut-il parler », dis-je. « J'aime bien être légèrement ivre sur ce canapé avec ta tête sur mes genoux. »

« Je dois prendre une décision, et je ne sais pas quoi faire. »

« Tu as pris des tas de décisions depuis cinq ans sans mon aide. La plupart d'entre elles étaient bonnes. »

« Aujourd'hui, c'est différent. Je suis terrifiée à

l'idée que je vais peut-être commettre une énorme erreur. »

« La dernière fois que tu as été terrifiée », fis-je, « c'est le jour où tu as oublié ton texte dans la pièce de fin d'année du cours élémentaire. »

« Non, j'ai vraiment peur, Max. » Elle hésita. « Tu comprends, quelqu'un veut m'épouser. Et je ne sais pas quoi faire. »

C'était un peu comme si on m'avait jeté dans une rivière gelée en plein mois de décembre. A chaque fois que j'essayais de remonter pour respirer, je me cognais la tête contre un bloc de glace. Une voix en moi criait frénétiquement que ça ne me regardait pas, qu'elle pouvait faire ce qu'elle voulait, tandis qu'une autre tentait de me persuader de me lever et de tout casser dans la pièce.

« Je pense que si tu me demandes un conseil, tu ne frappes pas exactement à la bonne porte, Cath », dis-je.

C'était le mieux que je puisse faire.

« Je sais, Max. Ce n'est pas juste. Mais je n'ai personne d'autre vers qui me tourner. »

« Qui est l'heureux élu ? » demandai-je. « Est-ce que tu l'aimes ? Est-ce qu'il est riche ? Est-ce qu'il va t'offrir une vie de luxe et de volupté ? »

« Non, il n'est pas riche. Il est enseignant, professeur d'anglais à l'université du New Hampshire et il m'aime énormément. »

« Mais toi, est-ce que tu l'aimes ? »

« Je crois. Mais je n'en suis pas sûre. »

« Si tu n'en es pas sûre, tu devrais peut-être attendre. »

« Si j'attends, je risque de tout ficher en l'air. Et je n'arrête pas de me dire que ce serait bien pour Richie.

Bien pour lui qu'il y ait un homme à la maison tout le temps. Bien pour lui de vivre à la campagne, loin de toute cette folie new-yorkaise. »

« Et qu'en pense Richie ? »

« Il me dit : “ Maman, si ça doit te rendre heureuse, alors je serai heureux. ” Je ne sais pas où il a pêché cette phrase. Peut-être dans un vieux film à la télé. Je ne peux pas te dire ce qu'il en pense. »

« Ce qui fait que la décision t'appartient entièrement. »

« Je sais. Et je sais aussi que je devrais probablement dire oui. Mais je n'arrête pas de penser... »

Elle laissa sa phrase en suspens. Nous restâmes silencieux une demi-minute.

« De penser quoi ? » demandai-je.

« Je ne sais pas... c'est très difficile à dire. » Elle s'arrêta à nouveau. « Que peut-être toi et moi, nous pourrions arriver à revivre ensemble. »

« C'est ce que tu voudrais, Cathy ? »

« J'y ai beaucoup pensé ces derniers temps. Au fond de moi, je crois que c'est ce que je veux vraiment. »

« Et tu serais capable d'oublier tout ce qui s'est passé il y a cinq ans ? »

« Je n'oublierai jamais. C'est juste qu'aujourd'hui, nous sommes différents. Nous avons enfin grandi. »

C'était l'une des conversations les plus difficiles de notre vie, et nous avions peur de nous regarder, comme si ce contact risquait d'altérer l'atmosphère et de nous empêcher de dire ce que nous pensions vraiment. Or, à cet instant, la franchise était cruciale ; tout le reste en dépendait. Cathy gardait la tête posée au creux de mes genoux, et je regardais fixement l'interrupteur près de la porte de la cuisine, espérant qu'il m'aiderait, je ne sais par quel miracle, à trouver les mots que j'avais besoin de prononcer.

« Tu n'as pas songé au travail que je fais, Cathy », répondis-je. « Tu ne sais pas ce que ce serait de m'attendre chaque nuit en veillant, de te demander si tu ne vas devoir aller à la morgue à trois heures du matin pour identifier mon corps. Ce n'est pas une vie pour toi ni pour Richie. »

« D'autres femmes la vivent », répliqua-t-elle. « Pense aux femmes de flics. Elles traversent le même genre d'épreuves. Nous allons tous mourir un jour, Max. La vie est pleine de risques, mais ça ne doit pas nous empêcher de vivre. »

« Ce n'est pas la même chose que d'être mariée à un flic. Ils ont un travail régulier avec des horaires réguliers, et quand ils ont fini leur journée ils rentrent chez eux et ne pensent plus au boulot. Mais quand je suis sur une affaire, c'est un engagement total, vingt-quatre heures sur vingt-quatre. Je rapporterais tout ça à la maison, la laideur, la brutalité. Tu ne le supporterais pas. Et tu finiras par me demander de laisser tomber, de faire autre chose. »

« Non, Max, je ne te demanderai pas ça. Je comprends maintenant ce dont tu as besoin et je ne m'interposerai pas. »

« Tu dis ça maintenant. Mais au bout d'un an ou deux, tu n'en pourrais plus. Il te faut des bonnes choses, Cathy, des choses solides, de la musique, des livres, une table bien garnie et un homme qui sera là quand tu auras besoin de lui. Je ne pourrais rien te donner de tout ça. Tu serais très malheureuse. »

« Tu ne veux plus de moi, n'est-ce pas, Max ? »

« Tu ne peux pas savoir à quel point je te veux. Mais je t'ai déjà perdue une fois, et je n'ai pas envie de recommencer. J'ai gâché pas mal d'années avant de trouver ce que j'aimais faire. Ce travail compte beaucoup pour moi et je ne peux plus le quitter maintenant. Et pourtant je devrais y renoncer si nous revivions ensemble. Et sans ce travail, nous finirions par retomber dans la situation que nous avons connue avant le divorce. Au moins, comme ça, je ne te perdrai pas une seconde fois, pas vraiment. Nous resterons aussi proches que nous le sommes maintenant. »

Tout doucement, si doucement au début que je le remarquai à peine, elle se mit à pleurer. Tout en parlant, je sentais son corps trembler sous ma main, et chaque vague pénétrait dans mes os comme l'écho d'une lointaine secousse tellurique venue du centre de la Terre. Lorsque j'eus terminé, elle s'assit et me regarda, le visage baigné de larmes.

« Oh mon Dieu, Max, pourquoi est-ce que ça doit se passer comme ça ? Pourquoi ne pouvons-nous pas recommencer simplement à nous aimer ? »

Elle jeta ses bras autour de mon cou et s'accrocha à moi aussi fort qu'elle le put, ne contrôlant plus ses pleurs. Je la tins serrée, priant le ciel de ne pas avoir commis la plus grosse erreur de ma vie. Je n'arrivais pas à savoir si j'avais agi pour son bien, ou si j'avais tout simplement trop peur de m'engager à nouveau. C'était le genre de choix qui ne cesse jamais de vous hanter.

Je l'embrassai sur la bouche, et elle s'abandonna avec empressement, comme si cette proximité allait annuler la terrible décision que je venais de nous imposer. Quand nous fîmes l'amour, ce ne fut pas le commencement de quoi que ce soit, la promesse d'un nouveau départ, mais une sorte d'adieu, un au revoir désespéré à tout ce que nous avions vécu ensemble. Cathy ne pouvait pas s'arrêter de pleurer et quand ce fut terminé, ni elle ni moi n'avions trouvé de soulagement à notre chagrin. La chair ne détient pas de solution. Ce peut être un endroit d'infinie tristesse.

Il était deux heures passées quand j'ouvris la porte de mon appartement. Pendant plus d'une heure, je m'employai à faire disparaître les dégâts causés par mes visiteurs de l'après-midi. J'avais l'esprit vide et désespérément besoin d'ordre. Quand j'allai me coucher, je ne pus trouver le sommeil. Et quand il vint enfin, je rêvai que Cathy et Richie étaient debout dans ma chambre, le visage tordu par la colère. Ils me criaient : « Tu es un mauvais homme, Max Klein. Un mauvais homme. »

8

Je me réveillai avec la sensation d'avoir passé la nuit dans une pelleteuse. Il était sept heures et demie et la grisaille qui régnait dans l'appartement m'annonça que le temps allait être couvert. Je rampai hors du lit avec l'enthousiasme d'un danseur de claquettes arthritique et me traînai jusqu'à la salle de bains. J'ouvris le robinet de la douche et entrai dans un nuage de vapeur. L'eau chaude était douce à mon corps fatigué. Je me frottai avec une serviette et entrepris de me sécher. Alors, seulement, je pus commencer à envisager d'auditionner pour un rôle d'être humain. Avec un peu de chance, on m'accorderait peut-être une place de figurant.

J'enfilai ma robe de chambre, passai dans la cuisine et m'absorbai dans la préparation du café matinal. Mon système consistait à utiliser un filtre Melitta n° six au-dessus d'une bouteille Thermos à large goulot. J'avais généralement des Melitta de réserve mais aujourd'hui ma boîte était vide, aussi arrachai-je deux feuilles de papier essuie-tout que j'utilisai en guise de filtre. Je mis l'eau à chauffer, sortit le paquet de Bustelo du réfrigérateur et mesurai quatre cuillérées à soupe. Quand l'eau commença à bouillir, j'en versai un peu sur le café puis j'attendis. Attendre, tout est là. Trente, peut-être quarante secondes. Si on arrive à se retenir de balancer toute l'eau en même temps, le café aura le temps de gonfler avec l'humidité et d'exhaler tout son arôme. Alors seulement, on fera passer le reste de l'eau. Quand tout fut prêt, je posai la Thermos sur un plateau, avec une tasse, une petite cuillère, un carton de lait et le sucrier, puis portai l'ensemble dans le salon. A la troisième tasse, je pus me convaincre de m'habiller.

A neuf heures, j'appelai l'appartement des Chapman. Ce fut Judy qui répondit.

« Salut », fis-je. « Max Klein. »

« Je sais. » Elle avait l'air contente. « Je n'oublie jamais une voix. »

« Je ne vous réveille pas, j'espère ? »

« Vous plaisantez ? J'ai déjà couru mes dix kilomètres dans Central Park, j'ai fait cuire une fournée de croissants et j'ai lu les deux cents dernières pages de *Crime et Châtiment.* »

J'en déduisis qu'elle venait juste de se réveiller.

« Je sais qu'il est un peu tôt », dis-je. « Mais la journée va être chargée. »

« Comment vont les choses ? »

« Elles vont. Mais dans quelle direction, c'est plutôt dur à dire. »

« Il semble que vous ayez pas mal travaillé. »

« J'essaye. Si je continue, j'arriverai peut-être à quelque chose un de ces jours. »

« Vous savez ce qu'on dit de Jack *. »

* Allusion au proverbe *All work and no play makes Jack a very dull boy,* autrement dit : « Trop de travail et pas de distractions font de Jack un très ennuyeux petit garçon. » (N.d.T.)

« Je sais. Mais mon nom n'est pas Jack. C'est Max. »

« Et heureusement, vous n'êtes pas non plus ennuyeux. »

« Ça dépend des gens à qui vous parlez. Prenez mon comptable, M. Birnbaum. Il me considère comme l'homme le plus ennuyeux qu'il ait jamais connu. »

« Les comptables ne sont pas très doués. »

« Si. En arithmétique. »

Elle rit.

« C'est une agréable façon de commencer la journée. Vous devriez peut-être m'appeler tous les matins. Je pourrais vous engager comme service de réveil. »

« La prochaine fois, je vous apporterai également votre petit déjeuner au lit. C'est inclus dans les charges. Mais il faudra payer un supplément pour la deuxième tasse de café. »

« Je brûle d'impatience », dit-elle. « Le seul ennui, c'est que je ne prends pas de petit déjeuner. »

« C'est encore mieux. »

Elle rit à nouveau.

« Vous êtes vraiment un vilain petit garçon, n'est-ce pas ? »

« Seulement le jeudi matin. Je passe le reste de la semaine à faire tourner mon moulin à prières. »

« J'espère que vous priez pour George », fit-elle, soudain très sérieuse.

« Pourquoi dites-vous ça ? Il ne s'est rien passé ? »

« Non, je suis inquiète, tout simplement. J'espère que vous allez résoudre cette affaire très vite, Max. »

« Moi aussi. Je ne veux pas la faire traîner. Le temps qui passe aggrave le danger. »

« Voulez-vous parler à George ? »

« C'est pour ça que j'ai appelé. »

« Un instant, je vais lui dire que vous êtes en ligne. »

Elle posa le combiné et alla chercher son mari. Une minute plus tard, j'entendis le déclic d'un second téléphone, puis la voix de Chapman. Le premier appareil resta décroché.

« Bonjour, Klein », dit-il. « Quoi de neuf ? »

« Tout et rien. »

« Ce qui veut dire rien, je suppose ? »

« Pas exactement. Si vous prenez les choses comme ça, ce serait plutôt tout. »

Il parut anxieux.

« Qu'avez-vous trouvé ? »

« Je préfère ne pas en parler au téléphone. Cela vous conviendrait-il que je passe chez vous entre onze heures et onze heures trente ? »

« Oui, parfait. Je serai là. »

« Je voudrais juste que vous sachiez », ajoutai-je, « que je pense que vous n'avez pas joué franc jeu avec moi. »

Il y eut un silence à l'autre bout du fil. Chapman était en rogne.

« Ce n'est pas vrai, et ça me déplaît de vous entendre dire ça. J'ai été aussi franc et honnête avec vous que peut l'être un homme dans ma situation. »

« Nous en parlerons plus tard, monsieur Chapman. »

Je raccrochai.

A dix heures moins dix, j'étais assis sur une chaise design couleur flocons d'avoine face au bureau de la réceptionniste dans les locaux de Light Enterprises sur Madison Avenue. J'avais mis pour l'occasion mon plus beau costume d'avocat à fines rayures et je m'étais assuré que mes chaussures étaient cirées. Après tout, je rendais visite à plusieurs centaines de millions de dollars et le moins que je puisse faire était de montrer un peu de respect.

Les bureaux de Light Enterprises n'évoquaient pas tant un lieu de travail qu'une atmosphère, la promesse de ce que serait la vie lorsque nous n'habiterions plus nos corps. On avait l'impression d'être assis dans le hall d'un hôtel du vingt-troisième siècle où, à tout moment, un martien pouvait s'approcher de vous et vous proposer une partie d'échecs extrasensoriels. Rien n'était réel. L'épaisse moquette beige étouffait le moindre son et j'étais obligé de coller ma montre à mon oreille pour m'assurer que je n'étais pas devenu sourd. Les gens entraient et sortaient en glissant comme des apparitions et quand l'élégante réceptionniste aux longues jambes, vêtue d'une tenue à deux cents dollars imitant celle des parachutistes, prit mon nom, je fus étonné de voir qu'elle était douée de la parole. Je l'avais prise pour un meuble. En tout cas, elle avait de toute évidence été engagée par le décorateur. En dehors de rester assise derrière son bureau modulaire et de prendre l'air chic en fumant des cigarettes de trente centimètres de long, elle paraissait ne rien avoir à faire. La plaque posée sur son bureau annonçait Constance Grimm, réceptionniste, ce qui disait tout. Je me demandai si elle pleurerait de vraies larmes si je lui pinçais la joue.

Charles Light avait hérité les chantiers navals de sa famille trente-cinq ans plus tôt. Depuis, il avait diversifié sa fortune en prenant des parts dans l'industrie aéronautique en investissant dans l'informatique, la presse, les fast foods et les mines de charbon. Les activités de Light Enterprises s'étendaient à présent sur quarante et un des cinquante Etats et des succursales avaient été ouvertes à Chicago, Los Angeles et Hongkong. Light avait acheté les New York Americans douze ans plus tôt, alors qu'ils piétinaient à la quatrième place et, en deux saisons, en avait fait les champions de leur division. Depuis, l'équipe était restée à la première place, ou juste en dessous. Le club étant solidement établi, Charles Light s'était découvert un nouveau hobby deux ou trois ans plus tôt — la politique, plus précisément la politique des conservateurs. Bien que cela promît d'être plus long, il espérait consacrer son argent à la cause de la droite de la même façon qu'il l'avait utilisé pour le base-ball : à seule fin de fabriquer un gagnant. Light était le genre d'homme qui obtenait presque toujours ce qu'il voulait, et même si ses vues semblaient irréalistes, il devait être pris au sérieux. A soixante-deux ans, c'était un fanatique de la forme physique. Il avait cinq enfants qui, à leur tour, lui avaient donné onze petits-enfants. Il était célèbre pour sa capacité à ne jamais oublier un visage et avait jadis écrit un article pour le *Reader's Digest* sur l'art de la mémoire. On racontait que sa collection de timbres était la plus importante d'Amérique.

Je lui trouvai un physique assez agréable. Un mètre soixante-treize environ, trapu, les yeux bleu délavé d'un patricien new-yorkais. Ses cheveux grisonnants avaient juste la bonne longueur pour qu'il puisse se sentir à l'aise aussi bien dans un banquet de conservateurs au Texas que dans un bal de débutants à New York. Il avait un visage lunaire trompeur, moins vide qu'il ne le paraissait au premier abord, mais néanmoins dépourvu de traits distinctifs. Cela lui donnait une qualité de caméléon, comme s'il avait construit son succès sur sa capacité à s'adapter aux différentes sortes de gens auxquels il avait affaire et à se fondre discrètement dans son entourage. Comme nombre d'hommes puissants, il tenait le premier rôle dans la pièce de sa propre vie et semblait savourer chaque nouvelle rencontre comme un défi au talent de comédien qu'il avait si soigneusement cultivé. Je compris qu'il allait être difficile de lui extorquer ce qu'il n'aurait pas décidé de donner.

Son bureau avait à peu près les dimensions de l'Etat de Rhode Island et, à mi-chemin de la porte et de sa table de travail, on s'attendait presque à voir un panneau annonçant un Restoroute Howard Johnson à un kilomètre. Le bureau avait néanmoins une vertu. Il se faisait un devoir d'appartenir au présent plutôt qu'au futur. Le décor chantait les louanges des valeurs masculines traditionnelles. Les murs étaient lambrisés de chêne sombre, il y avait des tapis persans sur le sol et les meubles étaient plutôt vieux jeu, démodés. Un peu partout s'étalaient des peintures du XIXe représentant les navires construits par les ancêtres de Light, des photos des produits actuels de Light Enterprises, et plusieurs douzaines de portraits des anciens joueurs des Americans. Je ne vis pas le visage de George Chapman.

Charles Light se leva quand j'atteignis son bureau, me secoua la main vigoureusement et me fit signe de m'asseoir dans un vaste fauteuil à oreillettes de velours rouge.

« D'habitude, je ne suis pas en mesure de recevoir les gens dans d'aussi brefs délais, monsieur Klein », dit-il en prenant place derrière son bureau. « Mais quand ma secrétaire m'a dit que vous étiez détective privé, j'ai décidé d'annuler mon rendez-vous de dix heures pour voir de quoi il retournait. Pour tout vous dire, j'étais intrigué. »

Il eut un large sourire.

« J'espère ne pas vous décevoir », fis-je. « C'est vraiment un problème mineur, un petit détail dans une affaire assez compliquée sur laquelle je travaille. Elle est en rapport avec une série d'alertes à la bombe qui ont eu lieu ces six derniers mois, et certains témoignages récents donnent à penser qu'il pourrait y avoir un lien avec la personne qui a menacé George Chapman par téléphone il y a cinq ans durant les World Series. J'ai cru comprendre que c'était vous qui aviez pris cet appel, et je me demandais si vous vous rappeliez quelque chose — la voix du correspondant, ce qu'il disait, etc. Cela pourrait m'aider à trouver le chaînon manquant. »

Charles Light se laissa aller dans son fauteuil et rit de bon cœur, comme si je venais de raconter une blague très amusante.

« Très bon, monsieur Klein, excellent », dit-il, s'essuyant les yeux et retrouvant peu à peu son calme. « J'étais curieux de voir quel genre d'histoire vous alliez inventer pour mon bénéfice. Mais je ne pensais pas que vous concocteriez un scénario aussi tiré par les cheveux. Vous avez dû passer un certain temps à peaufiner celui-ci. »

« Je suis heureux de constater qu'il vous amuse à ce point », fis-je. « J'aurais détesté que vous me preniez pour un homme sans imagination. »

Toute trace de bonne humeur disparut soudain de son visage. C'était comme si on avait effacé un tableau noir. Ses traits se fermèrent ; sa voix devint dure, sarcastique et agacée.

« Allons, allons, monsieur Klein. Vous n'avez pas à jouer ce petit jeu avec moi. Je sais pourquoi vous êtes ici aujourd'hui, comme je sais de vous tout ce que j'ai envie de savoir. Où vous êtes né, quelles écoles vous avez fréquentées et combien d'argent vous gagnez. Je connais votre brève et peu glorieuse carrière d'assistant du District Attorney. Je sais où vous vivez, où vous achetez votre épicerie et aussi que votre ex-femme et vous avez un fils de neuf ans. » Il se tut un instant. « Vous menez une vie très ennuyeuse, monsieur Klein. »

« Vous la trouvez ennuyeuse », fis-je, « parce que vous ne la connaissez pas. Que savez-vous de mes terribles secrets ? De mon vice à cent dollars par jour, par exemple. Ou de mon penchant pour les fillettes de douze ans. Sans parler des photos compromettantes que je prends de mes clients. Je crois que vous devriez vous trouver un nouveau chargé de recherches. Le vôtre s'est endormi à la tâche. »

« Vous pouvez plaisanter tant que vous voulez, monsieur Klein. Le fait est que j'ai trois longueurs d'avance sur vous. Connaître les gens à qui j'ai affaire participe de mon travail. Ne vous imaginez pas pouvoir jouer avec moi, parce que je vous garantis que vous allez perdre. »

« D'accord », fis-je. « Vous êtes le grand chef Dur-comme-de-la-pierre et je tremble dans mes bottes. Mais il y a toujours un point qui n'est pas clair. Si vous en savez autant que vous le dites, pourquoi avez-vous accepté de me recevoir ? »

« C'est simple. Je voulais vous faire un cours. »

« Ça a l'air excitant », fis-je. « Dois-je prendre des notes ? »

« Ce ne sera pas nécessaire. Ce que j'ai à dire est si simple que vous n'aurez aucun mal à vous en souvenir. »

« Votre conférence porte-t-elle un titre ? »

Les yeux de Light se rétrécirent.

« Appelons-la “ Données fondamentales pour une *Etude de George Chapman* — avec renvois annexes à *Un détective privé nommé Klein* ”. » Il se tut un instant et se pencha en avant, attendant d'être sûr d'avoir mon entière attention. « Je veux vous parler de George Chapman parce que je sais qu'il vous a engagé et je désire que vous entendiez ma version de l'histoire. Je suis un homme qui possède énormément d'argent, monsieur Klein, et j'utilise ma fortune à des fins très variées. La plus grosse partie de ce capital travaille à fabriquer encore plus d'argent, mais j'en dépense une fraction, une très petite fraction, pour mon propre amusement. Au fil des années, l'une de mes plus grandes distractions a été de posséder une équipe de base-ball de grande ligne. J'aime le sport de compétition, j'aime la reconnaissance sociale que m'apporte l'équipe, et j'ai du plaisir à connaître les athlètes qui travaillent pour moi. Ce sont de grands enfants et je trouve touchante leur innocence face au monde tel qu'il est. Privés de leur talent, quatre-vingt-dix pour cent d'entre eux travailleraient probablement comme pompistes ou garçons de ferme. Mais les règles économiques particulières du sport professionnel font d'eux des hommes riches et leur donne un prestige hors de proportion avec leur véritable contribution à la société. La vie est ainsi faite et je n'en éprouve aucun regret. En fait, j'ai probablement contribué plus que n'importe qui à créer cette situation. Vous n'ignorez pas que les salaires que je verse aux Americans sont parmi les plus généreux du base-ball. Je veux que mes joueurs soient heureux et j'ai toujours eu d'excellentes relations avec eux. Parfois, pourtant, arrive un joueur qui tente de profiter de moi et d'abuser de ma confiance. La plupart du temps, le jeune homme en question se voit contraint d'aller jouer ailleurs, dans une ville comme Cleveland ou Milwaukee. George Chapman était un de ces joueurs. Mais je n'ai pas pu l'échanger ou le vendre à cause de sa valeur considérable pour l'équipe et de sa popularité parmi les citoyens de cette ville. Si je m'étais débarrassé de lui, on m'aurait pendu en effigie, ce qui aurait été très mauvais pour les affaires. J'ai donc ravalé ma fierté et fait de mon mieux pour trouver un accord avec Chapman. Contrairement à la plupart de ses collègues, il n'est pas stupide. Tout le monde le sait et je serais le dernier à le nier. Lorsque je l'ai rencontré pour la première fois, il avait vingt et un ans, et savait déjà ce qu'il attendait de la vie. Il se rendait compte que le sport est une occupation réductrice et limitée, mais il savait également qu'il avait eu la chance de recevoir un don extraordinaire. George Chapman, je crois, ne tirait aucun plaisir du base-ball, mais il avait compris qu'il pouvait se servir de ce jeu comme d'un tremplin vers des choses plus élevées et plus importantes. Peu après sa cinquième saison dans le club, nous avons commencé à négocier un contrat de longue durée. Ses exigences étaient totalement exorbitantes, mais nous avons fini par trouver un compromis qui faisait encore de lui l'un des joueurs les mieux payés de l'histoire du base-ball. Mon bon sens me disait que j'étais un idiot, mais je me laisse parfois aller aux grands gestes — un défaut tragique, pourrait-on dire. Puis, à peine deux semaines plus tard, tout juste douze jours après la signature du contrat, Chapman a été victime de l'accident de voiture qui a mis fin à tout jamais à sa carrière de joueur. Croyez-moi, j'étais aussi foudroyé que n'importe qui. Quels qu'aient pu être mes sentiments personnels envers Chapman, c'est une chose terrible de voir la carrière d'un jeune homme anéantie d'une manière aussi brutale. Toutefois, quand le choc initial s'est dissipé, j'ai compris que je me trouvais dans une situation particulièrement difficile. Je m'étais engagé à payer à Chapman une somme considérable durant une période de huit ans, et maintenant, il n'allait même plus pouvoir jouer. De plus, j'avais les mains liées par une clause du contrat concernant les blessures. C'était un arrangement injuste, étant donné les événements imprévisibles qui s'étaient produits, et j'ai proposé à Chapman de trouver un accord. Il a refusé. Je lui ai demandé de diriger l'équipe. Il a refusé. Je lui ai demandé d'assurer les fonctions de directeur général. Il a refusé. Je lui ai offert le poste de président. Il a refusé. Je crois que George Chapman était secrètement content d'être débarrassé du base-ball. Et il n'a même pas eu la décence de négocier honnêtement avec moi. J'en ai conçu une répugnance illimitée envers George Chapman. Cet homme est un charlatan, un complet imposteur et il n'existe personne au monde que j'aimerais davantage voir mordre la poussière. Mon heure est enfin venue, monsieur Klein et je vais écraser Chapman. A présent qu'il est entré en politique, je vais le briser en petits morceaux. »

Il se renversa sur son siège avec un sourire satisfait, jouissant de sa propre ingéniosité et de sa syntaxe pédante. Je venais d'entendre la définition du monde selon Light et j'étais à présent censé m'écrouler raide mort, la bave aux lèvres. Je n'avais jamais vu pareil cabotin de toute mon existence.

« Très intéressant », fis-je. « Mais rien de tout ça ne me concerne. C'est une affaire privée entre vous et Chapman. J'attends toujours les renvois annexes à *Un détective privé nommé Klein.* »

« J'y viens. Mais avant cela, je voudrais que vous sachiez pour quel genre d'homme vous travaillez. »

« Ça peut vous sembler difficile à comprendre, mais je ne choisis pas mes clients, et je ne suis pas en mesure de porter un jugement sur leurs qualités morales. Ils viennent me voir avec des problèmes spécifiques et je fais de mon mieux pour les résoudre. Je ne leur demande ni références ni lettre de recommandation. »

Light n'avait que faire des subtilités de ma profession. On aurait dit qu'il ne m'avait même pas entendu. Il joignit les mains et parla d'un ton mesuré.

« Je ne le redirai pas, aussi écoutez-moi attentivement, monsieur Klein. Je déclare la guerre à George Chapman et je ne serai satisfait que lorsque j'aurai gagné. Cela va être une sale affaire avec de nombreuses escarmouches et beaucoup de pertes. Je comprends que vous êtes simplement un spectateur innocent, mais en travaillant pour George Chapman, vous me contraignez à vous considérer comme un ennemi. A moins que l'idée d'être pris entre deux feux ne vous séduise, je vous suggère de mettre fin immédiatement à vos relations avec lui. Bien qu'à l'évidence, nous ne soyons, vous et moi, à peu près d'accord sur rien, je n'ai rien contre vous à titre personnel. Vous êtes un homme valeureux et je ne voudrais pas vous voir blessé dans une affaire qui ne vous concerne pas. »

« Vous n'allez pas m'offrir d'argent ? » demandai-je. « Je croyais que c'était toujours à ce moment-là que l'argent entrait en scène. »

« Je suis prêt à vous offrir cinq mille dollars. »

« J'ai déjà entendu ce chiffre, semble-t-il. »

« Cinq mille dollars. C'est mon unique et dernière offre. »

« Merci », dis-je. « Mais non, merci. »

Light haussa les épaules.

« Comme vous voudrez. »

Et ce fut tout. L'entretien était terminé. Light chaussa ses lunettes à monture de corne et se mit à étudier des papiers sur son bureau avec beaucoup de concentration. Le rideau était tombé sur la fin de la pièce, tous les acteurs étaient rentrés chez eux, et je n'étais plus qu'un accessoire inanimé qui se couvrait de poussière dans les coulisses. Je me levai et me dirirgeai vers la porte.

« Vous auriez dû vous rappeler », fis-je en me retournant, « que je n'ai pas pour habitude de céder aux menaces ».

Light leva les yeux de ses papiers, repoussa ses lunettes sur le bout de son nez et me regarda par-dessus les verres. Il parut surpris de me voir encore là.

« Je m'en rends compte », dit-il. « C'est pour cela que j'ai choisi de ne pas vous menacer. Je vous ai simplement montré les faits. Vous pouvez en disposer comme bon vous semble. Votre décision ne me concerne pas. »

9

J'achetai un paquet de cigarettes au comptoir à cigares du hall de l'immeuble puis partis à la recherche un taxi. Ma montre indiquait onze heures dix et il tombait une pluie battante. Les gens se pressaient au seuil en attendant la fin de l'orage. Dans la rue, ce n'était que vent et tempête, un de ces déluges de printemps qui frappent la ville comme un acte de vengeance divine. La pluie rebondissait sur le trottoir avec une telle force qu'on aurait dit qu'il pleuvait à l'envers. Un autobus s'arrêta devant l'immeuble, glissant sur ses ailes liquides comme un hors-bord.

J'attendis à l'entrée avec les autres gens, respirant d'agréables odeurs de laine humide, de parfum et de tabac. Une petite femme d'une cinquantaine d'années, cheveux blonds décolorés et imperméable rose, comparait les gouttes de pluie à des balles de revolver.

« En Inde », ajouta-t-elle, « quand la mousson arrive, il pleut tellement fort que tu risques d'être tué si tu sors. »

Sa compagne, une brune trapue en imperméable noir et chapeau de plastique transparent, hocha la tête en signe d'assentiment. « Ça ne m'étonne pas », dit-elle. « L'Inde est un endroit terrifiant. »

J'allumai une Gauloises, tirai deux bouffées, la portai à mes lèvres pour une troisième. A cet instant, une main apparut devant mon visage et arracha la cigarette de ma bouche. Je levai les yeux et vis Angel, mon ami de la veille, accompagné de son gardien, Teddy.

« Tu devrais pas fumer, petit marrant », dit-il en souriant. « C'est pas bon pour ta santé. »

« Merci », répondis-je. « C'est agréable de savoir que quelqu'un s'intéresse à moi. »

« On voulait pas que tu nous oublies », dit Teddy. « Alors on est venu te dire bonjour. »

« Vous sous-estimez l'effet que vous produisez », répondis-je. « Les types comme vous ne se laissent jamais oublier. »

Je sortis une autre cigarette et l'allumai.

« Et comment vont ces bonnes vieilles tripes aujourd'hui ? » demanda Angel.

« Au poil. On m'a fait une greffe d'estomac hier soir au Roosevelt Hospital et je suis frais comme un gardon. »

L'orage s'était calmé et la pluie se transformait en bruine. Quelques-unes des personnes réfugiées sur le seuil de la porte décidèrent de s'aventurer à l'extérieur.

« Attends-toi à nous revoir souvent », dit Teddy.

« Ça va être amusant », répondis-je. « La prochaine fois on pourra peut-être faire une partie de tennis tous les trois. Je parie que vous êtes mignons en short. »

Angel jeta un coup d'œil à la rue à travers la porte vitrée.

« C'était des sacrées cordes, pas vrai, petit marrant ? »

« C'est bon pour les fleurs », fis-je.

« C'est vrai », reprit-il. « C'est bon pour les fleurs

qu'on met dans les couronnes mortuaires. Pas vrai, Teddy ? »

« Estimez-vous heureux, Klein », fit Teddy. « Chaque jour que vous vivez est un don du ciel. »

« Je n'oublirai pas de dire mes prières. »

« C'est ça. Et priez bien fort, parce que vous allez vraiment avoir besoin d'aide. »

« Profite de la vie, Privé », fit Angel. « Jusqu'à la prochaine fois. »

De la main, il m'envoya un baiser, puis tous deux s'engouffrèrent dans la porte à tambour et s'éloignèrent en se dandinant comme une paire de bébés hippopotames. Je sentais leur frustration. Angel et Teddy étaient des travailleurs consciencieux et n'aimaient pas qu'on leur tienne la bride. Mais celui qui leur donnait des ordres avait décidé d'attendre avant de fondre sur moi. Cela signifiait qu'il n'était pas tout à fait sûr de ce que je manigançais. J'avais donc encore un peu de temps pour agir. J'espérais l'utiliser avec sagesse.

Je partis dans la direction opposée, remontai la rue sur deux blocs et parvins à trouver un taxi qui déchargeait sa cargaison de passagers. Je montai et donnai au chauffeur l'adresse de Chapman vers la 70e rue, près de Lexington Avenue.

George et Judy Chapman vivaient dans l'une des tours de luxe qui s'étaient construites dans l'East Side depuis quelques années. Leurs voisins étaient des gens qui défendaient le ballet, avaient une ardoise chez Bloomingdale et conduisaient ces voitures admirablement équipées qui font du métier de mécanicien l'un des mieux payés de ce côté-ci de la loi. Passer devant l'un de ces buildings suffisait à créer l'illusion que New York était toujours dans la course.

La porte était gardée par un grand Irlandais aux yeux

de chien battu qui donnait l'impression d'être là depuis la dernière parade du Memorial Day, sans la moindre pause-café. Il transpirait sous un lourd manteau bleu gansé de rouge qui ressemblait à un uniforme de la cavalerie polonaise, et portait sur la tête une casquette militaire assortie avec l'adresse de l'immeuble brodée sur la visière. Les mains dans les poches, il regardait fixement la circulation et on l'imaginait rêvant au cheval qu'on avait oublié de lui livrer avec l'uniforme. Son visage s'éclaira lorsque je lui donnai mon nom.

« Monsieur Klein », dit-il, tirant une enveloppe de sa poche. « M. Chapman voulait que vous ayez les clés de l'appartement pour entrer. Il a dit qu'il allait prendre un bain un peu plus tard ce matin et qu'il craignait de ne pas pouvoir sortir de la baignoire à temps si vous sonniez. C'est l'appartement 11-F. »

C'était un étrange arrangement, qui me laissa perplexe. Il y avait là quelque chose de louche, mais je n'avais pas la moindre idée de ce que ça pouvait être.

« Mme Chapman n'est pas là ? » demandai-je.

« Elle est sortie il y a environ une heure. »

« M. Chapman est-il descendu lui-même pour vous remettre les clés ? »

« Non, il a appelé sur le téléphone intérieur et m'a donné les instructions. Nous gardons au sous-sol un jeu de clés supplémentaire pour chaque appartement. »

« Quand a-t-il téléphoné ? »

« Peu après le départ de Mme Chapman. »

Je le remerciai, traversai le hall d'entré tapissé de miroirs et pris l'ascenseur. Ma montre indiquait précisément midi moins vingt. Le onzième étage était décoré d'affiches colorées d'expositions de Miró et de Calder, et je déambulai le long des couloirs recouverts de moquette comme un rat dans un labyrinthe. Lorsque j'eus trouvé l'appartement, je sonnai plusieurs fois juste pour m'assurer que Chapman n'était pas en train de vaquer. J'attendis puis, n'obtenant pas de réponse, j'entrai en me servant des clés.

L'appartement était calme. Je refermai la porte derrière moi et avançai dans le salon. C'était une pièce meublée d'une façon impressionnante. Rien à voir avec la froideur du verre et du chrome qu'on voit dans les pages du magazine *New York,* quelque chose de plus doux, de plus subtil prouvant que derrière cet agencement, une intelligence avait incontestablement été à l'œuvre. En même temps, la pièce donnait l'impression de ne pas être habitée. Elle me fit penser à une belle peinture sur laquelle un artiste aurait peiné pendant des mois pour finir par la ranger dans un placard dès qu'elle aurait été achevée. Il n'y avait ni livres ni magazines sur la table basse, aucun mégot dans les cendriers, pas le moindre creux dans les coussins du canapé. J'imaginai que les Chapman passaient le plus clair de leur temps chacun à un bout de l'appartement et évitaient de se retrouver sur le terrain commun du salon. C'était devenu un no man's land.

Je traversai plusieurs pièces, dressant l'oreille pour repérer un clapotis en provenance de la salle de bains. J'essayai de me représenter Chapman dans son bain et me demandai si c'était pour lui une opération douloureuse ou si c'était simplement devenu une routine après tant d'années. Dans ce qui était de toute évidence son bureau, j'examinai les livres alignés sur les rayonnages, des ouvrages d'Histoire ou de science politique pour la plupart, et trouvai quelques titres de William Briles, dont l'un était dédicacé « A mon grand ami, George Chapman — W. B. ». Un jeu d'haltères était posé par terre dans un coin de la pièce, ce qui expliquait pourquoi Chapman était toujours en aussi bonne forme. Je jetai un coup d'œil aux papiers posés sur la table de travail et découvris ce qui me parut être le brouillon d'un discours annonçant sa candidature au Sénat. Il n'était pas daté et rien ne me permettait de savoir si Chapman avait travaillé dessus récemment. L'absence de tout objet rappelant le base-ball fut ce qui me frappa le plus dans cette pièce. Ni photos, ni trophées en évidence, rien n'indiquait que Chapman eût un jour pratiqué ce sport. Peut-être Charles Light avait-il dit la vérité en affirmant que Chapman n'était pas un athlète heureux. A moins que le base-ball fût tout pour lui et qu'il trouvât trop difficile à présent qu'on le lui rappelât.

Je commençai à m'énerver. Que Chapman prenne un bain, alors qu'il savait que j'allais venir, semblait absurde. J'étais conscient d'entrer, pour lui, dans la catégorie des employés, mais il y a des façons moins recherchées de se montrer grossier envers quelqu'un qui travaille pour vous. Je repérai la porte de la salle de bains et y collai mon oreille. Aucun bruit ne provenait de l'intérieur. Je frappai doucement et n'obtins pas de réponse. Je fis tourner la poignée, sentis cliqueter le pène et risquai un coup d'œil. La pièce était vide. Personne n'y avait pris de bain aujourd'hui, à moins que George Chapman ne fût l'homme le plus soigneux du monde. Des serviettes bleues, ornées d'un monogramme GC blanc, étaient rangées, propres et repassées, sur les porte-serviettes. On ne voyait pas la moindre goutte d'eau dans la baignoire ni sur le sol.

Je retraversai toutes les pièces de l'appartement. J'essayai enfin la cuisine et c'est là que je le trouvai. Il était couché face contre terre sous la table et il ne bougeait pas. Une odeur de vomi et d'excréments montait de son corps, et dès l'instant où je le vis, je sus qu'il était mort. Les cadavres ont une qualité d'inertie particulière, une immobilité presque surnaturelle qui dit clairement que plus personne n'est là, que ce qu'on voit est juste un assemblage de chair et d'os, une enveloppe sans âme. Je m'agenouillai, le retournai et cherchai son pouls. Tout était silence, tout n'était que mort.

Chapman était parti dans d'atroces douleurs. Son visage était figé en un rictus de supplicié et son regard fixait un objet lointain comme si, dans les vastes étendues du néant, il était tombé sur une vérité hideuse, indicible. Ses vêtements étaient couverts d'un vomi strié de filets de sang. Il avait littéralement craché ses boyaux, et je ne pus supporter de le regarder plus longtemps que nécessaire. De toute évidence, il avait été empoisonné.

La table était mise pour deux. Au centre se trouvait une cafetière presque pleine, un plat contenant des toasts froids auxquels on n'avait pas touché, un pot de confiture d'oranges ouvert, et une plaquette de beurre qui s'était ramollie. Sur l'un des sets de table, on voyait une tasse à café vide, sur l'autre, une tasse pleine. Comme si Chapman avait pris son petit déjeuner deux heures plus tôt avec quelqu'un — probablement sa femme. Je tournai et retournai la scène dans mon esprit, et examinai plusieurs hypothèses, dont aucune ne paraissait très convaincante. L'empoisonnement accidentel était à écarter. Une dose mortelle du produit, quel qu'il fût, avalé par Chapman n'aurait pas pu passer inaperçue. Je rejetai également la théorie du suicide. Chapman avait trop de raisons de vivre — le chèque de mille cinq cents dollars rangé dans le coffre de mon bureau en était une preuve tangible. Je songeai également qu'aucun candidat au suicide n'aurait choisi une mort aussi horrible. Chapman avait probablement souffert durant plus d'une heure, et j'étais sûr qu'il ne l'avait pas fait de son propre gré. Restait le meurtre. Quand Judy Chapman était sortie, son mari était toujours en vie ; le portier lui avait parlé au téléphone. Quelqu'un pouvait avoir pénétré dans l'appartement peu de temps après. Mais le portier n'avait mentionné aucun visiteur. Et Chapman se serait-il tranquillement assis devant un café et des toasts avec quelqu'un qui aurait eu l'intention de le tuer ? Il n'y avait pas trace de lutte, rien qui indiquât la présence d'un tiers. Tout cela n'avait pas de sens et je me sentis perdu, comme un aveugle tâtonnant dans une maison obscure. Et retrouver la vue ne m'aurait rien apporté de plus.

Je passai au salon et appelai la police. Il ne leur faudrait pas longtemps pour arriver. Ils viennent toujours très vite quand la victime est déjà morte. J'allumai une cigarette et d'une chiquenaude lançai l'allumette dans l'un des cendriers vierges. En cet instant, je n'avais pas de très belles pensées. Un homme m'avait demandé de l'aider à empêcher qu'il soit tué, et j'avais accepté de le faire. Et maintenant, à peine vingt-quatre heures plus tard, il était mort. Je n'avais pas fait mon travail. Chapman m'avait confié sa vie et je l'avais laissé tomber. Les dommages étaient irréparables. J'examinai le rabat de la pochette d'allumettes dans ma main. Il vantait les mérites d'un cours de réparation de télévisions par correspondance et je me demandai si je n'aurais pas intérêt à commander la brochure. Après tout, je m'étais peut-être trompé de métier.

Le lieutenant Grimes de la Criminelle conduisait la délégation policière. Je l'avais rencontré sur une affaire précédente et nous n'avions pas sympathisé. Son attitude envers moi était celle du chien de garde envers le facteur. Il savait que j'avais un travail à faire, mais il ne pouvait s'empêcher d'aboyer. C'était un truc qu'il avait dans le sang, un atavisme. Grimes portait la cinquantaine corpulente, le sourcil épais, et se déplaçait avec l'air chiffonné et las d'un insomniaque chronique. Malgré nos différences de caractère, je le considérais comme un bon flic. Il était accompagné de deux jeunes sergents que je n'avais jamais vus. Tous deux s'appelaient Smith mais ne portaient pas de barbe et n'avaient pas l'air d'être frères, comme les deux ahuris des pastilles pour la toux. Les photographes et les types du labo suivaient.

« Quand j'ai appris que c'était vous qui aviez appelé », dit Grimes en guise de salutations, « j'ai failli passer l'affaire à Metropolis. Mais il s'est avéré qu'il avait un rendez-vous pressant à l'hôpital pour se faire enlever une balle dans le ventre ». De fatigue, il se pinça l'arête du nez. « La semaine a été rude, Klein, alors gardez vos distances. »

« Ne vous bilez pas », fis-je, « j'ai des pincettes dans le coffre de ma voiture, et je les prendrai à chaque fois que nous aurons à parler ».

« Ne me soufflez pas dessus, c'est tout ce que je vous demande. Il y a assez de pollution comme ça dans cette ville. »

« Vous pouvez parler », fis-je, « j'ai senti votre sandwich au pastrami avant même que vous ayez franchi cette porte ».

« Corned-beef. Je ne mange pas de pastrami. Ça ne me réussit pas. »

Nous allâmes à la cuisine jeter un coup d'œil au cadavre de Chapman. Grimes resta un moment sans rien dire, puis secoua la tête.

« Je me souviens de ce type quand il jouait avec les Americans », dit-il. « Un frappeur-né. Le meilleur qu'on ait vu en vingt ans. Tout paraissait simple avec lui, comme si ça lui était égal. Et maintenant, ce n'est plus qu'un morceau de viande. » Il secoua la tête à nouveau. « Le plus drôle c'est que j'aurais probablement voté pour lui s'il s'était présenté. »

« Beaucoup de gens s'apprêtaient à voter pour lui », dis-je. « Jusqu'à ce matin, il était en route pour de grandes choses. »

Grimes poussa un gros soupir.

« Ça va faire gicler la merde, cette putain d'histoire. »

Il voulait me parler. Nous retournâmes donc au salon tandis que les techniciens s'affairaient dans la cuisine. Je lui racontai que Chapman était venu me voir la veille à mon bureau et lui résumai la lettre de menaces. Je lui expliquai également que le portier m'avait donné les clés afin qu'il sache que j'étais entré légalement dans l'appartement. Je ne parlai de rien d'autre. Contini et Pignato, Briles et Judy Chapman, Angel et Teddy, Charles Light — pas un mot sur eux. Ces gens étaient mes pistes, et cette affaire était la mienne. Je devais à Chapman, et à ma propre fierté, de la mener à terme. J'avais été payé pour dix jours de travail et j'avais l'intention de gagner cet argent. Je ne voulais pas avoir à me considérer comme un type qui recule dès que tout le monde a le dos tourné. Et puis il fallait que je puisse regarder Richie dans les yeux quand je lui parlerais du genre de travail qui était le mien. Grimes allait bâtir sa propre affaire, et s'il avait besoin de savoir ces choses-là, il les trouverait. Il n'avait que faire de mes conseils.

« Je vais devoir vous prendre cette lettre », dit-il.

« Elle attend dans mon coffre. On peut y aller tout de suite si vous voulez. »

« Ça ne veut probablement rien dire », spécula-t-il.

« Pour l'instant, c'est le seul truc que nous ayons », fis-je.

« Jusqu'à ce que je parle à la femme de Chapman. Parce que si c'est du poison — et ça en a foutrement l'air — alors elle est aux premières loges. Sauf, bien sûr, si quelqu'un d'autre a pris le petit déjeuner à cette table. Mais ça paraît plutôt improbable. »

« Vous oubliez que Chapman était vivant quand elle est partie. Il a appelé le portier au sujet des clés. »

« Le poison ça prend du temps. Il aurait très bien pu appeler tout de suite après l'avoir absorbé, trop tôt pour se rendre compte que quelque chose n'allait pas. »

« Ça ne colle toujours pas », fis-je. « Pourquoi aurait-elle laissé la vaisselle sur la table ? Si elle avait empoisonné Chapman, elle aurait nettoyé derrière elle pour faire croire qu'elle n'était pas là. »

« Elle a sans doute paniqué. Les femmes riches sont du genre sensible, Klein. Elles adorent avoir de vilaines pensées, mais dès qu'elles font quelque chose de mal, elles perdent les pédales. » Grimes se dirigea vers la porte. « Fichons le camp d'ici et allons voir cette lettre. Les deux Smith n'ont pas besoin de moi pour conduire les interrogatoires dans l'immeuble. »

Nous descendîmes vers le sud dans une voiture de police pilotée par un jeune flic affligé d'une sévère acné juvénile. Il semblait terrorisé par Grimes et sa conduite s'en ressentait. Il rata tous les feux verts, freina trop brutalement et tourna trois ou quatre fois du mauvais côté. Grimes regardait fixement par la vitre, en marmonnant entre ses dents.

Le chauffeur resta dans la voiture et l'ascenseur nous

mena jusqu'à mon bureau. Une fois à l'intérieur, Grimes commença à inspecter l'endroit comme un locataire potentiel.

« C'est un sacré trou à rats que vous avez là », dit-il.

« Je sais que ça ne ressemble pas à grand-chose. Mais le véritable foyer est là où on a laissé son cœur. »

Grimes passa son doigt sur la poussière qui recouvrait les classeurs.

« Doux Jésus, je ne souhaiterais pas à un homme des cavernes d'habiter un pareil dépotoir. Je croyais que vous vous en sortiez bien. Mais à voir ce trou, je dirai que vous êtes bon pour l'hospice. »

« Vous oubliez que j'ai des responsabilités, lieutenant. Je dois faire vivre une ex-femme et un fils, ainsi qu'une paire de parents âgés, une tante vieille fille souffrant d'épilepsie et six jeunes cousins dont je paye les études. De plus, je mets un point d'honneur à verser la moitié de ce que je gagne aux œuvres de charité. Sans quoi, je ne pourrais pas vivre avec moi-même. »

« Je suis content que vous ayez trouvé quelqu'un qui accepte de vivre avec vous. Si je devais voir cette gueule-là tous les jours dans la glace, je porterais des bandes Velpeau. »

Je m'approchai du coffre-fort et ouvris la serrure à combinaison. Lorsque je glissai la main à l'intérieur pour prendre la lettre, je ne la trouvai pas. Je sortis le chèque de Chapman et les deux ou trois choses que je conservais habituellement dans le coffre — une bouteille de Chivas Regal, mon passeport, mes deux diplômes et le 38 Smith & Wesson que, par chance, je n'avais pas eu à porter depuis presque un an. Je posai le tout sur le bureau puis passai à nouveau la main dans le coffre. Il était vide.

« La lettre a disparu », fis-je.

L'air railleur, Grimes regarda le plafond comme s'il y cherchait de l'aide.

« J'aurais dû m'en douter », soupira-t-il. « Rien dans cette vie n'est jamais simple. Dieu veut me faire souffrir parce que je suis trop beau. »

J'étais furieux comme ça ne m'était pas arrivé depuis longtemps.

« La lettre était là hier », fis-je, me retenant de crier. « Chapman me l'a laissée le matin, après notre entretien. Je l'ai immédiatement rangée et je n'y ai plus touché depuis. Personne n'aurait pu la prendre à moins de forcer le coffre. Il n'y a pas de trace d'effraction, et la combinaison n'est notée nulle part. »

« Ouais, bien sûr », fit Grimes. « Vous voulez que je croie à l'existence de cette lettre, alors vous me faites traverser la moitié de ce putain de pays jusqu'au Mississippi pour me vendre vos salades. Mais il n'y a pas de lettre et il n'y en a jamais eu. »

« Il n'y a pas de lettre maintenant. Mais je vous donne ma parole qu'il y en avait une hier. »

« Votre parole ne vaut pas grand-chose, Klein. »

« Je n'ai pas l'intention de me lancer dans un débat sur le sujet. Je sais qu'il y a une lettre et vous le savez aussi. L'important, c'est de la récupérer. Le fait qu'elle ait disparu signifie qu'elle est un élément crucial de l'affaire. »

« Rien ne vous empêche de lui courir après. Au moins, vous ne serez pas sur mon dos. »

« Et vous avez intérêt à prier pour que je la retrouve. Parce que si je ne mets pas la main dessus, votre enquête sera aussi engageante qu'un week-end de pluie à la plage. »

« Je ne vais jamais à la plage », fit Grimes. « J'aime la montagne. C'est bien meilleur pour la santé. »

10

Dès que Grimes fut parti, je m'assis et appelai Chip Contini. C'était lui qui m'avait envoyé Chapman et il pouvait me servir à remonter jusqu'à son père. Les hommes comme Victor Contini ne sont pas du genre à prendre rendez-vous avec des inconnus par téléphone et je n'avais pas le temps de commencer à cultiver son amitié Je voulais avoir une longue conversation avec lui le plus tôt possible.

Je n'avais pas parlé à Chip depuis des années et les deux premières minutes de la conversation nous permirent de rattraper le temps perdu. Surtout le sien. Tout allait bien pour lui et il ne se privait pas de me le faire savoir. Comme la plupart des gens manquant d'assurance, Chip éprouvait un besoin constant de justifier sa vie, de la faire paraître excitante et enviable. Il avait passé ses trente premières années à se dégager du fardeau paternel et bien qu'il eût réussi, je le soupçonnais d'avancer dans l'existence avec le sentiment qu'un immeuble pouvait lui tomber sur la tête à tout instant.

« J'espérais que tu allais m'appeler. »

« Je suis curieux de savoir pourquoi tu m'as envoyé Chapman. »

« J'ai pensé qu'un client de plus serait probablement le bienvenu. Quand George m'a parlé de la lettre qu'il a reçue lundi, je me suis dit qu'il valait mieux que quelqu'un enquête là-dessus. Ça ne me paraît pas très grave, mais George avait peur et je voulais prendre des mesures pour qu'il cesse de s'inquiéter. »

« Il avait raison d'avoir peur », dis-je.

« Pourquoi ? Tu as découvert qui a écrit la lettre ? »

« Non. Mais Chapman est mort. Il a été assassiné chez lui ce matin. »

« Ne me fais pas marcher, Max. »

« Je suis sérieux. Chapman est mort. On en parle probablement à la radio. »

« Bon Dieu. »

« Tu vas avoir pas mal de travail. Au train où vont les choses, Judy Chapman figure en tête de la liste des suspects. »

« C'est ridicule. Je n'ai jamais rien entendu d'aussi stupide. »

« Tu as probablement raison. Mais va dire ça au lieutenant Grimes de la Criminelle. En attendant, elle va avoir besoin d'un avocat. »

« Quel merdier », gémit-il. « Quel horrible merdier. »

« Avant de commencer à t'apitoyer sur ton sort », fis-je d'un ton acerbe, « tu pourrais peut-être me donner un petit coup de main ? »

Il se calma et reprit :

« Je ferais tout ce qui est en mon pouvoir, Max. »

« Pour commencer, je veux que tu m'organises une entrevue avec ton père. Tout de suite. Aujourd'hui ou demain. »

« Pourquoi faire, Grand Dieu ? Mon père n'a rien à voir avec George. »

« Faux. J'ai découvert un lien incontestable entre ton père et l'accident d'il y a cinq ans. Je dois lui parler. »

« Foutaises », lança Chip d'un ton furieux. « Sous prétexte que mon père a un passé, les gens le tiennent pour responsable de tout ce qui arrive. C'est un vieil homme, et ça fait des années qu'il a décroché du racket. »

« C'est peut-être ce que tu racontes pour apaiser ta conscience, Chip. C'est ton droit et ça ne me regarde pas. Mais nous savons toi et moi que ce n'est pas vrai. Ton père est vieux, d'accord, mais il n'a pas pris sa retraite. Il a juste ralenti un peu la cadence. Je n'en aurais pas parlé si je n'étais pas sûr de ce que j'avance. Un homme est déjà mort, et il faut que je fasse quelque chose avant que cette histoire ne devienne incontrôlable. »

« Très bien, je vais l'appeler et essayer de mettre ça sur pied. »

« Tu vas faire mieux que d'essayer. Tu vas réussir. On n'a plus le temps de tergiverser. »

Je lui donnai mon numéro et lui annonçai que je ne bougerais pas tant qu'il ne l'aurait pas rappelé. Deux cigarettes et quinze minutes plus tard, le téléphone sonna.

« Dix heures trente demain matin à mon bureau », dit Chip.

« Tu lui as dit de quoi il était question ? »

« Je lui ai donné les grandes lignes. Il va rester chez nous ce week-end et passer un peu de temps avec les enfants. »

« Tu as ma reconnaissance, Chip. »

« Je continue à penser que tu fais une grosse erreur, Max. Mon père n'a rien à voir avec Chapman. »

« Si c'était vrai, il n'aurait pas accepté de me voir. Maintenant, je sais que j'ai raison et toute la piété filiale du monde n'y changera rien. »

Je remis dans le coffre tous les objets que j'avais sortis à l'exception du Smith & Wesson. Je le chargeai, le fourrai dans mon holster et enfilai tout le bazar. J'avais perdu l'habitude de le porter et il me parut encombrant et inconfortable. Mais j'allais jouer dans la cour des grands à présent et j'avais besoin de me sentir sécurisé. Ma peau était le seul collatéral qui me restait.

En bas, au parking, Luis était encore empli du match de la veille. Detroit avait gagné six à cinq en douze reprises, et il pleurait sur le manque de constance des lanceurs remplaçants des Americans et l'incapacité de l'équipe à réussir un coup quand les bases sont occupées.

« Ils ont eu leurs bases pleines sans retraits deux fois, et ils en ont rien tiré. »

Il crachait ses mots d'un air écœuré.

« Ne vous bilez pas, Luis. Nous ne sommes qu'en mai. Les choses ne deviennent jamais sérieuses avant août. »

« Mais à ce moment-là, il est trop tard. »

Pour un vrai fan, une victoire ou une défaite donnent à la journée toute sa couleur. Votre équipe gagne et n'importe quel brin d'herbe poussant entre les pavés devient une fleur sauvage, un témoignage de la persévérance de la nature. Votre équipe perd et vous êtes entourés d'orties, d'asphalte craquelé et de laideur. Luis souffrait. Je ne pris pas la peine de lui dire que ce n'était rien de plus qu'un jeu.

Cette fois le trajet jusqu'à Irvingville fut plus aisé. En milieu de journée, la circulation était très fluide et le temps avait l'air de se mettre au beau. La pluie avait cessé depuis une heure, et bien que le ciel fût encore nuageux, le soleil tentait bravement de s'ouvrir un chemin. Nous étions en mai après tout, et il avait une réputation à tenir.

Je mis en marche la radio de la voiture et me calai sur la station des infos continues. Quand vint l'heure de la revue de presse, il apparut que Chapman faisait les grands titres. On ne savait pas encore grand-chose. George Chapman avait été trouvé mort dans son appartement par un détective privé et la police soupçonnait quelque chose de louche. Ils s'étendirent sur sa carrière de joueur et sur son intention d'annoncer sa candidature au Sénat. Je changeai de poste et me retrouvai en train d'écouter la version de Richter de la *Wanderer Fantasie*. Je laissai tomber les nouvelles pour rester avec Schubert.

Ça n'allait pas être une affaire facile pour Grimes. C'est toujours comme ça lorsqu'une personne célèbre est impliquée. La presse refuse de se tenir tranquille, les théories les plus tordues se multiplient comme la mouche du vinaigre et la police finit par mener son enquête au beau milieu de Grand Central. La pression monte. Le maire sent la fièvre gagner le public, le District Attorney la sent gagner le maire, le chef de la Criminelle la sent gagner le District Attorney et le lieutenant chargé de l'enquête la sent monter chez son patron. Je me demandai combien de temps il faudrait à Grimes pour plier. Il avait beaucoup d'expérience, mais je ne l'avais jamais vu agir dans une situation difficile. En général, cela a pour effet de faire ressortir ce qu'il y a de pire chez un homme. J'espérai pour Judy Chapman que le lieutenant avait le cuir aussi solide qu'il en avait l'air.

Il était deux heures trente passées et je me rendis compte que j'avais faim. Je dénichai un endroit sur l'autoroute qui s'appelait le Coach Lantern Diner et me garai sur le parking. C'était l'un de ces *diners* modernes et prétentieux, truffés de chromes tape-à-l'œil, de Formica imitation marbre et de lampes en faux cuivre qui sont censées vous faire croire que vous venez de descendre de la diligence Canterbury-Londres pour une halte dans une auberge anglaise du XVIIIe. Il y avait environ une vingtaine de tartes exposées sur des étagères derrière une vitre, si gonflées qu'on aurait cru qu'elles venaient de subir une série d'injections de silicone. Je les trouvai à peu près aussi appétissantes qu'un étalage de ballons de basket.

Ce n'était pas une heure de pointe et l'endroit était presque vide. Je m'assis au comptoir et étudiai le menu, un truc gigantesque avec plus d'entrées que l'annuaire du téléphone de Milwaukee. Une serveuse courtaude vêtue d'un uniforme rouge empesé bondit sur moi pour prendre la commande. Ses cheveux teints en roux étaient plus foncés d'une nuance ou deux que la robe et la façon dont ils tenaient en place à trente centimètres au-dessus de sa tête défiait toutes les lois de la physique newtonienne. Avec ses faux cils, ses boucles d'oreilles en or brillant et ses bracelets tintinnabulants, elle me faisait penser à une voiture de sport. Andrea était son nom et elle m'appela « mon chou ».

Je commandai un sandwich chaud à la dinde et trois minutes plus tard, il était devant moi. Il y avait tellement de sauce dans l'assiette qu'un instant, je crus qu'on m'avait servi un aquarium. Mais j'avais trop faim pour m'en préoccuper. Il me fallut attendre les toutes dernières bouchées pour me rendre compte qu'en fait, ce n'était pas mauvais. La serveuse déclara que j'étais le mangeur le plus rapide qu'elle ait jamais vu, et je lui laissai un dollar de pourboire. J'étais une grosse huile qui passait son temps à rendre tout le monde heureux. Père Noël était mon deuxième nom. Je quittai l'endroit en suçotant un cure-dent parfumé à la menthe.

A trois heures dix, je trouvai une place pour me garer à quelques pâtés de maison de chez les Pignato, dans la 17e rue. Il était encore un peu trop tôt pour que les enfants soient rentrés de l'école et le temps humide avait poussé les vieux à rester à l'intérieur. Le quartier semblait déserté, comme s'il avait été évacué avant une catastrophe. Je me demandai si j'étais cette catastrophe ou si elle avait déjà frappé. L'eau gouttait lentement des branches d'arbres. Sous les frondaisons, le monde était sombre et à travers le feuillage, le ciel rougeoyait étrangement, comme sur une planète inconnue. Rien ne semblait à sa place. J'éprouvai l'étrange sensation qu'on ressent lorsqu'on s'est trompé de film. J'avais payé pour Buster Keaton et on me donnait John Wayne.

Personne ne vint m'ouvrir lorsque je frappai. Je recommençai, attendis deux, trois, quatre minutes, mais il n'y eut pas de réponse. J'essayai la porte. Elle n'était pas verrouillée. Je l'ouvris doucement, me glissai à l'intérieur et refermai. Toute la journée, les portes s'étaient ouvertes sur mon passage et derrière, je n'avais rien trouvé d'autre que moi-même. Je compris qu'il était trop tard. A l'instant où je franchis le seuil, je sus ce qui m'attendait. Je revivais ce qui m'était arrivé quelques heures plus tôt et j'eus la sensation d'être enfermé dans un rêve cruel, où j'étais condamné à découvrir sans cesse des images de mort.

C'était une maison minable qui puait la pauvreté. Des jouets d'enfants étaient éparpillés sur le sol, et la vaisselle sale de plusieurs repas s'entassait dans l'évier de la cuisine. Il y avait des images pieuses dans la plupart des pièces. Un portrait en tapisserie bleue de

John F. Kennedy, qui semblait avoir été acheté dans une boutique de souvenirs de Times Square, décorait un mur du salon, au-dessus de la télévision. Tous les stores étaient baissés, comme si cela pouvait empêcher le malheur de la maison de s'échapper pour contaminer le reste du quartier. Je me surpris à penser aux enfants de Rignato, à me demander si leur père leur manquerait, ou bien si sa mort les délivrerait des ténèbres.

Il était dans la chambre, étalé sur le lit défait, la moitié du visage arraché. Il y avait une mare de sang sur l'oreiller et des éclaboussures sur le mur derrière lui. Sur la commode près du lit, une télé portable allumée avec le son très bas diffusait un *soap opera*. Les fantômes murmurants étaient assis dans un salon bourgeois, buvant dans de délicates tasses à thé, débattant de leurs névroses, de leurs histoires d'amour et de ce qu'ils allaient faire pour les vacances d'été. D'une étrange façon, ils semblaient incarner les pensées du mort. C'était comme s'il était déjà monté au ciel et allait pouvoir mener dorénavant la même vie qu'eux.

Il n'y avait rien à faire. Je retournai dans la cuisine et appelai la police. Je commençais à devenir très fort pour appeler la police. Bientôt, on allait m'octroyer une ligne directe, de sorte que je n'aurais même plus à composer le numéro.

Le meurtre de Pignato avait l'air d'un travail de professionnel. Une balle et c'était fini. Une fraction de seconde d'une effroyable souffrance, et puis rien, plus rien. Le tueur avait soigneusement choisi son moment, faisant en sorte que la famille de la victime soit absente quand il viendrait. Je me demandai si Pignato l'avait attendu, allongé sur le lit, regardant la télévision jusqu'à son arrivée. Il semblait logique de penser qu'il avait appelé Victor Contini après ma visite d'hier et que Contini avait envoyé quelqu'un pour réduire au silence l'homme qui avait révélé le secret de l'accident de Chapman. C'était logique, mais quelquefois la logique ne veut pas dire grand-chose.

La police arriva bruyamment, déboulant dans la maison comme une horde de Goths. Je regrettai immédiatement de ne pas avoir décampé après mon coup de fil. Depuis deux jours, j'avais l'impression de ne prendre que les mauvaises décisions.

Le capitaine Gorinski était aux commandes. C'était un quadragénaire bâti comme un taureau, encore robuste, avec une petite bedaine qui débordait de la ceinture de son pantalon. Il avait l'œil erratique du buveur, et à voir le débraillé de ses vêtements, je me dis qu'il devait avoir des problèmes personnels. Je ne tenais pas à faire partie de la liste.

Il ne parut pas ému par la vue du corps de Pignato. Quand il entra dans la chambre, son seul commentaire fut : « Plus personne baisera dans ces draps. » C'était un truc de dur, une façon de regarder le monde avec une âme de reptile. Comparé à lui, Grimes était aussi tendre qu'une mère poule.

Il me demanda qui j'étais et ce que je faisais là. Je répondis à la première question en lui montrant ma licence de détective. Il l'examina d'un air méprisant, comme si je venais d'exhiber une photo pornographique.

« Un petit Juif privé de la grande ville », fit-il.

« C'est exact », répondis-je. « Je descends d'une longue lignée de rabbins. Tous ces gens que vous voyez déambuler avec leur drôle de chapeau et leur longue barbe sont mes cousins. La nuit, il me pousse des cornes et une queue et chaque printemps, au moment de la pâque juive, je tue un bébé chrétien pour utiliser son sang dans un rituel secret. Je suis milliardaire à Wall Street et communiste et j'étais là quand ils ont cloué le Christ sur la croix. »

« Ferme ta gueule, Klein », aboya-t-il, « ou je te casse ton putain de cou. »

« Faites attention à la façon dont vous me parlez, capitaine », répliquai-je. « Il est hors de question que je coopère avec vous si vous ne vous comportez pas comme un être humain. »

« Vous êtes tous les mêmes, vous autres, les trous-du-cul new-yorkais. Vous vous croyez les types les plus coriaces et les plus malins dans votre branche, mais si on démasque votre bluff, vous appelez votre avocat en hurlant. C'est pas New York ici, monsieur le rabbin, mais Irvingville. C'est ma ville, et je me comporterai exactement comme j'en ai envie. »

« A votre guise », fis-je. « Je m'étais bêtement mis en tête que vous aviez envie de faire quelque chose pour résoudre ce meurtre. Il y a un mort dans la pièce d'à côté et pendant que vous restez là à vanter votre belle ville, le meutrier prend le large. »

« C'est là que vous vous gourez, mon joli », dit-il, avec un sourire sadique. « Le meurtrier ne va nulle part. Je suis avec lui en ce moment. »

« C'est une théorie très habile que vous avez là », répliquai-je. « Voyons voir, j'entre et je descends Pignato d'une balle en pleine figure. Ensuite, au lieu de m'enfuir, je vais tranquillement dans la cuisine, j'appelle la police et je lui offre mon aide. Ouais, je vois ce que vous voulez dire. Très cohérent. Vous devez être une sorte de génie, capitaine. »

« Mike », aboya Gorinski à l'intention d'un des flics,

qui écoutait notre conversation, « viens ici et désarme ce rigolo. »

Mike était un petit jeune qui ne devait pas avoir plus de vingt-cinq ou vingt-six ans, et il s'amusait comme un fou. Il semblait penser que Gorinski était le Sherlock Holmes d'Irvingville et il n'était que trop heureux de figurer dans le scénario. Il s'approcha d'un pas nonchalant et tendit la main.

« Allez, Klein, donnez-le-moi. »

« Cette arme n'a pas servi depuis des mois », fis-je. « Il vous suffit de respirer le canon pour savoir que je ne l'ai pas utilisée aujourd'hui. »

J'ouvris ma veste, posai la main sur la crosse et m'apprêtai à dégager la sangle lorsque Gorinski se jeta sur moi et m'assena un coup de poing terrible sur le côté du crâne. Je m'écroulai comme une chaise pliante, l'oreille sifflant sous le choc. A demi hébété, je parvins finalement à reprendre la position assise pour trouver Gorinski en train de hurler au-dessus de moi.

« Vous ne savez pas que c'est illégal de braquer une arme sur un officier de police, espère de connard ! Je pourrais vous faire coffrer un sacré bout de temps pour cet exploit. Mike », appela-t-il, se tournant vers son fidèle assistant, « passe-lui les menottes. On va s'offrir une bonne petite discussion au poste. »

Mike fit ce qu'on lui demandait puis tous deux m'entraînèrent hors de la maison au pas de charge et m'embarquèrent dans l'une des voitures stationnées à l'extérieur. Il ne fallut pas plus de dix minutes pour arriver au poste. Je demandai à Gorinski d'appeler le lieutenant Grimes à New York, et il me répondit d'aller me faire enculer. C'est ce que j'aimais chez lui. Il avait toujours une remarque originale pour chaque situation.

Ils me jetèrent dans la pièce des interrogatoires et passèrent les minutes suivantes à me bourrer de coups de pied. J'avais déjà entendu parler du troisième degré, mais entre leurs mains, plus qu'à un quelconque degré, cela ressemblait à un art, ou à un cours sur la manière de jouer au foot sans ballon.

Cela parut les mettre de fort belle humeur. A chaque fois que Gorinski me balançait d'un coup à bas de ma chaise, il provoquait un gros rire chez Mike. Evidemment, je ne me défendis pas. Après tout, c'était eux les officiers de police, les représentants de la loi. De plus, il se trouvait que j'avais des menottes aux poignets. J'essayai de séparer mon corps de mon esprit, de faire comme si ce qui se passait arrivait à quelqu'un d'autre. C'est une méthode de lutte contre la douleur qui est censée marcher à la perfection dans le fauteuil du dentiste. Malheureusement, elle ne s'applique pas aux postes de police.

Ils finirent par passer aux choses sérieuses. Ils voulaient savoir qui m'avait engagé pour tuer Pignato, combien on me payait, et quels autres boulots du même genre j'avais accomplis récemment. Ils me traitèrent de youpin, de tantouze et de communiste. Je leur déclarai que je travaillais sur l'affaire du meurtre de Chapman et qu'ils feraient mieux d'appeler Louis Grimes de la Criminelle, à New York. Je n'étais pas sûr que Grimes prendrait fait et cause pour moi, mais je me disais qu'il était ma seule chance de sortir d'Irvingville avant l'an deux mille.

Ce que je pouvais raconter ne changeait rien. Ils savaient que je n'avais pas tué Pignato, mais ils allèrent jusqu'au bout de la mascarade parce que ça leur plaisait. Ils avaient l'impression d'être des hommes importants. Gorinski et Mike étaient de vrais Américains pur jus et ce n'était pas tous les jours qu'une proie aussi facile que moi leur tombait entre les mains. Ils savaient en outre qu'ils ne résoudraient jamais cette affaire. Pignato était lié à la bande de Contini et ce meurtre était une affaire de politique interne. Dans un endroit comme Irvingville, les exécutions au sein de la pègre ne sont pas considérées comme des meurtres. Ils font partie du folklore local au même titre que le feu d'artifice du 4-Juillet ou le bal de la police. On ne les résout pas, on les ignore. Gorinski ne ferait rien qui risquât de déplaire à Victor Contini. Comme dit le proverbe, on ne mord pas la main qui vous nourrit.

L'estomac de Gorinski fut ce qui me sauva. On approchait de l'heure du dîner et après un bon moment passé à jouer et rejouer la même comédie, je constatai qu'il commençait à se lasser. L'idée d'aller manger le séduisait plus que celle de me transformer en chair à pâté. Il quitta la pièce et Mike continua sans lui. Quinze minutes plus tard, il revint.

« Tu as de la chance, Klein », annonça-t-il. « Je viens juste de parler à Grimes, à New York. Fais-toi oublier. On veut plus de toi dans le coin. »

« Je ne sais comment vous remercier », dis-je. « Vous avez fait un tel enchantement de mon séjour dans votre ville que je regrette presque de la quitter. J'espère pouvoir revenir très bientôt. Peut-être même que la prochaine fois j'amènerai ma femme et mes gosses. »

« Si tu pointes ta sale gueule dans le coin », répondit Gorinski, « je la tartine sur les murs. Je te rendrai si malheureux que tu regretteras qu'on ait pas mis le feu à la maternité le jour de ta naissance. »

Mike sortit une clé et ouvrit les menottes. J'essayai de réactiver la circulation sanguine dans mes avant-bras mais je ne sentais plus rien. Depuis le coude jusqu'au bout des doigts, j'étais insensible.

« Vous êtes un homme courageux, Gorinski », dis-je, « et vous faites honneur à la police de ce pays. S'il n'y avait pas des types comme vous, les rues ne seraient pas sûres pour les citoyens ordinaires comme moi. Je veux que vous sachiez à quel point je vous suis reconnaissant. Je vous remercie. Je vous remercie du fond du cœur. »

Gorinski grommela quelque chose entre ses dents, tourna les talons et sortit de la pièce. Mike m'escorta jusqu'au bureau d'accueil.

« Je vous accorde un truc », dit-il. « Vous savez vraiment encaisser les coups. »

Pour lui, ce n'était que du sport, et il voulait me remercier d'avoir été un concurrent de valeur. Peu importait que le jeu soit truqué, qu'ils ne m'aient pas laissé la moindre chance. Je refusai de serrer la main qu'il me tendait.

« Vous vous êtes choisi un sacré héros », dis-je. « Vous avez l'intention de lui ressembler quand vous serez grand ? »

« Ce n'est vraiment pas un mauvais type quand on le connaît. »

« Ouais », fis-je. « Et Hitler adorait les enfants. C'est toujours la même histoire. Dans chaque brute sommeille un humaniste qui pleure pour qu'on le laisse sortir. »

Le regard de Mike se fit à nouveau dur.

« Estimez-vous heureux de vous en tirer à si bon compte, Klein. »

« J'essayerai de m'en souvenir. A chaque fois que je passerai devant une église, j'entrerai brûler un cierge pour Gorinski. Et peut-être un pour vous. »

Il était six heures. J'appelai un taxi du téléphone public et me fis ramener à la 17e avenue pour récupérer ma voiture. Mon corps entier allait être douloureux pendant les jours à venir, mais je survivrais. C'était plus que George Chapman et Bruno Pignato ne pouvaient en dire.

11

Trois hommes rôdaient autour de ma voiture dans la 17e rue. Ils m'attendaient et je savais que ce n'était pas pour parler des Saab 1971. J'aurais pu dire au chauffeur de taxi de continuer et de me conduire à la gare routière. Il y avait d'autres moyens de rentrer en ville. Mais j'étais curieux. S'ils voulaient quelque chose de moi, je pourrais peut-être obtenir quelque chose d'eux. J'étais sufisamment réaliste pour ne pas m'attendre à un échange équitable. J'espérais simplement ne pas en être trop de ma poche lorsque ce serait terminé.

Ils formaient un curieux groupe. L'un d'eux, vêtu d'un jean, d'un blouson de cuir et de bottes de moto faisait penser à un lauréat de fraîche date au concours d'entrée dans un gang de jeunes. Il s'appuyait contre la voiture, les bras croisés sur la poitrine, et mâchait un chewing-gum, le regard aussi vide qu'un trou de balle dans une boîte de conserve. Le second avait une trentaine d'années, tout propret dans son costume sport bleu pastel et ses mocassins blancs immaculés. Il fumait une cigarette et faisait les cent pas, perdu dans ses pensées. De toute évidence, c'était lui l'homme de tête. Le troisième était le plus âgé. Il avait entre quarante-cinq et cinquante ans, et était vêtu d'une manière plus classique — costume marron, chemise brune et cravate blanche. Il fumait un cigare et ne cessait de regarder sa montre. Ils avaient tous à peu près mon gabarit. Leurs différences vestimentaires exceptées, ils ressemblaient aux incarnations du même personnage à diverses étapes de sa vie. Portrait de groupe de trois générations de voyous.

Je réglai le chauffeur, descendis du taxi et traversai la rue. Ils me suivirent des yeux tous les trois.

« Belle voiture, n'est-ce pas ? » dis-je à Cravate Blanche. « Je vous en donne un bon prix et j'ajoute les pneus neige en prime. »

« Allons-y, Klein », dit Costume Sport, « t'as rendez-vous avec ta destinée. »

« J'espère que c'est une rousse », répliquai-je. « Elle est jolie ? »

« Une vraie carne », répondit Blouson de Cuir, rentrant dans le jeu, « mais il faudra que tu t'en contentes. »

Ils avaient tout prévu. Blouson de Cuir me prit mon arme et alla chercher une Buick verte garée un peu plus bas dans la rue. Les deux autres m'ordonnèrent de m'installer au volant de la Saab puis montèrent dans la voiture, Costume Sport à l'arrière et Cravate Blanche près de moi à l'avant.

« Avant d'acheter une caisse », dit Cravate Blanche, « faut que je voie comment elle tient la route. Je veux pas me retrouver avec une poubelle. »

« Dites-moi où vous voulez aller », fis-je, « et je vous y conduis. »

Costume Sport se pencha vers moi.

« Tu connais la Réserve de North Mountain ? »

« Je la connais. »

« Eh bien, c'est là qu'on va. Et pas de blagues, Klein.

J'ai un 38 pointé sur ton crâne. A la moindre entourloupe, ta cervelle ira décorer le pare-brise. »

Je mis le contact et démarrai. La Buick suivit juste derrière. Pour le moment du moins, je savais que je ne risquais rien. Malgré ses menaces, Costume Sport n'allait pas appuyer sur la détente pendant que je conduisais. Tant que nous étions dans la voiture, il ne se passerait rien.

La situation me semblait claire. Ces hommes étaient ceux de Contini et ils m'emmenaient pour terminer ce qui avait été commencé plus tôt dans la journée avec le meurtre de Pignato. J'étais la seule personne au courant pour l'accident de Chapman et une fois que j'aurais disparu, Contini serait tranquille. Pourtant, la réponse à la question la plus importante m'échappait encore. Pourquoi Contini avait-il voulu tuer Chapman ? J'avais espéré le découvrir demain lors de mon entrevue avec lui. Mais à présent, je n'étais plus sûr d'être encore dans le coin demain. Ni même après-demain.

« Je suppose que vous n'avez pas l'intention de m'éclairer ma lanterne et de me dire pourquoi il est si important pour vous d'être avec moi ce soir », demandai-je à Cravate Blanche.

« T'es un fouteur de merde, voilà pourquoi », répondit Costume Sport à sa place. « Tu peux pas t'empêcher de fourrer ton nez dans les affaires des autres. Tôt ou tard, les types comme toi se chopent fatalement un mauvais coup de sang. C'est ton jour, mignon. Ton jour est arrivé. »

« Vous semblez avoir toutes les réponses », fis-je. « Alors j'ai une autre question. Pour qui travaillez-vous ? »

« J'ai six grosses réponses dans le creux de ma

main », ricana Costume Sport, « et n'importe laquelle d'entre elles suffit à mettre fin à cette conversation. »

« On peut dire que vous avez la langue bien pendue. Vous débitez les clichés aussi vite qu'un bébé salit son paquet de couches. » Je le regardai dans le rétroviseur. « Vous devriez peut-être arrêter de lire toutes ces bandes dessinées. »

« Contente-toi de conduire, Fouille-merde. Quand j'aurais besoin de ton avis, je t'enverrai une carte postale. »

Je conduisis. Nous roulâmes vers l'ouest sur plusieurs kilomètres le long de Spring Avenue, la principale artère commerçante d'Irvingville, puis nous remontâmes au nord, vers des villes plus riches, plus radieuses. Le paysage changea. Nous quittâmes les usines et les entrepôts pour une zone où les Dairy Queens alternaient avec les parkings de voitures d'occasion, puis pénétrâmes dans des quartiers résidentiels modestes qui se transformèrent peu à peu en banlieues cossues avec de vastes pelouses manucurées, des garages à trois places et des piscines en forme de rein. Nous montions vers les montagnes, loin de la poussière des villes, vers le pays de conte de fées habité par les médecins, les cadres supérieurs et les propriétaires enrichis dans la location de taudis. C'était un monde où les gens jouaient au golf au *country club,* trompaient leur femme avec celle de leurs amis, et envoyaient leurs gosses dans des camps de vacances ruineux avec trois mille dollars d'orthodontie dans la bouche. Je ressentis une impression étrange à passer devant ces manoirs avec une arme pointée sur ma nuque. C'était comme si j'étais entré dans une autre dimension, un lieu d'absurdes juxtapositions où la logique était celle des comptines d'enfants. La peur y était une Lincoln noire grillant un feu rouge. La violence, un jardinier bossu taillant méthodiquement les rhododendrons. La mort, la chute d'une histoire drôle racontée autour d'un verre sur la terrasse. Tout était autre chose, rien n'était ce qu'on attendait que ce soit.

La Réserve de North Mountain consistait en quelques hectares de bois, des aires de pique-nique et des pistes de randonnée au sommet de la colline. A sept heures moins le quart, elle était presque déserte. Cravate Blanche me dit de tourner dans un petit chemin de terre qui traversait les bois de chênes et d'érables. La Buick verte nous serrait de près. Au bout d'un kilomètre, nous arrivâmes devant un grand pré qui s'étendait sur la droite, et Costume Sport m'ordonna de quitter la route pour l'herbe. Je suivis ses instructions. Il allait m'être pratiquement impossible de leur échapper. J'allais me trouver à découvert et je formerais une cible facile si je tentais de fuir. Les bois de l'autre côté de la route étaient ma seule chance, mais ils se trouvaient à plus de deux cents mètres. Je me demandai pourquoi j'avais décidé de quitter ce taxi dans la 17e rue.

J'arrêtai la voiture quand ils m'en donnèrent l'ordre et nous descendîmes tous les trois. Blouson de Cuir coupa le moteur de la Buick et vint nous rejoindre. Nous restâmes ainsi un moment, debout dans l'herbe haute sous la lumière orangée du crépuscule, sans rien dire. J'eus la sensation que nous étions devenus des ombres, des silhouettes figées dans le paysage spectral d'un tableau de De Chirico.

« Je ne crois pas que la voiture me plaise, Klein », dit enfin Cravate Blanche, « elle n'a pas de hayon et le moteur cogne. »

« Ça ne fait rien », répondis-je. « Finalement, je n'ai plus envie de la vendre. »

Blouson de Cuir ouvrit le coffre de la Buick et en sortit un marteau de forgeron. Il s'approcha de la Saab et l'examina d'un air railleur.

« L'ennui avec ces bagnoles étrangères », fit-il, « c'est qu'elles ne sont pas construites pour durer. » Il leva le marteau au-dessus de sa tête et le fit retomber sur le pare-brise qui vola en éclats. « Tu vois ce que je veux dire. Un seul petit coup et tout est bousillé. »

« Très joli », fis-je. « Vous devriez chercher du travail dans un bagne, vous feriez des miracles pour casser des cailloux. »

« Putain », dit-il, « c'était rien. Regarde ça. »

Il leva à nouveau le marteau au-dessus de sa tête et fit exploser toutes les autres vitres. Cravate Blanche et Costume Sport souriaient. Ils semblaient ravis de laisser la jeunesse s'exprimer.

« Tu vois, Klein », reprit Blouson de Cuir, « tu t'apprêtais à vendre cette voiture à mon ami, et je crois que tu essayais de lui refiler une vraie camelote. Je veux qu'il sache quel tas de boue tu allais lui fourguer. »

Ses paroles étaient une prophétie qui se réalisa d'elle-même. Ce qui restait de vie dans la Saab disparut à tout jamais. En un quart d'heure, la voiture fut littéralement transformée en amas de ferraille. Blouson de Cuir écrasa les portes, fit plusieurs trous dans le capot, brisa le volant, puis déchira le revêtement des sièges et taillada les pneus au couteau. Ça ne ressemblait plus à une voiture mais à une sculpture exotique.

Sous l'effort, Blouson de Cuir s'était mis à transpirer, et quand il eut terminé, il resta là à haleter, un sourire triomphant éclairant son visage. Costume Sport applaudit avec une politesse feinte.

« C'est la fin du premier acte », dit-il. « Bonne interprétation, hein, Klein ? »

« Olivier était meilleur dans *Les Hauts de Hurlevent* », fis-je. « Votre copain, là, ne sait pas émouvoir le public. C'est dur de croire au personnage qu'il incarne. »

« T'inquiète pas, tu vas y croire », dit Cravate Blanche. « Montre-lui quelque chose qu'il puisse croire, Andy. »

Blouson de Cuir n'avait fait que s'échauffer. Il avait ce regard vitreux et maniaque des kamikazes, et toute son attention était centrée sur moi. En un éclair, l'idée qu'il était peut-être défoncé me traversa l'esprit et dans ce cas, je savais que je pouvais le battre. Il chargea avec une droite que je vis venir depuis Pittsburgh. Je bloquai de l'avant-bras gauche et contrai d'un crochet à l'estomac. Il poussa un grognement sonore et se plia en deux. Ce coup de poing me procura une intense satisfaction. Après avoir été malmené pendant deux jours, je pouvais enfin répliquer en rendant coup pour coup et mon corps réagit à la situation avec une fureur dont j'ignorais l'existence. Blouson de Cuir n'était que momentanément sonné et il se releva en souriant.

« Un seul gnon, c'est tout ce à quoi tu as droit », dit-il. « Maintenant, c'est mon tour. »

Il se rua à nouveau sur moi avec la même désinvolture gonflée de certitude. Il devait se croire invincible, hors d'atteinte quoi qu'il fît. Cette fois, j'esquivai sa droite et lui décochai un violent gauche à la mâchoire. Un coup vicieux qui fit remonter des ondes douloureuses de mon poing jusqu'à mon épaule. Il recula de quatre ou cinq pas en titubant puis tomba. Il n'était pas

K.-O., mais il était à terre et avant qu'il ne se jette à nouveau sur moi, je me retournai vivement pour couvrir mes arrières. Costume Sport se tenait devant moi, l'arme pointée sur mon estomac. Cravate Blanche alluma calmement un autre panatela.

« Tu perds ton temps, mignon », dit-il sans la moindre émotion. « Tout ce que ça va te rapporter, c'est une main en compote. »

« Pourtant, c'est pour la bonne cause », fis-je en haletant. « J'aime voir vos amis tomber sur le cul. »

Ensuite, le soleil se coucha très vite. Il était là, juste derrière l'épaule de Costume Sport, un gigantesque disque de feu qui disparut soudain. Le coup m'atteignit derrière la nuque et je m'écroulai comme une poupée de chiffon. Longtemps, je fus un mineur de fond creusant la terre. La lanterne de mon casque projetait un rai de lumière le long d'un boyau de trente kilomètres. Il fallait que j'avance. Lorsque j'atteindrais la fin du tunnel, je trouverais le plus gros morceau de charbon de l'histoire de l'humanité et j'aurais mon portrait dans les journaux. Je commençais à me demander si ma photo de fin d'études pourrait convenir lorsque je cessai brutalement d'être mineur de fond. J'étais devenu un cadavre. Les croque-morts m'emportaient au cimetière et personne n'était venu me pleurer. On allait me mettre dans la fosse commune et lapider mon corps juste pour le plaisir. J'entendis quelqu'un dire : « Ça fait pas de mal de s'en assurer. Imagine qu'il décide de se réveiller ? »

J'ouvris les yeux. J'étais sur le dos et le monde entier tremblait sous moi. Je restai un instant perplexe, me demandant comment je pouvais bouger tout en restant parfaitement immobile. Puis je compris que j'étais allongé sur le plancher, à l'arrière de la voiture. Très impressionné par cette illumination, je l'analysai longuement avec l'enthousiasme réservé aux découvertes scientifiques majeures. Puis je remarquai que mes mains étaient liées à l'aide d'un bout de corde. Dehors, il faisait noir. La nuit était tombée en mon absence.

« Rip Van Winkle s'apprête à revenir à la civilisation », dit Costume Sport depuis la banquette arrière. Cravate Blanche, à l'avant, se tourna vers moi et me regarda. C'était donc Blouson de Cuir qui conduisait.

« Dommage », commenta Cravate Blanche ; « t'as manqué les trois quarts de la balade. On est presque arrivés. »

Je bougeai légèrement la tête et poussai un gémissement. Je me sentais comme un artichaut dont on aurait arraché toutes les feuilles. Mon cerveau était à nu et avait à peu près la consistance d'un bol de gelée tiède.

« Je faisais ma petite sieste de beauté », fis-je.

« Vu comment tu ronflais », répondit Costume Sport, « c'était plutôt du genre cauchemar. »

« C'est parce que je rêvais de toi », fis-je. « Et voilà que je me réveille en découvrant que tout était vrai. C'est exactement comme un conte de fées. Tu vois celui dont je veux parler — *La Belle et la Bête.* »

« Je te raconterai une autre histoire à dormir debout tout à l'heure », répliqua Costume Sport. « Peut-être que si je me débrouille bien, tu ne te réveilleras plus du tout. »

Cinq minutes plus tard, la voiture ralentit pour tourner, puis roula sur du gravier. Après une distance que j'évaluai à quatre cents mètres, elle s'arrêta.

« Terminus », dit Costume Sport. « Tous les cloportes descendent. »

Il ouvrit la portière, sortit, puis avec l'aide de

Blouson de Cuir, me tira sans ménagement hors de la voiture et me jeta à terre. Le gravier me déchirait le dos comme si on m'avait traîné sur une planche à clous. Ils m'ordonnèrent de me lever. Je fis de mon mieux mais apparemment, ça ne suffisait pas. Costume Sport me balança son mocassin blanc dans les reins, ce qui eut pour effet de ralentir ma progression. Après quelques tentatives assorties de coups de pied, je réussis à me mettre debout. Ma tête me parut aussi lourde qu'une boule de bowling et il me fallut un moment pour apprendre à me débrouiller avec cette nouvelle répartition des masses.

La situation ne m'était pas très favorable. Néanmoins je commençai à reprendre confiance. J'étais avec eux depuis près de deux heures et je respirais encore. S'ils avaient eu pour instructions de me tuer, je serais déjà mort depuis longtemps. Contini, semblait-il, consentait à me laisser la vie. Il voulait simplement me rendre les choses difficiles, me mettre hors circuit jusqu'à ce que l'enquête de Chapman soit terminée. Peut-être que le vieil homme s'amollit, pensai-je. A moins qu'il n'y ait eu un rapport avec le coup de fil que j'avais donné à Chip. Si on me retrouvait mort, Chip saurait que son père en était responsable. Contini n'avait pas peur de la loi, et je suis sûr qu'il se fichait éperdument de ma vie. Mais il ne voulait pas que son fils sache qu'il était un assassin. Curieux comme la moralité s'insinue aux endroits les plus improbables. Un homme ferait quasiment n'importe quoi pour gagner le respect de son fils. J'avais moi-même sérieusement potassé le sujet.

Nous marchâmes tous les quatre pendant une dizaine de minutes. Cravate Blanche braquait une lampe de poche pour nous guider sur le chemin pierreux, et Costume Sport tenait son arme pointée dans mon dos.

Je devinai que nous nous trouvions à Kern's Quarry, une ancienne carrière de gravier qui n'était plus exploitée depuis près de sept ans. Elle se situait à une vingtaine de kilomètres de la Réserve, et ce n'était pas le plus mauvais endroit pour mettre un type au vert aussi longtemps qu'il le faudrait. Quand nous commençâmes à escalader la pente de gravier et à longer le bord de l'excavation, je vis que je ne m'étais pas trompé. Modeste triomphe. Mais au moins je savais où je me trouvais.

Nous parvînmes à une cabane de contremaître abandonnée. Cravate Blanche ouvrit la porte et dit :

« C'est ta nouvelle maison, Klein. Tu vas apprendre à bien la connaître pendant les deux semaines qui viennent. »

« Epatant », fis-je. « Quand faites-vous livrer mon piano ? Je ne voudrais pas que mes doigts se rouillent. »

« A ta place, je plaisanterais pas », dit Costume Sport. « Tu ne te rends pas compte de la chance que tu as. En fait, tu as tellement de pot que ça me donne envie de gerber. A tous les coups, dans ce genre de situation, on devrait te crever. Mais pour je ne sais quelle raison, le vieux veut que tu restes en vie. »

« Je suppose que ça fait de lui le candidat idéal pour le prix Nobel de la paix. »

Costume Sport continua comme si je n'avais rien dit.

« Tu restes en vie, mais ça ne veut pas dire que tu vas t'amuser. Il y a des façons de garder un type vivant qui sont bien pires que la mort. Un pas de travers et tu vas commencer à nous supplier de t'envoyer une balle dans la tête. Ça te fera l'effet de vacances aux Bermudes comparé à ce qu'on peut te proposer. »

C'était une pièce nue, poussiéreuse et humide, qui sentait le bois pourri. Elle mesurait environ trois mètres sur cinq. A la lueur de la torche électrique, je vis une table, quelques chaises et de vieux livres de comptes. C'était le genre trou à rats et je n'aimais pas du tout la disposition des lieux. Je n'allais pas avoir beaucoup de place pour manœuvrer, surtout avec une arme pointée sur moi jour et nuit. Je commençais à me résigner à l'idée d'un long séjour. Puis la chance me sourit. Costume Sport et Cravate Blanche partirent. Ils annoncèrent à Blouson de Cuir qu'ils allaient chercher de quoi manger et qu'ils seraient de retour dans une heure. Blouson de cuir leur demanda de lui acheter un sandwich à la saucisse et un pack de bière, puis soudain, ils ne furent plus là. Ce qui me laissait seul avec le gamin. Mes chances s'étaient considérablement accrues, mais elles n'étaient toujours pas fameuses. Il fallait que je trouve un moyen de déclencher une bagarre sans me faire brûler la cervelle.

Il s'assit sur l'une des chaises près de la porte, une lampe torche braquée sur mon visage dans une main, le calibre pointé sur mon front dans l'autre. Je m'assis par terre dans un coin, tournant la tête pour éviter la lumière. Dehors, les grillons stridulaient à la lune et de temps en temps, un crapaud-buffle coassait, produisant un son qui faisait penser à celui d'un étrange instrument chinois à une seule corde. Nous restâmes silencieux pendant cinq à six minutes. J'écoutais le gamin travailler son chewing-gum.

« Hé Andy », fis-je. « Il y a quelque chose qui me tracasse. Je me demande si tu peux m'aider à résoudre ça. »

« A résoudre quoi, Klein ? »

« Je me demande quelle impression ça fait ? »

« Quelle impression fait quoi ? »

« D'être un pédé. »

« Je vois pas de quoi tu parles. »

« Bien sûr que tu vois, Andy. Tu la ramènes avec tes muscles, mais tu as tout de la tantouze. »

« Je suis pas obligé d'écouter tes conneries, pauvre pomme. »

« Essaye donc de m'arrêter. Je peux ouvrir la bouche quand je veux. Une tapette comme toi n'as pas assez de couilles pour m'obliger à la fermer. Tu as bien trop peur d'abîmer ta jolie petite gueule. »

« Un mot de plus et tu vas le regretter. »

« Andy la Pédale est tout retourné », fis-je, la mine boudeuse.

Pour toute réponse, il tira une balle dans le mur au-dessus de ma tête.

« Bou-hou », continuai-je. « Je crois qu'Andy la Folle ne m'aime pas. »

« Encore une connerie comme ça et je vise un cran plus bas. »

« Tu n'aurais pas la moelle de me tuer. Tu es censé me garder en vie. Si tu enfreins les ordres, je ne donne pas deux cents de ta peau. Et tu pourras te les mettre dans la tirelire. »

« C'est ce que tu crois, grande gueule. Personne ne me donne d'ordres. Si je vidais mon flingue dans ta carcasse, on me décernerait une médaille. »

« Alors pourquoi tu n'essayes pas, ma minette ? Braquer une arme sur un homme qui a les mains attachées, ça doit te donner l'impression d'être un vrai dur. C'est exactement le genre de plan qui convient aux pédales dans ton genre. Tous les atouts dans ton camp. »

« Où tu veux, quand tu veux, Klein, je te transforme en chair à saucisse. »

« Pourquoi pas tout de suite, face de cul ? Sauf si tu

as peur de te prendre encore une branlée ? T'avais l'air d'une terreur tout à l'heure quand tu tapais sur une bagnole sans défense, mais dès qu'on cogne, tu tiens vraiment pas le choc, mon pauvre gars. T'arriverais même pas à sortir d'un sac de vomi avec tes petits poings. »

Je commençais à désespérer. Il n'allait pas craquer et j'allais rester là à lui balancer des injures jusqu'à ce Cravate Blanche et Costard Sport reviennent. Ça finit pourtant par marcher. J'avais réussi à le pousser à bout. Il posa la lampe torche sur la table de manière qu'elle m'éclaire, se leva, et glissa son arme dans sa ceinture. Puis il s'approcha de moi.

« Debout, fils de pute ! » hurla-t-il, à bout de patience. « Je vais te donner une leçon que t'es pas près d'oublier. »

Je me levai et lui fis face. Il avait la lumière dans le dos et je ne distinguais rien d'autre que les contours de son corps. Je ne voyais pas ses yeux. Mais je n'avais pas besoin de les voir pour savoir ce qui allait venir. Il leva la main et la balança de toutes ses forces contre ma mâchoire. C'était une bonne droite, et je crus un instant qu'il m'avait cassé quelque chose. Je reculai en titubant, et me cognai dans le mur, mais je ne sais comment, je parvins à garder l'équilibre. C'était ce que je voulais. Plus que n'importe quoi au monde, je désirais rester debout. Je savais que si je parvenais à encaisser son meilleur direct sans tomber, il était cuit. Et il le savait aussi.

« Si c'est tout ce que tu sais faire, Andy joli », articulai-je malgré la douleur, « tu ferais mieux de t'inscrire aux cours de body-building de Charles Atlas. Ce poing ne ferait pas de mal à ma grand-mère. Et elle pèse quarante-cinq kilos. »

Il était fou furieux. Durant toutes ces années passées à taper sur les gens, il n'était jamais tombé sur quelqu'un qui lui tienne tête. C'est l'ennui avec les brutes. Ils sont tellement occupés à cogner des types plus petits qu'eux qu'ils finissent par se faire une fausse idée de leur force. Je n'étais pas le vieux bonhomme qui tenait l'épicerie du coin. J'étais un peu plus grand qu'Andy, et j'avais beaucoup plus d'expérience que lui. Cela suffisait à blesser sa vanité et à lui faire commettre toujours plus d'erreurs, plutôt que de s'arrêter tant qu'il avait encore l'avantage.

« Personne me parle comme ça ! » explosa-t-il. « Tu m'entends ? Personne peut me balancer ce genre de vanne et s'en tirer ! »

Comme il l'avait fait un peu plus tôt dans la réserve, il vint sur moi de si loin que je pus esquiver son second direct en me baissant et lui rentrer dedans par-dessous. Mes mains liées formaient un double poing, et je mis toute ma force dans ce coup. Il le reçut au menton, partit à la renverse en vol plané, heurta la table, et plongea la pièce dans l'obscurité en renversant la lampe. Je me ruai sur la porte mais il parvint à tendre le bras et à me faire tomber au moment où je passais le seuil. Je m'affalai lourdement sur le gravier, sans pouvoir amortir ma chute de mes mains, puis me remis debout aussi vite que je le pus. Je n'avais plus de souffle. Je savais que si je lui laissais le temps de se redresser et de dégainer, tout serait terminé. La nuit était claire, illuminée par un quartier de lune et il n'y avait pas d'arbre aux alentours pour m'abriter. Je devais mettre le plus de distance possible entre lui et moi.

Je commençai à courir. Mais le gamin était plus rapide et tandis que nos pas crissaient furieusement sur les cailloux, je l'entendis gagner du terrain. Je compris que je n'allai pas m'en tirer. Mu par une impulsion subite, je décidai de m'arrêter. Si je ne pouvais pas courir plus vite que lui, il me faudrait le prendre par surprise. Je m'immobilisai en dérapant, plantai mes pieds le plus fermement possible sur le sol, et levai les bras comme si je m'apprêtais à frapper avec une batte de base-ball. Je visai la tête. Il courut droit sur moi, et je sentis les os de son visage se briser en menus morceaux. Comme s'il s'était cogné contre un mur de brique, il s'écroula d'un bloc, très vite, en hurlant. Pourtant, cette fois encore, il ne sut pas jeter l'éponge. Pareil à un animal blessé luttant pour sa vie, il n'était plus que pur instinct. Il se releva, aveuglé par la douleur et se rua à nouveau sur moi. Mes yeux s'étaient habitués à l'obscurité, et je voyais où nous nous trouvions. Mais je n'eus pas le temps de m'éloigner. Je fis un pas de côté pour éviter la charge, et ce fut tout. Il avait déjà franchi le bord de l'excavation et tombait vers le fond de la carrière, vingt mètres plus bas.

Pendant quelques minutes, je ne fis rien. Je restai là, haletant comme un porc sous la lune, essayant de reprendre mon souffle. Puis je me mis à trembler. Ce n'était pas ce que je voulais faire, mais mon corps avait décidé de se passer de ma permission. Un instant, je crus que j'allais m'évanouir. Je m'assis par terre et, promptement, rendis tout ce que j'avais dans le corps. Je ne savais pas très bien si j'étais en train de vomir ou de sangloter. C'était la même violence dans la poitrine, la même brûlure essoufflée dans les poumons. Si je n'avais pas arrêté de courir au bon moment, me dis-je, j'aurais été le premier à passer par-dessus bord. Ça n'avait presque pas d'importance. Il y avait eu trop de morts aujourd'hui et j'en avais assez de la mort, assez de ma vie, assez de tout ce que je m'étais infligé pour rester vivant. J'étais devenu un meurtrier. Je ne savais plus qui j'étais.

Il me fallut dix ou quinze minutes pour me calmer. J'avais retrouvé suffisamment de lucidité pour comprendre que je ne pouvais pas rester là. Les deux autres allaient revenir d'un instant à l'autre, et je sentais que je n'étais pas en mesure d'en encaisser davantage. Je me moquais de ce qui pouvait m'arriver, mais je savais que je ne pourrais pas revivre ce que je venais de subir. J'étais parvenu aux limites de moi-même et il ne restait plus rien.

Je fichai le camp.

12

Je rêvais d'une ville où il n'y avait plus que moi. Tout le monde s'était volatilisé parce qu'un étrange pouvoir dévastateur s'était emparé de ma voix. A chaque fois que j'adressais la parole à un être humain, il disparaissait. J'ouvrais la bouche, et le vide se faisait autour de moi. Les gens commencèrent à fuir en me voyant arriver, mais je les appelais en hurlant, j'essayais de leur expliquer que ce n'était pas de ma faute, et à leur tour ils se désintégraient. Bientôt, il ne resta plus personne. J'étais le dernier homme au monde. Empli de tristesse, je m'assis dans quelque hall d'hôtel et m'apitoyai sur mon sort. Je me demandai s'il existait un moyen de réparer la catastrophe que j'avais causée et conclus qu'il n'y en avait pas, que les gens ne réapparaîtraient jamais. Je pris la résolution de ne plus jamais prononcer un mot, d'expier en faisant vœu de silence jusqu'à la fin de mes jours. Puis j'entendis des coups de marteau provenant des étages supérieurs de l'hôtel. Je me levai et entrepris de monter les escaliers. Il restait encore quelqu'un dans ce monde et si je parvenais à le trouver, je serai sauvé. Pendant des heures, je grimpai les escaliers, et le bruit se rapprochait.

Juste au moment où j'allais atteindre le haut de

l'immeuble, j'ouvris les yeux. Quelqu'un frappait à la porte de l'appartement. Je tentai de me lever et entendis tous les muscles de mon corps crier d'indignation. J'avais l'impression d'avoir servi à boucher un nid-de-poule sur la West Side Highway. Je ne serais plus jamais capable de marcher et je resterais confiné dans cette chambre pour le restant de mes jours, soigné par une vieille infirmière ridée en uniforme blanc qui me nourrirait exclusivement de bouillon de poule. On frappait toujours. J'annonçai que j'arrivais. Je regardai ma montre et vis qu'il était huit heures dix. J'avais dormi moins de cinq heures.

Trois semaines plus tard, j'atteignis la porte. Il me fallut encore quatre jours pour tourner les verrous et au moins six heures pour tirer le battant, mais finalement mon visiteur apparut devant moi. C'était Grimes.

« Doux Jésus », fit-il. « Votre visage ressemble à une carte en relief des montagnes Rocheuses. »

« Ouais, et encore, j'ai de la chance. J'ai failli tomber sur la Vallée de la Mort. »

Je le fis entrer. Cette fois, il s'abstint de faire des remarques spirituelles sur l'ameublement. Nous avions dépassé le stade des plaisanteries pour en venir aux choses sérieuses.

« Je serai incapable d'aligner deux phrases tant que je n'aurai pas mis de café dans mes circuits, lieutenant », expliquai-je. « Vous pouvez vous joindre à moi si ça vous chante. »

Je passai à la cuisine, ouvris le robinet d'eau froide et me flanquai la tête dessous. Je restai ainsi trois ou quatre minutes en tentant, par la simple force de ma volonté, de recoller mes morceaux. Je m'essuyai avec un torchon et entrepris de faire du café.

« Etant donné que j'ai pris mon petit déjeuner il y a

deux heures », déclara Grimes, « je suppose que ce ne sera pas de refus. Vous autres, les privés, vous savez vraiment vivre. Vous vous levez à pas d'heure, et si vous en avez envie, vous pouvez passer votre journée au pieu à enfourner des chocolats et à lire des romans français. »

« Je suis à court de chocolats, mais si vous voulez m'emprunter un livre, ne vous gênez pas. Je vous conseille de commencer par *Le Rouge et le Noir.* Stendhal réussirait à vous distraire de votre travail. »

« Et *Le Bleu et le Noir,* qu'en pensez-vous ? J'ai toujours eu envie de lire votre autobiographie. Je pourrais peut-être apprendre quelques-uns de vos secrets. Qui vous a donné votre première leçon de boxe, par exemple. Ou pourquoi vous disparaissez dans le New Jersey alors que vous êtes censé travailler sur une affaire à New York. »

Dès que le café fut prêt, je posai la Thermos sur un plateau avec deux tasses, deux cuillères, quelques serviettes en papier, le sucrier, et un demi-carton de lait, puis emportai le tout dans le salon. Personne ne pouvait m'accuser de ne pas être une parfaite maîtresse de maison.

Grimes trouva le café bon, ce qui m'étonna et me fit plaisir. Je me rendis compte que je commençai à bien l'aimer.

« Je suppose que je devrais vous remercier de m'avoir fait libérer hier », dis-je en allumant une cigarette de ma main enflée et contusionnée. « Ça me paraît si loin que je l'avais presque oublié. »

« J'ai failli dire à Gorinski que je ne vous connaissais pas. Mais je me suis rappelé qu'Irvingville était un drôle de patelin et j'ai décidé que vous aviez peut-être besoin d'un petit coup de pouce. »

« C'était ce que j'espérais. Je ne savais pas qui d'autre appeler. »

Grimes finit son café et reposa sa tasse.

« Je suis content d'avoir pu vous rendre service, Klein, vraiment content. Mais maintenant, il faut me dire ce que vous êtes allé faire là-bas. »

« Je suivais une piste en rapport avec le meurtre de Chapman. Je ne sais toujours pas qui est le coupable, mais j'ai presque aussi bien. »

Je lui parlai de l'accident de Chapman, cinq ans plus tôt, lui appris que Victor Contini y était mêlé et que Bruno Pignato avait travaillé pour Contini. Je lui racontai mes deux visites dans le New Jersey, la façon dont j'avais découvert Pignato mort chez lui, puis décrivis dans les grandes lignes mes expériences avec le capitaine Gorinski. Je terminai par le récit de mes tribulations et de celles de ma voiture au cours de la nuit. Grimes se versa une autre tasse de café.

« Si vous m'aviez dit tout cela hier », fit-il, « vous vous seriez épargné pas mal de bosses. »

« Je ne pensais pas que les choses iraient si vite. J'attendais d'avoir un truc vraiment solide avant de vous en parler. »

« Ce n'est pas à vous de décider de ce qui est solide et de ce qui ne l'est pas, Klein. Quand vous avez une piste dans une affaire de ce genre, ça regarde la police, vous comprenez ? Vous venez m'en parler illico. Vous n'allez pas fouiner pour votre propre compte. Ce Pignato serait peut-être encore en vie si vous aviez craché le morceau hier. »

« Ce ne sont que des mots, lieutenant, et vous le savcz. Hier, rien de ce que j'avais à dire ne vous intéressait. Vous parliez de la lettre comme si je l'avais inventée. »

« La lettre n'existe pas tant que je ne l'ai pas vue. Ce n'est pas une preuve, ce n'est pas une piste, ce n'est rien du tout. » Grimes se leva et commença à faire les cent pas dans la pièce. « L'erreur que vous commettez dans cette affaire, c'est de vouloir qu'elle soit trop compliquée. Vous croyez que tout ça fait partie d'un gigantesque complot qui remonte à la naissance de Chapman. Vous passez votre temps à vous occuper de ce qui est arrivé il y a cinq ans, alors que vous devriez vous servir de votre habile cerveau juif pour réfléchir à ce qui s'est produit hier. C'est le jour où Chapman a été assassiné, si vous vous en souvenez, et aujourd'hui est le jour où on s'attaque au problème. »

« Je crois que Victor Contini est impliqué dans les événements d'hier. La lettre qu'il a envoyée à Chapman fait explicitement référence à l'accident. Si je découvre ce qui s'est produit exactement dans le passé, il paraît raisonnable de penser que j'en saurai plus sur le présent. Je ne parle pas simplement d'une coïncidence mineure, mais d'un lien précis. Et je crois que vous êtes un idiot si vous ne le voyez pas. »

Grimes leva les bras et se battit les flancs d'un air dégoûté. Nous ne parlions plus de Chapman, nous dissertions sur des principes de base et il voulait me persuader qu'il avait raison.

« Ecoutez », fit-il, « je ne dis pas que Contini n'ait pas quelque chose à voir avec l'accident. Je vais mettre un type là-dessus dès aujourd'hui. Mais vous savez aussi bien que moi qu'il va être quasiment impossible d'obtenir la moindre charge contre ce type. Depuis vingt-cinq ans, on n'a rien pu lui coller de plus sérieux qu'une contravention. » Il leva les mains pour m'empêcher de parler parce qu'il voulait développer son argumentation sans être interrompu. « Bon. Admettons qu'on découvre que Contini a piégé Chapman il y a cinq ans. Où est-ce que ça nous mène ? Est-ce que ça veut dire que Chapman ? Peut-être oui, peut-être non. On peut en discuter tant que vous voulez, il n'empêche qu'on a toujours un cadavre sur les bras et qu'il faut partir de là. Vous avancez à reculons, Klein. Vous devriez commencer par regarder ce qui se trouve sous votre nez avant de sortir votre télescope. On n'a pas besoin de génie pour résoudre un meurtre, juste de beaucoup de travail. »

« La différence entre nous », dis-je, « c'est que je veux découvrir pourquoi Chapman a été assassiné alors que tout ce qui vous intéresse, c'est de savoir comment il l'a été. Je veux de vraies réponses, vous cherchez un coupable. »

« C'est pour ça qu'on me paie », affirma Grimes. « C'est ce en quoi consiste le travail de la police. »

« Alors je crois qu'on ne fait pas le même métier. »

« C'est exact. Et vous ne toucherez pas non plus de pension. »

« Alors, comment avez-vous justifié vos émoluments ces derniers temps, lieutenant ? »

« Je pensais que vous n'alliez jamais me le demander. » Grimes fit une pause, revint vers la table et se rassit. Il souriait. « En fait, c'est pour ça que je suis venu vous voir, je voulais vous parler de l'arrestation à laquelle nous avons procédé hier. »

« Vous allez me dire, je suppose, qu'il s'agit de Judy Chapman. »

« En plein dans le mille. Parce que c'est elle qui a fait le coup. Cette femme est foutrement coupable. »

Je n'aimais pas ça. C'était trop facile et ça n'avait pas de sens. A neuf heures hier matin, j'avais parlé à Judy Chapman au téléphone. Après quelques plaisanteries, elle s'était arrêtée net et m'avait dit à quel point elle était inquiète pour son mari. Le ton de sa voix était sincère, préoccupé. Ce n'était pas la voix de quelqu'un qui s'apprête à devenir un meurtrier.

« J'ignore quel genre de preuve vous estimez avoir contre elle », fis-je, « mais je vous garantis qu'elle ne l'a pas fait ».

« Foutaises », rétorqua Grimes. « Vous voulez des preuves, je vais vous en donner. Un, elle admet avoir pris le petit déjeuner avec son mari. Deux, on a trouvé ses empreintes digitales non seulement sur sa tasse, mais sur celle dans laquelle a bu la victime. Trois, on a découvert la bouteille de poison dans le placard de la cuisine, et elle a été achetée lundi chez un quincaillier par Mme Chapman elle-même. Quatre, elle avait une aventure avec ce professeur de Columbia, Briles. Elle voulait divorcer de Chapman, et lui refusait. Je continue ? »

« Où se trouve Mme Chapman actuellement ? » demandai-je.

« Chez elle. Libérée sous caution. »

« Est-ce que Brian Contini est sur l'affaire ? »

« Ouais. Mais il ne plaidera pas. Il n'est pas avocat d'assises et ils vont avoir besoin de quelqu'un de sacrément fort. J'ai entendu dire qu'il allait engager Burleson, l'un des cracks en matière criminelle, pour la défendre. »

Je décidai de faire une dernière tentative.

« Et ça ne vous paraît pas un peu curieux que le fils de l'homme qui a organisé l'accident de Chapman ait été son avocat ? »

Grimes en avait assez cette discussion et il laissa échapper un soupir d'irritation.

« Ça ne marchera pas, Klein. Vous ne pouvez pas

tenir un homme pour responsable de celui qui a signé son certificat de naissance. Brian Contini est un type normal qui a eu la malchance de ne pas pouvoir choisir son père. Je sais que les petits malins comme vous et moi ne naissent pas avant d'avoir eu leur mot à dire. Mais la plupart des gens doivent se contenter de ce qu'ils ont. » Il fit un geste impatient de la main. « Laissez tomber. Laissez tout tomber. C'est une affaire claire comme le jour et elle est terminée. »

« C'est ce qui m'ennuie. Tout est trop bien réglé, trop simple. Le dossier est clos avant même d'avoir été ouvert. Il y a presque trop de preuves. Ça ressemble plus à un coup monté qu'à un meurtre ordinaire. Pour que Judy Chapman ait laissé derrière elle toutes les preuves que vous avez mentionnées, il faudrait qu'elle se soit trouvée dans une sorte de transe. »

« Mauvaise conscience, qui sait ? Elle voulait peut-être se faire prendre. »

« Trop facile. »

« Il arrive aussi que la vie le soit de temps en temps », dit Grimes en se levant. « Ce n'est pas parce que la plupart des affaires sont difficiles qu'il faut faire la fine bouche quand un cas facile à résoudre se présente. » Il se dirigea vers la porte. « Il faut que je me sauve maintenant, Klein. Je m'étais dit que ça ne vous déplairait pas si je venais vous raconter ce qui s'était passé. »

« Je vous en suis reconnaissant, lieutenant. Si vous n'aviez pas joué les réveille-matin, je n'aurais peut-être pas émergé de la journée. »

Grimes sourit, franchit le seuil de la porte puis repassa la tête dans l'embrasure.

« Hé, Klein », fit-il, « merci pour le café. Il n'était pas mauvais du tout. Si un jour vous en avez marre du boulot de détective, vous pourrez toujours ouvrir un de ces comptoirs à expresso dans le Village. »

Il n'attendit pas la réponse. Sa tête disparut, la porte se referma. Il n'était plus là.

Je restai sur ma chaise, contemplant le marc au fond de ma tasse. Il ne m'apprit rien de ce que je voulais savoir. J'allumai une cigarette et passai les minutes suivantes à faire des ronds de fumée. Mais eux non plus ne m'apportèrent aucune réponse. Je me levai, arpentai la pièce en comptant mes pas. A quatre-vingt-dix-neuf, je me rassis sur le canapé. Ma tête était vide. Elle semblait prendre l'habitude de me faire défaut au moment où j'avais le plus besoin d'elle.

L'affaire avait pris un mauvais tournant, et j'étais en passe de me retrouver largué. Durant les deux derniers jours, je m'étais battu pour assembler un puzzle compliqué, fait de mobiles, de personnalités et de rapports humains, et voilà que Grimes arrivait et flanquait tout par terre. Je me demandai s'il me restait assez de temps pour ramasser les morceaux. Je me demandai s'il y avait encore des morceaux.

Presque inconsciemment, je me mis à penser à Chapman. Je me vis en train d'essayer de m'insinuer dans sa peau, de regarder le monde par ses yeux. Au bout d'un moment, il me vint à l'esprit que Chapman n'avait jamais eu le contrôle de lui-même. Il avait été prisonnier de son propre talent. J'essayai d'imaginer ce que ça faisait d'être le meilleur dans son domaine, d'être bon au point d'en venir à ne plus aimer ce pour quoi on est doué. Chapman avait connu tous les succès possibles — pourtant c'était comme s'il ne les avait pas obtenus lui-même. Son talent, une sorte de monstre qui vivait en lui, l'utilisait pour arriver à ses propres fins. Il avait dû se sentir coupé de lui-même, séparé d'une certaine manière de sa propre vie, comme un imposteur, un Chapman suppléant qui aurait abdiqué toute responsabilité pour ses actes. Le monstre était aux commandes. Le monstre lui avait tout donné — et tout repris.

Et puis, d'un coup, le monstre avait été tué. S'était-il senti libéré, ou bien avait-il sombré dans un vide différent et encore plus terrifiant ? Si toute son existence avait été jusqu'ici définie par le monstre, où devait-il commencer à se chercher lui-même ? Un homme comme Chapman avait dû se sentir irréel, comme si sa part essentielle n'était jamais vraiment née. Il avait dû se sentir perdu, échoué quelque part entre l'ego qu'on lui avait volé, et celui qu'il ne parviendrait jamais à trouver. L'âpre combat avec Light autour du contrat m'apparut comme un moyen de se venger du monstre pour tout ce qu'il lui avait infligé. C'était une dette de sang et Chapman avait tenu à ce qu'elle soit réglée.

Je n'allais pas laisser tomber. Quoi qu'ait pu penser Grimes, l'affaire n'était pas close, et j'avais l'intention de la mener à terme. La seule chose qu'il me fallait, c'était un client. Je décidai de proposer mes services à Judy Chapman.

Une voix de femme mûre me répondit au téléphone.

« Judith ne prend aucune communication », dit-elle. « Il est tout à fait impossible de lui parler pour le moment. »

Je supposai qu'il s'agissait de la mère de Judy. Seuls les parents appellent leurs enfants par leur nom entier.

« Dites-lui, s'il vous plaît, que c'est de la part de Max Klein. Je ne voudrais surtout pas me montrer importun.

Mais il s'agit d'une chose extrêmement importante et je pense qu'elle acceptera de me parler. »

Sa mère répondit qu'elle allait le lui demander. Moins d'une minute plus tard, Judy arriva au bout du fil.

« Oh mon Dieu, Max. Je suis si contente que vous appeliez. C'est épouvantable. Vous ne pouvez pas imaginer ce qui c'est passé. »

Sa voix avait perdu toute assurance. Au cours de ces dernières vingt-quatre heures, elle avait traversé l'épreuve de la mort et de l'inculpation, et elle avait peur.

« Je sais », fis-je. « Les choses se présentent très mal pour le moment. Mais ce qu'il faut faire, c'est se battre et je veux vous aider, Judy. »

Elle prit une profonde inspiration, comme si elle cherchait son souffle, comme s'il lui fallait faire un effort particulier pour continuer à respirer.

« Quand pouvez-vous venir ? Je veux que vous soyez là. »

« Bientôt. J'ai quelque chose à faire avant. Mais je devrais être chez vous vers midi. »

« Ne soyez pas en retard. »

« Je ferai de mon mieux pour être là à midi. »

« J'attendrai. »

« Moi aussi. »

Nous raccrochâmes, laissant tout le reste dans le non-dit. J'avais promis de l'aider mais je ne lui avais rien donné de tangible. Je me demandai combien de temps elle pourrait encaisser les pressions auxquelles elle se trouvait soumise. Une femme comme Judy Chapman n'avait aucun cadre de référence pour affronter une accusation de meurtre. Elle avait besoin de s'appuyer sur quelqu'un et je lui avait offert mon bras. Je me demandai si je parviendrais à l'innocenter. Et au cas où j'y arriverais, je me demandai si elle aurait encore envie de s'appuyer sur moi.

J'allai me préparer pour mon entrevue avec Victor Contini. En me regardant dans le miroir, je découvris que mon visage n'était pas aussi abîmé que je l'aurais cru. Il y avait une vilaine marque sur la joue gauche, mais la plupart des autres blessures étaient à l'intérieur et ne se voyaient pas. Ma nuque restait sensible et mes côtes me cuisaient à chaque fois que j'effectuais un mouvement brusque. Mais tout ça finirait par guérir. Je m'estimai heureux.

Je venais de commencer à nouer ma cravate quand le téléphone sonna. D'un mouvement automatique, je me dirigeai vers l'appareil pour répondre, mais je m'arrêtai à mi-chemin et décidai de laisser sonner. Je retournai dans la salle de bains à la quatrième sonnerie, reconsidérai ma décision à la sixième, et allai décrocher à la neuvième. Mon correspondant semblait résolu à m'avoir, et je me dis qu'il s'agissait peut-être de quelque chose d'important. Notre foi dans le caractère sacré du téléphone est l'un des éléments constitutifs de la vie moderne. Les gens vont jusqu'à interrompre des ébats passionnés ou une violente dispute pour obéir à ses injonctions. Refuser de répondre est un acte d'anarchie, une agression contre la structure même de la société. Je décrochai à la onzième sonnerie. Pavlov aurait été content.

« Klein ? »

La voix était assourdie, gutturale, menaçante. On l'aurait crue filtrée par un mouchoir et je ne la reconnus pas.

« Tout juste », dis-je. « Que puis-je faire pour vous ? »

« C'est moins ce que vous pouvez faire pour moi que ce que vous pouvez faire pour vous, Klein. »

« Comme par exemple... ? »

« Comme de disparaître. »

« J'ai déjà essayé. Mais la potion magique n'était pas assez puissante. Mon nez n'arrêtait pas de dépasser. »

« Permettez-moi de vous dire, Klein, que si vous ne vous volatilisez pas de votre propre gré, on vous volatilisera — de façon définitive. Laissez-moi vous dire que vous regretterez votre obstination. Mais les cadavres n'ont pas de regrets, n'est-ce pas, Klein ? »

« Ecoutez, si vous essayez de me refiler un abonnement au *New Yorker,* laissez tomber. Le mien s'est arrêté en février et je ne l'ai pas renouvelé. »

« Je n'essaye pas de vous refiler quoi que ce soit, Klein, c'est vous qui allez filer. Loin de l'affaire Chapman, loin de tout ce qui concerne George et Judy Chapman. »

« Tous ceux que j'ai rencontrés ces trois derniers jours m'ont dit ça. Ils se font tellement de souci pour ma santé qu'ils pensent que je devrais prendre des vacances. Mais je me trouve bien où je suis. Il n'y a que deux ou trois mois supportables à New York dans l'année, et il se trouve que mai en fait partie. Pourquoi ne pas rappeler vers novembre ? Peut-être que votre proposition m'intéressera à ce moment-là. »

« En novembre, il sera trop tard, Klein. Vous serez mort. »

« Les coquelicots aussi. Les World Series seront finies et les oiseaux migreront vers le sud. Et alors ? »

« Adieu, Klein. Vous êtes un ignare. »

« Même chose pour vous, l'Enrhumé. Tout le plaisir était pour moi. »

Ainsi débuta ma journée. Je n'allais pas me tracasser

pour si peu. J'avais reçu trop de menaces pour me soucier de celle-ci. J'avais atteint mon quota d'inquiétude pour la semaine et dorénavant, ce serait un pas à la fois. Je n'avais plus la place de me retourner pour regarder derrière. Et devant moi, il y avait un mur. Mon problème, pour l'instant, consistait à trouver le moyen de le traverser, d'autant qu'il n'y avait pas la moindre porte en vue.

13

Chip avait pris du poids depuis la dernière fois que je l'avais vu et il s'était mis à porter des lunettes. On remarque toujours les changements lorsqu'on revoit un vieil ami au bout de plusieurs années, mais le temps s'était montré particulièrement inclément envers Chip. L'épaississement de la taille n'est pas un phénomène chez un homme qui s'avance dans la trentaine, mais il y avait en lui quelque chose de vieux, d'usé, qui m'empêcha pendant une fraction de seconde de le reconnaître. Il avait perdu ses cheveux et ses tempes étaient devenues très grises, mais ce n'est pas ce qui me désorienta. Plutôt une sorte de lourdeur et de résignation. Quelque chose qui émanait de lui et annonçait clairement qu'il n'avait plus envie de conquérir des mondes nouveaux, qu'il passerait volontiers sa vie à s'accrocher à ce qu'il possédait. Il était bon mari et bon père, installé avec trois enfants et une femme ravissante dans une maison cossue de Westport. Il était devenu un citoyen respectable, un banlieusard voué aux allers et retours quotidiens entre son bureau et son foyer, un homme qui gagnait de l'argent. Je me demandai si je devais encore l'appeler Chip. Il ne ressemblait plus à quelqu'un qui supporte un surnom.

Il s'approcha du bureau de la réceptionniste dans un costume trois pièces de couleur sombre et nous échangeâmes les sourires, poignées de main et tapes dans le dos de circonstance. Pourtant, sous la jovialité apparente, je vis qu'il était soucieux. La situation le mettait mal à l'aise et il ne savait pas si j'étais venu en ami ou en ennemi.

Nous continuâmes à bavarder pendant quelques minutes, évoquant le passé. Il demanda depuis combien de temps nous ne nous étions pas vus, et je lui répondis quatre ans. Il ne voulut pas me croire, mais je me rappelais dans quel restaurant nous avions déjeuné ce jour-là et il finit par s'en souvenir aussi.

« C'était il y a deux gosses et quinze kilos », affirma-t-il.

On aurait dit qu'il parlait d'un autre siècle.

Nous quittâmes la réception et il m'entraîna le long d'un couloir à l'épaisse moquette lie-de-vin, orné de spots élégants et de gravures du XVIIe encadrées à grands frais. L'endroit avait été décoré depuis ma dernière visite. Ryan et Baldwin, les pères fondateurs, s'apprêtaient à prendre leur retraite et Chip était devenu le patron. Le bureau avait été réagencé afin de coller à l'air du temps et le décor servait de publicité, comme pour annoncer aux clients qu'ils se trouvaient dans un établissement de première classe et que les honoraires allaient être élevés.

Au milieu du couloir, Chip me prit doucement le coude et s'arrêta. Il voulait me parler avant que nous ne nous trouvions devant Victor Contini, qui attendait dans le bureau de son fils. Je me sentis comme un boxeur auquel l'arbitre rappelle les règles avant la cloche du premier round. Chip ignorait toutefois que son père avait déjà disputé quelques rounds avec moi par personne interposée.

Il parut soudain beaucoup moins content de me voir. Toute la gaieté forcée de son accueil avait disparu. L'appréhension déformait son visage, comme s'il y avait dans les parages une bombe prête à exploser à tout instant. Quand il parla, ce fut presque un murmure.

« Ecoute, Max, je ne sais pas ce que tu as en tête, mais vas-y doucement, d'accord ? Je ne veux pas de vagues. »

« Je suis pas venu pour ça. Les vagues ont commencé il y a longtemps, bien avant que j'entre en scène. »

« Je te demande de ne pas y aller trop fort. Mon père a le cœur fragile et je veux éviter tout ce qui pourrait le bouleverser. »

« Ne te bile pas pour ça. Les types comme moi ne peuvent pas bouleverser ton père. Tu devrais te faire du souci pour moi, pas pour lui. »

« N'oublie pas que je t'ai fait une faveur en arrangeant cette entrevue. »

« Je t'ai déjà couché sur mon testament, alors reste calme, Chip. Ce n'est pas moi qui mène le jeu, c'est ton père. »

Chip retroussa les lèvres d'un air malheureux. Il se rendait compte qu'il n'avait aucun contrôle sur moi.

« Je savais que c'était une erreur », dit-il. « Je savais que je n'aurais pas dû le faire. »

Avant d'entrer dans son bureau, je lui demandai :

« Qu'est-ce qui se passe pour Judy Chapman ? »

« J'ai engagé Burleson pour la défendre. » Il regarda sa montre. « Ils sont probablement en train de discuter de l'affaire en ce moment même. »

« Moi aussi, je dois passer chez elle tout à l'heure. On est du même côté, Chip. Tâche de ne pas l'oublier. »

« Je sais, je sais », gémit-il. « J'aurais juste voulu n'être d'aucun côté. Je ne suis pas fait pour ce genre de choses. »

« Courage, garçon », dis-je en lui donnant une tape sur l'épaule. « Un peu de pression, c'est bon pour ce que tu as. Ça trempe le caractère. »

Chip fit la grimace et ouvrit la porte du bureau. Son père était assis dans un fauteuil relax en cuir et regardait par la fenêtre. Victor Contini était un petit homme rondelet qui approchait des soixante-dix ans et ne paraissait pas plus dangereux qu'un crapaud. Il portait des vêtements décontractés, une chemise à fleurs sous un pull de golf bleu marine, un pantalon bleu écossais et des chaussures blanches. Si on ignorait qui il était, on aurait pu le prendre pour un retraité se prélassant au soleil de Miami Beach. Le gros diamant qu'il portait à l'auriculaire gauche était le seul signe indiquant qu'il ne vivait pas des chèques de la Sécurité sociale. Il ne se leva pas à notre entrée.

« Voici Max Klein, papa », dit Chip.

« Ravi de vous rencontrer, monsieur Klein », déclara le vieil homme.

Rien n'aurait pu lui être plus égal.

« Max et moi avons fait notre droit ensemble. C'était un très bon joueur de base-ball à l'époque », enchaîna Chip.

« Très intéressant », répliqua Contini, comme si un enfant de trois ans venait de lui tendre un dessin barbouillé avec les doigts. « Tu devrais nous laisser maintenant, Chipper. M. Klein et moi devons parler affaires. »

Le rouge de la gêne monta aux joues de Chip. Son père l'avait traité ainsi en des milliers d'occasions, pourtant l'humiliation qu'éprouvait Chip était toujours aussi cuisante. Il n'avait pas tenu tête à son père quinze ans plus tôt, alors qu'il aurait été important de résister, il s'était laissé dominer et il était trop tard à présent pour que leurs rapports changent. La solution adoptée par Chip avait consisté à devenir tout ce que son père n'était pas : studieux, sincère, direct. D'une certaine façon, ce choix avait flatté la fierté paternelle. D'une autre, il avait à tout jamais empêché Chip de conquérir le respect de son père. Brian Contini s'était fait tout seul, pourtant il continuait à n'être qu'un petit garçon obéissant, collectionnant les bonnes notes dans toutes les matières, rien d'autre. Il ne serait jamais traité sur un pied d'égalité.

« Je préférerais rester, papa », dit-il, tentant symboliquement de faire valoir ses droits. « Max et moi sommes de vieux amis. Nous n'avons pas de secrets l'un pour l'autre. »

Le vieil homme parla avec douceur mais fermeté.

« C'est une affaire privée, Chip, et je pense qu'il vaut mieux que tu ne sois pas là. Ça ne prendra que quelques minutes. »

Chip me regarda avec un air de désespoir et d'envie, puis quitta la pièce sans mot dire.

Lorsqu'il fut sorti, Victor Contini déclara :

« Brian est un bon garçon, mais c'est un innocent. Je n'aime pas qu'il soit mêlé à mes affaires. Il y a le travail d'un côté et la famille de l'autre. Mon fils, c'est la famille. Vous n'auriez pas dû l'appeler pour organiser cette entrevue, Klein. C'est contre toutes les règles et un type comme vous devrait les connaître. »

« Vous devriez peut-être m'envoyer une copie du

règlement », fis-je. « J'ai l'impression qu'il y a pas mal d'entorses dans votre façon de jouer. Comme d'envoyer trois types contre un. Comme d'accepter de venir ici aujourd'hui tout en me réservant une chambre avec vue sur une carrière abandonnée pour être certain que je ne me montrerai pas. »

« Très bien, vous êtes un vrai dur », répondit Contini d'une voix rauque, dépourvue d'expression. « Mais à voir votre visage, votre santé laisse à désirer, Klein. Vous devriez peut-être consulter un médecin. »

Je traversai la pièce et m'assis sur le rebord de la fenêtre derrière le bureau de Chip, à un mètre cinquante environ de Contini. Je voulais lui parler face à face. C'était un peu comme de regarder une statue de bouledogue. Les joues constellées de taches de vieillesse pendaient en plis lâches de chaque côté de son visage, et ses petits yeux sombres semblaient refouler la lumière. Il y avait bien trop de ruse dans son regard pour laisser filtrer la moindre émotion. Contini avait maîtrisé cette aptitude à l'opacité jusqu'à en faire une science.

« Si vous trouvez que j'ai mauvaise mine », dis-je, « vous devriez voir l'autre type. Il est au fond d'un grand trou où il tient compagnie aux cailloux. »

« C'est ce que j'ai entendu dire. » Contini semblait si détendu que je m'attendais sans cesse à le voir ouvrir un journal et se mettre à le feuilleter tout en continuant à bavarder. « Mais ça c'était hier, et nous sommes aujourd'hui. Le passé ne m'intéresse pas. »

« Avec un passé comme le vôtre, je conçois que vous n'aimiez pas particulièrement regarder en arrière. Mais je vous demande de faire unc exception pour moi. Je voudrais que vous m'aidiez à comprendre certaines choses qui se sont produites il y a cinq ans. Voyez-vous, monsieur Contini, le passé a parfois une curieuse façon de rattraper le présent. »

« Pour certains, peut-être, mais pas pour moi. Si vous voulez parler de ce qui est arrivé il y a cinq ans, d'accord, je vous répondrai. Mais il n'y a pas grand-chose à dire sur le présent. Je pourrais peut-être vous donner de mes scores au golf ou la liste de mes restaurants préférés, mais c'est à peu près tout. J'ai subi une opération à cœur ouvert il y a deux ans, et je ne fais plus tellement d'affaires maintenant. Je m'occupe surtout de ma famille. Vous savez, les gosses, les petits-enfants, les pique-niques du dimanche, les contes de fées, les balades en bateau, ce genre de choses. »

« Ça a l'air formidable. Dommage que je n'aie pas grandi dans votre famille. Quand je pense à tout ce que j'ai raté. »

« Je ne suis pas un mauvais homme, Klein. Tout le monde m'aime bien. Je rends service aux gens, et ils se souviennent de moi pour ma gentillesse. »

« Comme Bruno Pignato, je suppose. Voilà un homme qui a été littéralement étouffé par la gentillesse. »

Le regard de Contini croisa le mien pour la première fois. Il n'appréciait pas mon humour et mes insinuations parurent l'offenser.

« Je n'aime pas votre façon de parler », dit-il de la même voix atone. « Bruno Pignato était le fils d'un de mes cousins au deuxième degré, et je me suis occupé de lui toute ma vie. C'était un homme très malheureux qui avait beaucoup de problèmes. Celui qui l'a descendu doit être un vrai salaud, un de ces malades pervers. »

« Vous voulez dire que vous n'avez pas fait tuer Pignato ? »

« C'est bien ce que je vous dis. Je ne l'ai pas fait tuer.

Pourquoi aurais-je fait une chose pareille alors que je le traitais comme mon propre fils ? Qui, à votre avis, payait ses frais médicaux, lui donnait de l'argent pour ses médicaments ? Qui l'a fait entrer dans une de ces institutions très chic avec de belles pelouses et de jolies infirmières ? Ces endroits-là ne sont pas bon marché, vous savez. J'aimais vraiment Bruno. Je voudrais bien mettre la main sur le salopard qui l'a descendu. »

« Maintenant, je suppose que vous allez essayer de me faire croire que Pignato ne vous a pas appelé il y a deux jours pour vous annoncer que j'étais allé le voir ? »

« Je ne vous dirai pas ça parce que ce n'est pas vrai. Vous le savez, je le sais, alors à quoi bon tourner autour du pot. Bruno m'a appelé et m'a dit qu'il vous avait parlé. Vous l'avez vraiment bouleversé, Klein. Il m'a fallu vingt minutes pour comprendre ce qu'il me racontait tellement il délirait. »

« Nous avons discuté de ce qui s'est passé il y a cinq ans », fis-je. « En particulier de l'accident de George Chapman. Et c'est aussi ce dont je veux vous parler. Si vous me donnez des réponses honnêtes, je déciderai peut-être de vous laisser tranquille. Mais si vous jouez au plus fin avec moi, je commencerai à creuser encore plus profond. J'ai déjà remonté suffisamment de boue pour vous causer un tas d'ennuis. Si je vais plus loin, je dénicherai sans doute de quoi vous faire mettre à l'ombre pour un moment, Contini. Vous pouvez penser qu'un type comme moi compte pour du beurre, mais je possède deux choses qui jouent en ma faveur. Je suis obstiné et j'ai la tête dure. »

Contini sortit un énorme cigare de la poche de sa chemise et l'examina avec nonchalance.

« Je n'aime pas votre numéro, Klein. Vous en

rajoutez alors que ce n'est pas nécessaire et vous ne savez pas de quoi vous parlez. Deux choses qui jouent contre vous. Vous vous prenez pour un petit malin parce que vous vous êtes tiré d'un vague pétrin la nuit dernière. Mais je vous ai fait une faveur et vous ne devriez pas l'oublier. Un mot de moi et vous ne respiriez plus. Vous avez une dette envers moi, Klein, et je peux vous présenter la note à l'heure qui me conviendra. »

« Vous déviez, Contini. Vous deviez me parler de George Chapman, pas me donner votre opinion à mon sujet. Quand je déciderai de changer de style, je vous demanderai de parrainer ma demande de bourse à la Dale Carnegie School *. »

« Il y a peu de choses à dire sur George Chapman », répondit Contini. « Il est mort. »

« Vous êtes très malin. »

« C'est ce qu'on prétend. »

Je me levai et marchai de long en large devant le fauteuil du vieil homme. Il me suivait paresseusement des yeux, comme si à chaque fois que j'entrais dans son champ de vision, j'étais un nouveau passant, un inconnu méritant un vague regard de curiosité.

« Je veux tout savoir, Contini, tout depuis le début. Comment vous avez rencontré Chapman. Quel genre d'affaires vous avez fait avec lui. Pourquoi vous avez organisé cet accident, il y a cinq ans. Pourquoi vous lui avez envoyé une lettre de menace au début de la semaine. Et pourquoi vous avez commandité son assassinat. Les faits, Contini, le début, la fin, et tout ce qu'il y a entre les deux. »

Contini leva la main droite.

* Cours du soir pour hommes d'affaires. (N.d.T.)

« Tout doux, cow-boy, vous allez trop vite. D'abord vous dites que vous voulez parler de ce qui s'est passé il y a cinq ans, et je réponds d'accord. Mais vous ne me laissez pas le temps de commencer et vous m'interrogez sur la semaine dernière. Je vous ai déjà dit d'oublier les événements récents. Je ne suis pas impliqué là-dedans, est-ce clair ? Je passe mon temps à jouer au golf, un point c'est tout. Si vous compreniez un peu les choses, vous sauriez que vous posez des questions stupides. Quand on se range des voitures, c'est pour de bon. Bien sûr que je connaissais Chapman. Et alors ? On a fait affaire ensemble, on a réglé nos problèmes, et voilà tout. Le reste, vous n'avez qu'à le deviner vous-même. Je n'ai pas l'intention de vous raconter ma vie. Vous pourrez toujours aller à la bibliothèque consulter les archives. »

« Comment avez-vous rencontré Chapman ? »

« Chapman était un type important, d'accord ? Et j'étais un type important, d'accord ? Il était normal qu'on se rencontre. Dans un endroit comme New York, ce n'était qu'une question de temps. »

« Pardonnez-moi si j'ai l'air incrédule », fis-je, « mais il me paraît difficile d'imaginer qu'un type de la classe de Chapman ait eu envie de fréquenter un gangster comme vous. »

Contini sourit, moins pour moi que pour lui-même.

« Que savez-vous de la classe, monsieur le Privé ? Vous croyez qu'un homme a de la classe parce qu'il a une belle gueule, porte de beaux vêtements et ne dit pas « m'sieurs-dames » ? Prenez quelqu'un comme Chapman, grattez la surface, et vous verrez qu'il est comme tout le monde, peut-être même pire. Ce sont les affreux comme moi qui ont la classe. Nous sommes ce que nous sommes, et nous ne prétendons pas être autre chose. Nous avons du caractère. Les types comme Chapman ne valent pas un pet de lapin. »

« Qu'est-ce que vous fabriquiez avec lui, Contini ? Quel genre de chantage aviez-vous mis au point ? Et pourquoi vouliez-vous sa mort ? »

« Aucun chantage », dit-il, écartant le mot d'un mouvement de cigare. « Jamais de chantage. Je suis un homme d'affaires. Rien de plus, rien de moins. Je ne vais pas fourrer mon nez dans la vie privée des gens. Comme je vous l'ai expliqué, Chapman et moi étions en affaires. Nous avons réglé nos différends et nous avons mis fin à nos relations. »

« Vous voulez dire que vous les avez réglés, vous. Chapman est revenu sur sa parole et vous avez décidé d'organiser l'accident pour lui donner une leçon. Personne ne laisse tomber Victor Contini. Une parole est une parole, et si on tente de se dédire, on y laisse sa peau. C'est bien ça, n'est-ce pas ? »

« Si vous voulez. Puisque vous avez réponse à tout, pourquoi prendre la peine de me poser des questions ? »

« Il ne me faudra pas très longtemps pour découvrir ce que vous maniganciez avec Chapman. Et lorsque je le saurai, je ferai éclater l'affaire au grand jour. Ce sera très rigolo pour moi de vous voir à la fête devant un tribunal. »

Contini rit. Ce n'était pas vraiment un rire, plutôt une sorte de grognement. Sa façon à lui de se rouler par terre. La situation était trop lourde d'ironie pour qu'il se contienne.

« Le seul ennui avec votre plan, c'est qu'il n'y aura jamais de fête devant un tribunal. Vous oubliez mon cœur. Aucun expert médical ne me laissera subir la fatigue d'un procès. Ce serait mauvais pour ma santé, ça m'exposerait à une trop grande tension. Vous pouvez gratter tout ce que vous voulez, découvrir tout ce qui s'est passé il y a cinq ans, ça ne vous servira à rien. Je suis intouchable. »

« Aucune importance », fis-je, « je révélerai vos agissements, je les livrerai à la presse et le résultat sera le même. »

« Rumeurs, ragots, ouï-dire », laissa tomber Contini avec une totale indifférence. « J'ai déjà connu ça, et ça ne me dérange pas. Si on faisait un livre avec tout ce qui a été imprimé sur moi, je ne m'en tirerai pas avec une image plus ternie que celle de, comment s'appelle-t-il, Nixon. Que les gens pensent ce qu'ils veulent. Je suis capable de vivre avec moi-même, et c'est ce qui compte. Ce qui compte, c'est ce que vos petits-enfants pensent de vous. »

« Vous n'êtes pas seulement l'un des plus grands golfeurs de notre temps », fis-je, « vous êtes également un maître zen. Où trouvez-vous le temps de courir après toute cette sagesse ? »

Il ignora ma remarque et suivit le fil de ses pensées.

« Je vais vous dire, Klein. Nous pouvons peut-être nous entendre, après tout. Vous trouvez qui a tué Bruno Pignato et je vous verse deux mille dollars, de la main à la main. »

« Pour que vous puissiez lâcher vos hommes sur le coupable ? »

« De toute façon je le découvrirai, alors ça n'a pas d'importance. Je pensais simplement que ça vous intéresserait de vous faire un peu d'argent de poche. Que vous ou quelqu'un d'autre se tape le boulot, ce n'est pas mon problème. »

« Merci, j'apprécie votre offre. Mais je n'ai pas envie

d'être obligé de recouvrir tous les miroirs de mon appartement. J'en ai encore besoin pour me raser. »

« Comme vous voudrez, Klein. Pas de ressentiment. »

« C'est ça. Pas de ressentiment. Pas de sentiments du tout. »

Contini ferma les yeux et ne dit rien pendant un moment. Je commençai à penser qu'il avait sombré dans le sommeil.

« Cet entretien a été agréable, Klein », dit-il ouvrant enfin les yeux, « mais il se fait tard, et c'est l'heure de mes pilules. J'en ai tellement qu'il me faut parfois dix minutes pour les avaler toutes. Pourtant, j'obéis à mon médecin, je suis mon régime et je ne fume plus ces cigares. » Il leva celui qu'il tenait entre ses doigts et l'examina d'un air nostalgique. « Dix dollars pièce et je me contente de les mâchonner. Mais c'est comme ça. Je fais attention à moi parce que j'ai l'intention de rester dans le coin encore quelques années. C'est ce qu'on appelle le caractère. »

Je le laissai dans son fauteuil en tête à tête avec son cigare. Sa vie entière était devenue un long moment de détente passé au bord d'une piscine imaginaire, et plus rien ne pouvait l'affecter. Il avait trouvé amusant de me parler, mais en fin de compte, cela l'avait laissé indifférent. Il s'était livré si souvent à ce genre de sport qu'il aurait pu le faire les yeux fermés. Je lui souhaitai bonne chance avec ses pilules et me dirigeai vers la porte. Chip n'était pas là lorsque j'arrivai à la réception et je n'avais pas le temps de me lancer à sa recherche. De toute façon, il n'avait probablement pas envie de me parler.

14

Le même portier était toujours de service devant l'immeuble de Chapman. Il avait rangé son pardessus dans la naphtaline pour l'été et portait à présent un uniforme léger. Ce détail mis à part, il avait la même allure, bien qu'un tout petit peu moins imposante. Il m'accueillit avec un sourire triste.

« Vous avez débarqué dans une bien sale histoire hier, monsieur Klein » dit-il.

Je hochai la tête.

« Ce n'est pas le genre de chose qu'on s'attend à trouver quand on vient rendre visite à quelqu'un. »

« Non, effectivement. En tout cas pas dans un immeuble comme celui-ci. »

Il devait faire partie de ces gens qui considèrent la violence comme une maladie frappant exclusivement les classes sociales défavorisées.

« Je me demandais », dis-je, « si quelqu'un est venu voir M. Chapman entre le moment où Mme Chapman est sortie et celui où je suis arrivé ».

« J'ai déjà raconté ça à la police », fit-il, examinant les ecchymoses de mon visage sans oser en parler. « Il n'y a eu personne. »

« A part la porte du hall, existe-t-il un autre moyen de s'introduire dans l'immeuble ? »

« Il y a l'entrée de service, en bas de l'escalier sur le côté, mais elle est généralement fermée à clé. »

« L'était-elle il y a deux jours ? »

« Pas dans la matinée. Des ouvriers de la Con Rdison travaillaient dans l'immeuble et ils ont fait des allées et venues pendant plusieurs heures. »

« Qui veille à ce que la porte soit verrouillée ? »

« Le gardien. »

« Est-il le seul à posséder une clé ? »

« Non, tous les occupants de l'immeuble en ont une. C'est pratique de passer par là quand on a quelque chose d'encombrant à transporter. L'ascenseur de service est plus spacieux. »

« Merci. Ça me sera utile. »

« J'ai déjà tout dit à la police hier. »

« J'en suis sûr. Mais la police oublie parfois ce qu'on lui raconte. »

Il prévint l'appartement des Chapman par l'Interphone et j'embarquai dans l'ascenseur pour le onzième étage. Il était midi et quart.

La porte fut ouverte par une version senior de Judy, une femme d'environ cinquante-cinq ans avec les mêmes grands yeux bruns, le même corps mince et athlétique que sa fille. Elle avait les yeux gonflés et un maquillage un peu trop prononcé. Je me dis qu'elle avait dû pas mal pleurer la veille. Elle me regarda comme si je venais de débarquer d'une soucoupe volante.

« Oui ? »

C'était bien la voix qui m'avait répondu au téléphone le matin.

« Max Klein. Le portier vient de m'annoncer. »

« Oui, bien sûr. » Elle était trop anxieuse pour se sentir embarrassée par son manque d'hospitalité. « Entrez, je vous en prie. »

Judy était assise à une table ronde à l'autre bout du salon avec un homme aux cheveux gris que je devinai être Burleson et un type plus jeune, qui devait être son assistant. Judy portait une robe de coton toute simple à carreaux bleus et blancs qui lui donnait l'air juvénile et la faisait ressembler à une étudiante plutôt qu'à une veuve de trente ans. Je ne sais pourquoi, je l'avais imaginée toute de noir vêtue, exhibant les signes traditionnels du deuil. Mais il est vrai que les circonstances étaient particulières. Elle avait le dos au mur et luttait pour sa vie. A peine avait-elle eu le temps de digérer le choc causé par la mort de son mari qu'elle se trouvait contrainte de se défendre de l'avoir assassiné. La robe simple et l'allure de collégienne étaient des signes d'innocence qu'elle affichait pour souligner la fausseté de l'accusation. Une femme avec cet air-là ne pouvait vraiment pas être une meurtrière. Je me demandai si elle portait cette tenue au bénéfice de son avocat ou pour se rassurer elle-même, et aussi si elle l'avait choisie consciemment. Au bout du compte, ça ne faisait pas grande différence.

Elle sourit en me voyant et se leva. Comme je m'approchai de la table, Burleson et son associé l'imitèrent. Judy me les présenta et tout le monde se serra la main. Ils savaient déjà qui j'étais et m'accueillirent plus comme un confrère que comme un étranger. Nous sommes tous dans la même barque, semblaient-ils dire, alors mettons-nous au travail. Je trouvais encourageant le fait que Burleson ne soit pas contrarié par ma présence, ce qui avait été souvent le cas avec les avocats auxquels j'avais eu affaire. Il était l'un des meilleurs dans sa partie, et il savait qu'un type comme moi pouvait lui être d'une grande utilité sur ce genre de dossier.

Burleson était un curieux mélange de flamboyance et de retenue. Son costume gris sombre, coûteux, discret et parfaitement coupé, attestait qu'il était un homme d'expérience, auquel le succès venait naturellement. En même temps, il arborait une longue crinière argentée démontrant qu'il était un excentrique, peut-être même un génie capable d'éblouir un prétoire par les embrasements soudains d'une intelligence étincelante. C'était une image soigneusement étudiée et il émanait de lui une assurance taillée sur mesure pour apaiser les anxiétés de ses clients. Je n'appréciais pas particulièrement ce style, pas plus qu'il ne me mettait à l'aise, mais je n'avais pas l'intention de chercher l'affrontement avec Burleson. Il avait construit sa carrière sur des procès retentissants et il semblait naturel qu'il fût une sorte de bête de scène. La seule chose qui m'importait était qu'il obtienne l'acquittement pour Judy.

« Si ça ne vous ennuie pas j'aimerais dire un mot à Max en privé, monsieur Burleson », commença Judy. « Il y a deux ou trois choses dont je désire parler avec lui avant que vous ne vous mettiez au travail. »

« Je vous en prie », répondit Burleson. « Harlow et moi avons pas mal de points à vérifier. Prenez votre temps. »

Nous quittâmes le salon et Judy me conduisit le long d'un couloir jusqu'à sa chambre. Elle referma doucement la porte, s'approcha de moi sans un mot et m'enlaça.

« Serrez-moi fort », dit-elle. « J'ai si peur que je ne suis pas sûre de pouvoir encore tenir debout. »

Je la pris dans mes bras et la laissai s'appuyer contre moi. Elle posa sa tête contre mon épaule et nous restâmes ainsi un moment, silencieux. Je l'embrassai sur le front et les joues et lui dis de ne pas s'inquiéter, que tout serait très vite résolu. Elle ferma les yeux et, ouvrant les lèvres, me demanda de l'embrasser, de la prendre, comme si elle pouvait effacer la réalité en se noyant dans mon corps. Je m'obligeai à me dégager.

« Il faut que nous parlions, Judy. Nous n'avons pas le temps maintenant. »

« Je voudrais seulement ne pas avoir à y penser », fit-elle dans un murmure. « Je voudrais seulement que tout ça ne soit jamais arrivé. »

« Mais c'est arrivé, et maintenant, nous devons agir pour y remédier. »

Je la conduisis doucement vers le lit et la fis asseoir. Elle s'agrippait à ma main, refusant de me lâcher. On aurait dit que j'étais devenu une source d'énergie et que je pouvais continuer à la faire fonctionner alors qu'il n'y avait plus la moindre étincelle de vie en elle. Elle leva les yeux vers moi et parut enfin remarquer l'état de mon visage. Ce spectacle la ramena sur terre.

« Mon Dieu ! Que vous est-il arrivé ? Vous avez une mine horrible. »

« C'est une longue histoire », fis-je. « Vous vous rappelez que je vous ai posé des questions sur le père de Chip Contini l'autre jour ? Ce que vous voyez là est l'œuvre de quelques-uns des plasticiens qui travaillent pour lui. »

« Il est vraiment impliqué dans cette histoire, alors ? »

« Il y est impliqué, mais je ne peux pas dire jusqu'où.

Ce qui est sûr, c'est qu'il a organisé l'accident de votre mari, il y a cinq ans. Je n'ai plus le moindre doute à ce sujet. En revanche, je ne pense pas qu'il ait envoyé la lettre de menace et je suis pratiquement certain qu'il n'est pas responsable de ce qui s'est passé ici hier matin. »

Elle tendit la main pour prendre ses cigarettes sur la table de chevet.

« Vous voulez dire que l'accident de George n'en était pas un ? Que Victor Contini a essayé de le tuer ? »

Depuis cinq ans, elle vivait avec la conviction que l'accident de son mari était le fruit du hasard, une catastrophe naturelle. Aujourd'hui, elle apprenait que c'était une catastrophe provoquée, le fait d'un seul homme, et cela l'effrayait. C'était un peu comme de découvrir qu'on vit depuis cinq ans avec une chaudière défectueuse et que la maison aurait pu exploser à tout moment. L'horreur devenait rétrospective.

« Presque tout ce que j'ai découvert sur George était inattendu », fis-je. « Contini n'est pas le seul à en avoir eu après lui. Aucun des gens auxquels j'ai parlé de votre mari ne m'en a dit du bien. »

« Je vous avais prévenu que c'est un homme difficile », répliqua-t-elle, puis elle s'arrêta, soudain désorientée. « Je veux dire était. Etait, Seigneur ! George est mort, n'est-ce pas ? Je n'arrive pas à m'y faire. »

Elle leva les yeux vers la porte, comme si elle s'attendait à le voir entrer dans la chambre.

« Je sais que vous avez déjà raconté ça cent fois à la police et à Burleson, mais je veux que vous me disiez exactement ce qui s'est passé ici hier matin. Le District Attorney fondera ses accusations sur le fait que vous avez pris votre petit déjeuner avec George dans la cuisine et qu'on vous a vue quitter l'immeuble à peu près au moment où il a avalé le poison. Je dois savoir ce qui s'est réellement produit, sinon je ne pourrai pas faire grand-chose. »

Elle écrasa sa cigarette dans le cendrier et en alluma aussitôt une seconde. Elle fumait à la chaîne comme d'autres boivent sans répit. Elle ne s'en rendait même pas compte.

« C'est très simple », dit-elle. « J'ai essayé de l'expliquer à cet homme, Grimes, mais il n'a pas voulu me croire. » Elle s'arrêta et prit une profonde inspiration. « George et moi nous sommes disputés. Il m'avait entendue vous parler au téléphone, et il est entré dans une colère noire. Il écumait, m'accusait de me mêler de ses affaires, menaçait de me tuer si je recommençais. Une querelle comme celles que nous avions l'habitude d'avoir. J'ai pensé le calmer en lui proposant de lui préparer son petit déjeuner. Il s'est excusé, et pendant quelques minutes, on aurait pu croire que l'orage était passé. Mais dès que nous nous sommes mis à table, il m'est à nouveau tombé dessus. Il était comme fou. Il disait que je me jetais à votre tête, que je me conduisais comme une vraie roulure. Il a dit des choses terribles, Max, et je n'ai pas pu supporter d'en entendre plus. J'ai pris la porte et je me suis enfuie. Quand je suis revenue quelques heures plus tard, la police était là et George était mort. »

« Et le poison ? Grimes prétend détenir la preuve formelle que vous l'avez acheté. »

« C'est vrai. Je l'ai acheté. » Elle haussa les épaules avec un sourire douloureux. « Tout le problème est là. Plus je dis la vérité, plus ça devient mauvais pour moi. »

« Pourquoi l'avez-vous acheté ? »

« George me l'avait demandé. Il m'a dit qu'il y avait

des souris dans la cuisine la nuit et qu'il voulait s'en débarrasser. »

« Il y en avait vraiment ? »

« Je ne crois pas. Je ne me rappelle pas avoir vu George utiliser le poison. Et je suis sûre qu'il ne l'a pas rangé dans le placard de la cuisine parce que je ne l'ai jamais vu à cet endroit. »

Je me levai du lit et fis le tour de la chambre, essayant d'assimiler ces nouvelles informations, de les faire entrer dans le nouveau schéma que je sentais se mettre en place peu à peu. Je savais qu'il me faudrait considérer le meurtre de Chapman sous un angle totalement différent, mais je ne voyais pas encore comment m'y prendre. Judy m'observait, l'air inquiet, et finit par me demander s'il y avait quelque chose qui n'allait pas. J'évitai de répondre directement à sa question.

« Ça va être une affaire difficile pour Burleson », commençai-je d'une voix lente. « Tout s'additionne et se combine parfaitement contre vous. La police se contente de votre culpabilité et n'enquête plus sur l'affaire, qui est déjà passée entre les mains du District Attorney. Ce qui signifie que le vrai meurtrier n'est plus sous pression. Il peut s'asseoir tranquillement et attendre que vous soyez condamnée. »

« J'ai confiance en Burleson. Il ne me laissera pas condamner. »

« Moi, je ne me fie à personne. Pas dans une affaire comme celle-là. Les preuves sont trop parfaites et je préfère ne pas penser à la manière dont un jury s'en servirait contre vous. Votre mari était un homme très populaire, et quand ils découvriront votre liaison avec Briles, ils auront le mobile qu'ils cherchent. »

Elle alluma une autre cigarette et regarda le lit.

« Ça se présente mal, n'est-ce pas ? »

« Très mal, sauf si j'arrive à trouver le coupable. »

Elle leva les yeux et une lueur d'espoir passa dans son regard.

« Mais quand ils découvriront que Bill et moi avons rompu depuis six mois, ça changera peut-être les choses, non ? »

« Ils apprendront aussi que vous aviez déjà rompu une fois et que vous avez réussi à reprendre votre liaison. Mais surtout, ils sauront que vous n'étiez pas une épouse fidèle et dévouée. »

« Et peu importe que j'aie essayé de l'être », fit-elle d'un air morne.

« Parlez-moi un peu de Briles », demandai-je pour la distraire de ses pensées.

« Que voulez-vous dire ? »

« Comment a-t-il pris les choses il y a six mois quand vous lui avez annoncé que c'était fini ? »

« Il était bouleversé. Il m'a suppliée de ne pas le quitter. »

« Est-il enclin à la jalousie ? »

« Non, je ne crois pas. Bill est un intellectuel et il parvient à garder un regard rationnel sur ses sentiments, à considérer les problèmes du point de vue de l'autre. C'est pourquoi il fait un si bon sociologue. S'il avait un défaut, ce serait plutôt de manquer de pugnacité. Ce n'est pas le genre d'homme à s'échauffer pour quoi que ce soit. »

« Il vous aime toujours ? »

« Je suis sûre que oui. »

« Et vous ? Quels sont vos sentiments ? »

Elle me regarda de ses grands yeux bruns qui semblaient avoir perdu tout leur éclat.

« C'est fini, Max. Je ne retournerai pas vers lui, quoi qu'il arrive. »

Je revins au salon et Judy alla rejoindre sa mère à la cuisine. Je racontai sommairement à Burleson et Harlow ce qui m'était arrivé depuis que George Chapman avait débarqué dans mon bureau, le mercredi matin. L'important, leur expliquai-je, était que je continue mon enquête comme avant. Si je pouvais mettre la main sur une preuve de l'innocence de Judy, l'affaire n'irait même pas jusqu'au tribunal. En attendant, ils allaient préparer leur défense. Burleson me demanda quelles chances je pensai avoir de dénicher quelque chose de solide, et ma réponse fut pessimiste. Harlow et lui ne débordaient pas non plus d'optimisme. Nous fûmes d'accord pour estimer qu'un coup de pouce du hasard serait le bienvenu. En échangeant des poignées de main, nous nous promîmes de rester en contact.

Comme je m'apprêtais à quitter l'appartement, on sonna à la porte et j'ouvris. C'était Briles. La mine revêche, il me détailla des pieds à la tête.

« Qu'est-ce que vous faites ici ? » demanda-t-il.

« J'allais précisément vous poser la question. »

« Je suis venu voir Mme Chapman. Je suis un de ses meilleurs amis. »

« Ce n'est pas ce que vous m'avez raconté l'autre jour. Je croyais que vous la connaissiez à peine. »

« Je n'aime pas votre ton, Klein. Vous ne devriez pas vous immiscer dans des choses qui ne vous concernent pas. »

« Mais celles-ci me concernent. Je travaille sur cette affaire. Si vous aviez été un peu plus franc avec moi l'autre jour, Chapman serait peut-être encore vivant. »

« Vous n'avez pas la moindre idée de ce dont vous parlez. »

« Bien sûr », continuai-je, « il est possible que la mort de Chapman ne vous chagrine pas. Le mari étant sorti du paysage, vous allez pouvoir essayer de reconquérir la veuve éplorée. Peut-être y réussirez-vous, cette fois ».

Le visage de Briles se contracta sous l'effet de la colère, et pendant une seconde, je crus qu'il allait réagir avec ses poings.

« Je ne suis pas un homme violent, Klein. Mais il ne faut pas me pousser à bout. Je trouve vos commentaires obscènes. Vous n'avez aucun droit de me parler comme ça. »

« Pourquoi n'essayez-vous pas de tirer profit de tout ça, professeur », fis-je, continuant à le provoquer. « Vous vous sentiriez peut-être mieux si vous laissiez les choses exploser. »

Je ne savais pas très bien pourquoi l'apparition de Briles avait déclenché une telle hostilité en moi. Comme si je le considérais en rival, comme une menace pour les sentiments que j'éprouvais envers Judy. J'étais en train de laisser mes émotions interférer avec mon travail et je savais que c'était une façon stupide d'agir. Mais je ne pouvais m'en empêcher. J'éprouvais un désir quasi viscéral d'en découdre avec lui.

Je n'eus pas le temps de découvrir son point limite. A cet instant, Judy apparut dans l'entrée.

« Bill. Qu'est-ce que tu viens faire ici ? »

« Bonjour, Judy », dit-il avec un sourire forcé. « Je

venais te voir mais ce voyou a décidé de m'empêcher d'entrer. »

« Nous avions une petite conversation », expliquai-je, « sur ce qui motive le comportement des gens. »

Contrariée par la fureur qu'elle perçut dans nos voix, Judy réagit sur le même registre.

« Je me moque de ce dont vous parliez. Deux adultes qui se conduisent comme des enfants, c'est stupide. Pourquoi ne le laissez-vous pas tranquille, Max. Il ne vous a rien fait. Il y a assez de problèmes dans cette maison pour y ajouter les injures. »

« C'est terminé maintenant », fis-je. « Je partais. »

Au moment où je franchissais le seuil, je me retournai pour voir une dernière fois le visage de Judy. Elle regardait Briles, et son expression était un mélange de haine et de pitié. Il y avait quelque chose de sombre dans ses yeux que je n'avais jamais vu auparavant, une passion si intense qu'elle en devenait presque effrayante. Le souvenir de ce visage ne me quitta pas de la journée.

15

Je repris tout du début. Je décidai d'oublier ce que j'avais découvert, de désapprendre les leçons des derniers jours, de repartir de zéro. Depuis le commencement, je m'en rendis compte, je tournai en rond. Chapman était venu me trouver avec une lettre de menace, et après qu'il eut été assassiné, j'avais continué à présumer que l'auteur de la lettre et le meurtrier étaient une seule et même personne. C'était une façon de me faciliter les choses. Mais rien ne permettait d'affirmer qu'un seul personnage était impliqué dans cette histoire. L'auteur de la lettre avait, semble-t-il, eu accès à un secret que Chapman voulait protéger. Et si quelqu'un connaissait ce secret, il n'était pas exclu que quelqu'un d'autre le connût aussi. En fait, c'était même plus que probable. Chapman avait reçu la lettre de menace le lundi, et à peine trois jours plus tard — trop tôt pour qu'il commence à avoir peur — il avait été empoisonné. L'auteur de la lettre n'aurait pas agi aussi rapidement. Cela pouvait vouloir dire que Chapman était coincé sur deux tableaux, qu'il se passait autre chose en même temps. Après ce que j'avais appris sur lui, cela me paraissait logique. Il avait été impliqué dans pas mal d'histoires, avait connu beaucoup de monde et s'était fait un certain nombre d'ennemis. N'importe lequel d'entre eux aurait pu souhaiter sa mort.

Ce qu'il me fallait découvrir en priorité, c'était le secret de Chapman. Je ne savais pas ce que je cherchais au cours de mes premières rencontres avec Light et Contini, mais à présent que j'étais dans le coup, je ne les laisserais plus me dissimuler certaines informations. En attendant, je décidai d'avancer. En étudiant soigneusement la carte, je trouverais peut-être une route pour m'extirper de la déviation où je m'égarais depuis mercredi. J'étais fatigué d'avaler de la poussière.

A deux heures et demie, je retournai à mon bureau avec un paquet de cigarettes neuf, deux sandwiches et quelques bières dans un sac en papier. Je m'installai à ma table de travail, déballai mon déjeuner et commençai à téléphoner.

J'appelai d'abord Abe Callahan. La mort de Chapman l'avait fait revenir en toute hâte à New York et je me dis qu'il accepterait peut-être de me parler. D'entrée, il me dit qu'il se souvenait de moi à cause de l'affaire Banks. A croire que tout le monde associait mon nom à cette histoire et que ces cinq dernières années, j'avais cessé d'exister. J'avais eu droit à la une des journaux pendant quarante-huit heures, comme ces héros d'un jour qui escaladent le World Trade Center ou traversent le pont de Brooklyn sur les mains, puis je m'étais évanoui dans le brouillard. Plus de place pour moi dans la presse, sauf peut-être à la rubrique « Que sont-ils devenus ? »

Callahan ne me dit pas s'il trouvait ce souvenir plaisant ou déplaisant et je m'abstins de le lui demander. Je lui annonçai que je travaillais sur l'affaire Chapman.

« Il n'y a pas d'affaire Chapman », dit-il. « Vous ne lisez pas les journaux ? Sa femme a été arrêtée hier et tout le monde parle de la formidable efficacité de la police. Tout le monde sauf moi. Non seulement nous avons perdu l'un des candidats les plus engageants que ce pays ait connu depuis longtemps, mais nous avons aussi perdu un sacré bonhomme. »

« Je lis les journaux. Comme je viens de vous le dire, je travaille sur l'affaire Chapman. »

« Vous êtes quoi au juste ? Encore un de ces champions des causes perdues ? »

« Je ne me colle pas d'étiquette. Je fais simplement mon boulot jusqu'à ce qu'il soit terminé. Et pour le moment, celui-ci est loin de l'être. Je vous appelle pour avoir des informations. »

« De quel genre ? »

« Des informations confidentielles. Je voudrais savoir si vous avez fait procéder à une enquête de moralité sur Chapman au cours de ces derniers mois, et dans l'affirmative, si vous avez découvert quelque chose de douteux. »

Il y eut un silence à l'autre bout du fil.

« Beaucoup de journalistes donneraient leur bras droit pour ce genre de truc. Quelle raison aurais-je de vous offrir ça, alors qu'il ne saurait être question une minute de leur offrir, à eux ? »

« Parce qu'un journaliste se fiche de tout sauf d'avoir sa signature bien en vue en haut de l'article, et parce que je ne ferai pas circuler ce que vous m'apprendrez. Parce que je veux vraiment résoudre cette affaire, et parce qu'il ne me reste plus beaucoup de temps. »

Il y eut un autre silence, et je pus pratiquement sentir Callahan aux prises avec son indécision. Je bus une autre gorgée de bière.

« Très bien, Klein, je vous livre le tout, pour ce que ça vaut. Nous avons effectivement diligenté une enquête, mais uniquement parce que le climat politique est ce qu'il est. Il y a cinq ou six ans, ce genre de choses aurait été inconcevable. Mais vous savez ce qui se passe aujourd'hui au moindre soupçon de scandale. Un parti politique se doit d'être vigilant. D'une certaine façon, nous rendons presque un mauvais service aux gens que nous représentons. »

« Epargnez-moi le préambule. Je suis au courant de la situation. Les faits suffiront. »

« Bien, voilà les faits. Nous avons découvert que George était impliqué dans une situation potentiellement dangereuse à cause d'un conflit concernant son contrat avec Charles Light, le propriétaire des Americans. »

« Je sais ça. Y avait-il autre chose ? »

« Nous avons également découvert que le mariage de George était susceptible d'exploser en plein milieu de la campagne électorale. »

« Tout le monde est au courant de ses peines de cœur, maintenant. Je pense plutôt à quelque chose qu'il aurait fallu cacher à tout prix. Quelque chose d'ordre criminel, peut-être, ou de tellement douteux que ça l'aurait discrédité. »

« Non, on n'a rien trouvé de tel. Les deux points que je viens d'évoquer étaient suffisamment graves. Mais nous avons décidé que George serait capable d'amortir le choc si l'un ou l'autre arrivait jusqu'au public. »

« Qui s'est chargé de l'enquête ? »

« L'un des hommes de l'agence Dampler. Un type nommé Wallace Smart. Il a vraiment fait du bon travail. Ça lui a pris plus d'un mois. »

« Vous pensiez vraiment que Chapman allait gagner, n'est-ce pas ? »

« Disons que tous nos sondages privés le donnaient vainqueur à soixante-trois pour cent contre le mieux placé des candidats républicains, ce qui est quasiment du jamais vu. George était naturellement doué. Il possédait tous les instincts, tous les gestes. Je n'aurais pas été surpris de la voir un jour briguer la présidence. »

« Intéressant. »

« Intéressant, mon cul. C'est une tragédie, voilà ce que c'est. Une putain de tragédie. »

J'appelai l'agence Dampler et demandai à parler à Wallace Smart. Impossible, me répondit-on, monsieur Smart avait quitté l'agence depuis trois semaines. Savait-on où je pourrais le joindre ? Non, il avait définitivement abandonné le travail de détective privé. Il venait de faire un petit héritage et il avait décidé de prendre le large. On disait qu'il était parti à Hawaii. Je demandai s'il avait de la famille en ville, susceptible de me communiquer sa nouvelle adresse. Non, la femme et les enfants de M. Smart étaient morts dans un accident de voiture dix ou douze ans plus tôt. Il n'avait pas d'autres parents en vie.

Je sortis une feuille blanche du tiroir de mon bureau et y inscrivis le nom de Wallace Smart en grandes majuscules. Le nombre de gens qui connaissaient le secret de Chapman venait de passer à trois. Smart avait pris sa retraite après avoir prétendument touché un héritage, ce qui signifiait qu'il avait vendu ses informations à quelqu'un qui pouvait y mettre le prix, quelqu'un qui avait beaucoup d'argent. Charles Light, par exemple. Si tout le reste échouait, je pourrais toujours me lancer à la recherche de Smart. M. Wally Smart :

ex-détective, ex-new-yorkais, marchand de secrets. Ma poire pour la soif.

Je finis mon second sandwich puis passai les cinq minutes suivantes à badiner avec une adorable opératrice à l'accent traînant de Charleston, Caroline du Sud. Avec beaucoup de patience, elle m'aida à retrouver le nom d'un restaurant tenu par Randy Phibbs. Il s'avéra que l'endroit s'appelait Dandy Randy's : *Ribs by Phibbs*. Tout en feuilletant l'annuaire, elle me demanda quel temps il faisait à New York, m'appela « mon poussin » et me dit que j'avais l'accent le plus délicieux qu'elle ait jamais entendu, un peu celui des acteurs à la télévision. D'après sa voix, elle semblait si jolie, si attirante, que j'eus du mal à raccrocher. C'était probablement une grand-mère de soixante ans percluse de lumbago, mais qu'importe ?

Cinq ans plus tôt, Randy Phibbs était un joueur de champ intérieur vieillissant qui opérait en suppléant chez les Americans. De tous les gars de l'équipe, il était le seul à avoir réussi à nouer une sorte d'amitié avec Chapman. Phibbs passait le plus clair de son temps sur le banc mais il pouvait encore fournir un travail honnête en seconde base pendant une ou deux semaines si c'était nécessaire. Au cours des World Series, cinq ans auparavant, il s'était retrouvé à jouer les trois derniers matchs, avait obtenu quatre ou cinq *homeruns* et réussi quelques superbes moments de jeu défensif. Performance suffisamment impressionnante pour prolonger sa carrière d'une saison. C'était un joueur qui réussissait plus par passion que par talent et j'avais toujours pris plaisir à le regarder gonfler sa joue de tabac, cogner dans son gant à la manière d'autrefois, dans le genre « allons-y les gars », et s'époumoner pour injurier les arbitres jusqu'à ce que les veines de son cou saillent comme des serpents. Chapman et lui formaient un duo improbable. Mais Phibbs était probablement le seul joueur de l'équipe à n'être pas intimidé par le fait que Chapman était un intellectuel sortant d'une grande université et un sociétaire potentiel du Baseball Hall of Fame. Il venait d'un monde où ces choses n'avaient simplement aucune importance. Phibbs était un bon petit gars, et à son avis, Chapman entrait dans la même catégorie.

Il lui fallut quelques minutes pour comprendre pourquoi j'appelais. Il avait appris le meurtre de Chapman à la télé la veille au soir et l'arrestation de Judy le jour même par la radio. Il parla d'elle comme d'un gentil petit bout de femme et dit qu'il voulait bien être pendu s'il savait pourquoi elle aurait cherché à régler son compte à ce pauvre vieux George. George était son grand pote et ils continuaient à s'envoyer une carte tous les ans à Noël.

« Randy, je voudrais que vous repensiez à la dernière saison de George, il y a cinq ans. »

« J'y suis, mon pote. Y a cinq ans, ça devait être quand George a frappé tous ces *homeruns*. »

« Vous étiez son meilleur ami, Randy, alors vous devriez mieux que n'importe qui pouvoir me dire ce que j'ai besoin de savoir. »

« J'étais pas seulement son meilleur ami », déclara Phibbs sans la moindre prétention, « j'étais le seul Bon Dieu d'ami que George avait dans toute l'équipe. Aux autres, il a jamais dit plus de deux mots, comme s'il avait pas vraiment envie d'être là. George, c'était un sacré dur. Il valait mieux pas lui chercher des poux. Mais lui et moi on s'entendait au poil. Je crois qu'il aimait ma façon de parler. »

« Vous rappelez-vous si George a eu un comportement différent cette dernière année, si quelque chose semblait le préoccuper ? »

« Il y avait toujours quelque chose qui tournait dans la tête de George, mon vieux. C'était le genre de grosse tête, si vous me suivez, où tout ce qui rentre fait ventre et s'installe pour l'hiver. George faisait plus travailler ses méninges qu'Einstein, son frère et son cousin. »

« Mais avez-vous remarqué quelque chose de particulier cette année-là ? Est-ce qu'il avait l'air de mettre la pression plus que par le passé ? »

« George mettait toujours, comme vous dites, la pression. Il prenait ce bon vieux base-ball salement au sérieux, pas comme un jeu mais comme un vrai boulot. Je crois pas que ça l'ait jamais amusé, il était toujours concentré à mort. Alors qu'un petit Blanc débile comme moi, d'entrer sur le terrain, ça me faisait guère que des chatouilles. »

« Donc, il n'y a eu aucun changement pendant cette année-là ? »

« Eh ben, je suis en train de penser... mais je sais pas si un détective comme vous trouvera sa pitance là-dedans... George était quand même un peu bizarre des fois. Vers le milieu de la saison, il a commencé à venir me voir avant le match pour me dire, Randy, aujourd'hui je vais réussir trois *hits* sur quatre passages, et ils se mettait salement en boule contre lui-même s'il en faisait que deux sur quatre. Une fois, il a frappé un putain de double à deux points dans la neuvième reprise pour gagner le match et il est revenu dans la loge d'honneur en secouant la tête et en disant que ça aurait dû être un *homerun*. »

« Est-ce qu'il était plus intéressé par ses propres performances que par celles de l'équipe ? »

« Non, je dirais pas ça. George était comme tout le

monde, il avait toujours envie de gagner. C'est juste qu'il plaçait la barre très haut, vous voyez, comme s'il devait porter toute l'équipe sur ses épaules. Et quand on y pense, c'est exactement ce qu'il faisait. »

Il eut un bref silence et je demandai :

« Comment marche le restaurant, Randy ? »

« Très bien, très bien. J'ai fait pas mal vibrer les gars du coin quand je jouais dans le Nord, et ils se souviennent du vieux Randy Phibbs. »

« Si un jour je passe par Charleston, je ne manquerai pas de venir dîner chez vous. »

« Je compte sur vous », répondit-il, enthousiaste. Je vous servirai un plat de *ribs* à vous en taper les côtelettes et ça fera de vous le plus heureux des Bon Dieu de Yankees à avoir jamais mis les pieds ici. »

Après Charleston, j'appelai San Diego et conversai avec la gouvernante mexicaine qui travaillait chez les parents de Chapman. Le téléphone sonnait sans discontinuer depuis la veille et le père et la mère avaient cessé de prendre les communications. Entre deux jérémiades de la gouvernante, qui n'arrêtait de répéter que ce qui était arrivé était vraiment épouvantable, je parvins à apprendre que des dispositions avaient été prises pour faire rapatrier le corps de Chapman en Californie par avion et que les funérailles auraient lieu à San Diego.

Ensuite, j'appelai le Minnesota. Chapman semblait n'avoir eu aucun ami véritable, personne à qui se confier, et je me demandais s'il n'était pas resté en contact avec son frère aîné, Alan, qui était médecin à Bloomington. L'assistante du docteur Chapman m'annonça que son patron était parti pour San Diego la nuit dernière. Il y avait eu une tragédie dans la famille. Oui, répondis-je, j'en avais plus ou moins entendu parler.

Les abonnés absents avaient deux messages pour moi. L'un d'Alex Vogel, un journaliste du *Post,* et l'autre de Brian Continu qui avait appelé juste avant que j'arrive à mon bureau. Je me dis que Vogel avait eu mon nom par un de ses contacts au Département de police et qu'il voulait me soutirer un papier sur ma découverte du corps de Chapman. Le *Post* publiait régulièrement des articles à sensation dérivés des faits divers sanglants de la une. C'était le genre de canard à traiter chaque meurtre, chaque incendie, chaque agression comme le signe avant-coureur de l'Apocalypse et, par principe, je faisais tout pour l'éviter. Si Vogel voulait me parler, il faudrait qu'il insiste.

Chip avait quitté son bureau lorsque je rappelai. Il était parti pour la journée, m'apprit sa secrétaire. Je lui demandai si elle savait pourquoi il avait cherché à me joindre et d'un ton las, qui signifiait je-travaille-ici-un-point-c'est-tout, elle me répondit qu'elle l'ignorait. Je songeai qu'il avait dû filer de bonne heure avec son père pour leur week-end en famille à Wesport. J'étais déçu de constater que Chip laissait à Burleson tout le soin de préparer la défense de Judy. La pratique de la loi était devenue pour lui un petit nid douillet tapissé de dossiers, de contrats et de chaleureuses poignées de mains, et il était trop timoré pour s'aventurer hors de ces limites. Tout comme il avait laissé sa taille s'enrober d'un bourrelet de chair molle, il avait désormais le cerveau entouré d'épaisses couches de graisse qui l'isolaient du monde extérieur. Dire que c'était le même homme qui avait parlé d'entrer au Bureau d'aide légale immédiatement après avoir décroché son diplômes de droit. Je me demandai combien de temps il faudrait pour que ses artères commencent à se scléroser.

Je venais de reposer la main sur le combiné pour un nouveau coup de fil quand le téléphone sonna, envoyant ses vibrations métalliques dans ma paume. Après avoir composé tant de numéros en une heure et demie, il me parut presque anormal que quelqu'un m'appelle. J'espérais que ce n'était pas ce reporter du *Post,* et mon vœu fut exaucé. C'était l'Enrhumé.

« Vous ne lâchez pas prise facilement, hein ? » lui dis-je.

« Vous non plus, Klein. Vous avez été surveillé toute la journée, et j'ai l'impression que vous n'avez pas l'intention de faire ce qu'on vous a demandé. »

« Je compulse des brochures touristiques depuis que je suis revenu à mon bureau. Vous n'imaginez pas le nombre d'endroits qu'on peut visiter de nos jours en voyage organisé. Vous serez heureux d'apprendre que j'ai finalement pris une décision. Je compte passer mes vacances à Anchorage, Alaska. L'ennui, c'est que le seul transport depuis New York se fait par cargo à travers le canal de Panama et que le prochain départ n'est pas avant six mois. »

« Je vous suggère de choisir un autre lieu de villégiature. »

« Eh bien, pour tout vous dire, j'ai déjà un second choix. New York. On raconte que c'est un endroit génial pour une visite, même si la plupart des gens ne voudraient pas y vivre. »

« Vous ne vivrez plus nulle part si vous décidez de rester. »

« Vous devez être du genre nerveux. J'ai bien compris votre message, ce matin. Ce n'est pas en le répétant que vous le rendrez plus clair. »

« Alors pourquoi n'écoutez-vous pas ? »

« Pour deux bonnes raisons. J'ai du travail ici et je n'ai pas peur de vous. »

« Vous regretterez d'avoir dit ça. N'oubliez pas que je vous ai prévenu. »

« Je sors immédiatement m'acheter un mouchoir pour y faire quelques nœuds. »

« A partir de maintenant, il devient dangereux pour vous de sillonner les rues. Chacun de vos pas risque d'être le dernier. »

« C'est dangereux aussi pour les tapineuses, et pourtant elles s'en tirent très bien. J'aurai peut-être de la chance. »

« Impossible, Klein. Vous êtes à court de chance. »

« Merci du tuyau. J'avais l'intention de risquer quelques dollars sur un cheval demain, mais peut-être que je m'abstiendrai. »

« Il y a beaucoup de choses dont vous devrez vous abstenir, monsieur Klein. Votre avenir et devenu si petit, tout d'un coup, qu'il n'arriverait pas à la cheville d'un nain. »

« Belle image », fis-je. « Faites-moi penser à la replacer un de ces jours. »

L'Enrhumé ne m'entendit pas. Il avait déjà raccroché.

Je nettoyai les miettes sur mon bureau et jetai les papiers des sandwiches et les boîtes de bière à la poubelle. Il était quatre heures et quart. Je voulus ouvrir le coffre pour prendre mon 38 au cas où l'Enrhumé m'attendrait dehors, mais je me rappelai que je n'avais plus d'arme. On me l'avait confisquée la nuit dernière et elle s'était perdue quelque part dans la carrière. Je me demandai si elle reviendrait pour me hanter.

Personne ne rôdait dehors, néanmoins la prudence m'incita à héler un taxi. Il me fallut vingt minutes pour atteindre la librairie Eighth Street. Avec le Gotham Mart Book et une poignée d'autres endroits du même genre, l'Eighth Street défendrait le principe que les livres ont une durée de vie qui leur est propre et ne se désintègrent pas à l'arrivée des nouveautés de printemps. On ne s'y précipitait pas pour allonger les billets en échange de la dernière saga de neuf cents pages pondue par un ordinateur déguisé en romancière de Beverly Hills, on venait y faire son choix. Il y avait certains livres de poésie qui traînaient six ou sept ans sur les rayonnages avant qu'un acheteur ne se présente. L'idée générale, c'était que les bons livres parviennent à nous survivre.

Je me persuadai qu'aujourd'hui je n'avais pas le temps de flâner entre les étagères et montai directement au troisième étage où se trouvaient les ouvrages d'histoire, de sociologie et de psychologie. Six des onze bouquins de William Briles étaient disponibles en édition de poche. Je parcourus les titres et me décidai finalement pour *Dedans, dehors : biographie d'un voleur professionnel*, *L'Autre Côté de la loi : enquête sur le comportement criminel* et *Le Gangster en costume de flanelle : le parrain de la mafia en tant qu'homme d'affaires*.

Le jeune homme à la caisse portait une chemise de treillis et avait la mine étonnée de quelqu'un qui débutait dans le métier. Il parut amusé par mon choix. A ses yeux, je ne devais pas avoir le type studieux.

« En fait, je pense me lancer dans la carrière

criminelle », annonçai-je, « et je me suis dit qu'il valait mieux potasser un peu le sujet avant de commencer. »

Il sourit, ravi de jouer le jeu.

« Qu'envisagez-vous pour votre premier coup ? »

« J'avais l'intention de braquer une banque. Qu'en pensez-vous ? »

Il secoua la tête.

« Trop risqué. A votre place j'essayerais quelque chose d'un peu plus respectable. Le chantage, peut-être. »

« Le seul problème, c'est qu'il faut d'abord trouver une victime, ce qui risque de demander beaucoup de travail préalable. »

Il fit un grand geste du bras, embrassant tous les clients du magasin.

« Rien que des victimes potentielles », dit-il. « Il suffit de faire votre choix. Je parie qu'il n'existe pas une seule personne dans cette ville qui n'ait pas quelque chose à cacher. »

« Vous parlez comme un film de Cagney. »

« Ouais », dit-il, hochant la tête d'un air penaud. « Je vais beaucoup au ciné. »

La note se montait à plus de quinze dollars. Je me demandai quelle partie de cette somme irait dans la poche de Briles et me consolai à l'idée que je pouvais toujours faire passer ça en note de frais.

Quarante minutes plus tard, j'étais de retour à mon bureau, équipé d'une pizza, d'une provision de boîtes de bière et de mes livres. Je m'étalai sur le canapé et, confortablement installé, consacrai les heures suivantes à la lecture. Je sentais la nuit tomber doucement tandis que les rues se vidaient des bruits et des voitures. West Broadway est un quartier diurne et à l'heure du dîner il ne reste plus rien que l'obscurité. Soulagé de la présence de la ville, je lus avec la rapidité et l'attention d'un étudiant bûchant ses examens.

A neuf heures et demie, je décidai que j'en avais assez pour ce soir. Je me lavai les mains au lavabo, brossai ma veste et me préparai à ressortir. L'heure semblait bien choisie pour une visite surprise à Charles Light.

L'air était devenu frais et je remontai vers le nord d'un bon pas, espérant voir un taxi apparaître dans la rue déserte. J'avais remonté un bloc et demi quand la première balle siffla à mon oreille et alla frapper un mur de brique sur ma gauche. Je me jetai sur le trottoir sans même réfléchir, comme si en me baissant après l'impact je pouvais éviter d'être touché. La panique fait parfois agir le corps avant que le cerveau n'ait eu le temps de donner ses instructions. J'étais toujours à terre, à me dire qu'il faudrait que je me lève et que je décampe quand le second coup de feu éclata. La balle fouetta le trottoir et fit voler de la poussière d'asphalte. Je roulai vers l'obscurité de l'immeuble et entendis le troisième coup traverser la vitrine au-dessus de ma tête. Le verre brisé tomba sur moi et une alarme se déclencha aussitôt à l'intérieur du magasin. Ce fut sans doute ce qui me sauva. Je n'avais nulle part où me cacher et si le tireur avait foncé sur moi à cet instant, tout aurait été terminé. Mais la sirène l'effraya et le fit détaler. J'entendis un bruit de course de l'autre côté de la rue et pendant un instant, je ne parvins pas à croire que les pas s'éloignaient. Mais soudain, il n'y eut plus rien. En moins de trente secondes, j'étais passé de la vie à la mort et de la mort à la vie. J'adressai une petite prière de remerciement au propriétaire du magasin d'électricité dont la vitrine avait été brisée. L'Enrhumé s'était trompé. Je n'étais pas encore à court de chance. Mon cœur battait pour le prouver.

16

C'était l'une de ces demeures new-yorkaises sur lesquelles Henry James aurait pu écrire. Dressée dans une dignité inondée de lumière au bord d'une petite rue donnant sur Park Avenue, elle évoquait les femmes en longues robes blanches, les soirées musicales et les hommes lugubres en habit noir expliquant pourquoi la politique étrangère de Teddy Roosevelt était bonne pour les affaires. La Light House *, comme on l'appelait, était dans la famille depuis des générations et constituait un mausolée à la gloire d'une ère révolue d'impérialisme, de devise forte et de main-d'œuvre bon marché. Les autocars s'y arrêtaient pour permettre aux touristes de Wichita de rapporter chez eux une image durable de la richesse new-yorkaise. Ici, ce n'était pas l'argent facile du boom d'après-guerre qui se baladait en Cadillac blanche comme à Houston ou Los Angeles. L'argent des Light était si vieux qu'il fallait le transporter en chaise roulante. Peu importait que le fauteuil roulant fût juste un peu plus vaste que le *Titanic*. On pouvait toujours engager quelqu'un pour le pousser.

* Light House : littéralement Maison Light, mais aussi *lighthouse*, « phare ». (N.d.T.)

Les serviteurs, bien entendu, n'étaient plus là à cette heure avancée pour ouvrir la porte. Debout devant la grille massive qui gardait l'entrée, j'appuyai sur la sonnette. Elle était reliée à un Interphone qui ressemblait plus ou moins à une tour de contrôle radio. J'attendis, regardai ma montre et sonnai à nouveau au bout d'une minute. Je recommençai. Juste au moment où je me demandais si j'allais enfoncer le bouton une quatrième fois, la voix de Light retentit dans l'Interphone. Il n'y avait pas de parasites et je l'entendis aussi clairement que s'il avait été à côté de moi.

« Allez-vous-en ou j'appelle la police », dit-il.

« C'est Klein, monsieur Light. Il faut que je vous parle. »

« Nous avons dit tout ce qu'il y avait à dire hier. Je ne vois rien à ajouter. »

« Dix minutes, c'est tout ce que je demande. Ça ne peut pas faire de différence pour vous à présent. Le jeu avec Chapman est terminé, et vous en êtes sorti vainqueur. »

Au lieu de répondre, Light actionna la commande qui déclenchait l'ouverture automatique de la porte. J'entrai. Je grimpai l'escalier du vestibule et une autre sonnerie retentit, annonçant le déblocage de la porte intérieure. Je franchis le seuil et me retrouvai dans un vestibule aussi vaste que le rez-de-chaussée entier d'une maison normale. Il y avait des dalles carrées noires et blanches sur le sol et un gigantesque lustre en cristal taillé à six mètres environ au-dessus de moi. C'était le genre de pièce aménagée dans le seul but d'impressionner ceux qui y pénétraient. Je me laissai impressionner.

Light apparut dans l'entrée vêtu d'un pantalon kaki, de chaussons et d'un pull-over vert. Il avait l'air du type qui a passé la journée à naviguer sur un yacht. Il me regarda avec amusement et dit :

« Vous semblez avoir été très occupé depuis notre dernière rencontre. »

Je baissai les yeux sur ma veste et constatai qu'elle était déchirée au coude.

« Oui », fis-je. « Hier, j'ai été accidentellement mélangé à la pâtée des lions du zoo de Central Park et ce soir, j'ai jugé qu'il serait ennuyeux de prendre un taxi, alors je suis venu jusqu'à chez vous en rampant. C'est amusant, mais un peu rude pour les vêtements. »

Light eut un vague sourire, tourna les talons et me guida à travers le salon, jusqu'à une autre pièce d'où partait un couloir qui nous mena à une petite chambre située sous l'escalier de derrière. L'un des murs était tapissé d'étagères vitrées remplies d'albums de timbres classés par ordre alphabétique. Des espaces vides ménagés dans les rayons permettait d'exposer des timbres encadrés et des enveloppes premier jour. Une table lumineuse de trois mètres de long occupait la plus grande partie du mur opposé et au milieu de la pièce se dressait un guéridon en chêne encombré d'albums ouverts, de timbres en vrac, d'un jeu de pinces fines, d'enveloppes en papier cristal et d'une loupe. Je n'avais jamais rien vu de semblable dans une demeure particulière. C'était comme d'entrer dans un musée.

« Ceci, comme vous l'avez peut-être deviné », dit-il avec une indubitable fierté, « est la salle des timbres. La température et l'humidité sont contrôlées pour prévenir tout dommage. Regardez autour de vous. Ceci est probablement la collection la plus précieuse de tout le pays. »

« Très intéressant », fis-je en regardant les pièces exposées derrière les vitres. « Ce doit être merveilleux de pouvoir s'immerger dans une passion aussi stimulante. »

Il ne perçut pas l'ironie dans ma voix.

« Oui, j'essaye d'y consacrer au moins quelques heures par semaine. C'est un moyen de communier avec moi-même et de garder le contact avec le passé. Toute l'histoire du monde est contenue dans les timbres. Ils sont le seul élément de la vie quotidienne à rendre compte des événements importants d'une période donnée. » Il s'arrêta brusquement, prenant conscience de son enthousiasme. « Mais bien entendu, vous ne vous intéressez pas aux timbres. »

« Au contraire, je m'intéresse à tout ce qui vous intéresse, monsieur Light. J'ai passé beaucoup de temps dernièrement à essayer de vous comprendre. Rien de ce qui vous concerne ne me paraît négligeable. »

« Vous poussez le bouchon un peu loin, ne croyez-vous pas ? » fit-il d'un ton pompeux. « J'aurais facilement pu vous faire arrêter pour avoir sonné à ma porte à une heure si tardive. Heureusement pour vous, l'envie m'en a manqué. Et cela parce que je suis d'excellente humeur. Je fête la mort de George Chapman, qui m'a procuré une joie sans limites. »

« Vous n'avez pas besoin de jouer la comédie pour moi, monsieur Light. Vous réjouir est bien la dernière chose que vous ayez envie de faire ce soir. Vous êtes contrarié par la mort de Chapman. Vous gagnez la partie, certes, mais en même temps, vous vous voyez privé du plaisir de jouer. Ça ressemble un peu à un forfait. Vous étiez impatient de détruire George Chapman publiquement. C'était si important pour vous que vous étiez prêt à écraser quiconque se mettrait en travers de votre route. Et maintenant, tout d'un coup, vous voilà complètement désarçonné par la façon dont les choses ont tourné. C'est la seule raison pour laquelle vous m'avez laissé entrer. Vous pensez que j'ai peut-être quelque chose d'important à vous apprendre. »

Light s'assit dans un fauteuil près du guéridon et m'étudia avec attention.

« Vous êtes un homme habile, monsieur Klein », murmura-t-il. « Je crois que je vous ai sous-estimé. »

« Pas si habile que ça. Si je l'étais, il ne m'aurait pas fallu deux jours pour comprendre et Chapman vivrait peut-être encore. »

« Ridicule. Chapman a été tué par sa femme. Sa mort n'a rien à voir avec tout cela. » Il prit la loupe sur la table et se mit à la manipuler nerveusement. « C'est strictement une affaire de famille. »

« C'est la version officielle. Une belle histoire, mais sans un mot de vrai. Judy Chapman n'est pas plus coupable que le Mahatma Gandhi. »

Light sembla prendre cette affirmation pour une accusation voilée.

« Qu'essayez-vous de dire au juste, Klein ? Que vous cherchez des suspects et que vous croyez pouvoir m'impliquer d'une manière ou d'une autre dans cette affaire ? » Il agita la loupe d'un geste dégoûté. « Je n'ai absolument rien à voir dans tout ça. J'ai les mains propres. »

« Je ne dis pas que vous avez fait tuer Chapman. Je viens de vous expliquer pourquoi. Mais vous n'avez pas les mains propres, monsieur Light. En fait, vos mains sont aussi sales que votre esprit. » Je fis lentement le tour de la table, pour le laisser mariner un moment et m'arrêtai devant la vitrine. J'allumai une cigarette, jetai l'allumette par terre. Light eut l'air épouvanté quand il vit que j'allais fumer. J'attendis ses protestations, mais comme elles ne venaient pas, je tirai une nouvelle bouffée. Il avait trop peur de ce que j'allais lui dire pour protester.

« Evidemment, vous étiez prêt à tuer Chapman si c'était devenu nécessaire. Mais ça, c'était pour plus tard. Vous étiez surtout impatient de mener à bien votre projet d'humiliation publique. De toute évidence, vous n'avez pas besoin d'argent, mais pour le reste, vous ne valez pas mieux que le plus bas des maîtres chanteurs. Tout allait bien jusqu'à ce que j'entre en scène. Chapman allait annoncer sa candidature et remporter les primaires. C'était presque acquis. Et c'est exactement là que vous le vouliez — à découvert, où il serait le plus vulnérable. Mais quand Chapman m'a engagé, vous avez pensé qu'il savait ce que vous aviez en tête et donc qu'il se doutait que vous alliez révéler son secret. Qu'il le sache n'avait pas beaucoup d'importance puisque, comme toutes les victimes de chantage, il était coincé des deux côtés. Pour se protéger de vous, il aurait fallu qu'il dévoile son secret, et c'était la seule chose qu'il devait cacher à tout prix. Mais que moi je le sache, c'était beaucoup plus grave. Et vous avez commencé à mettre la pression. Vous avez envoyé vos deux brutes pour m'acheter et m'obliger à lâcher l'affaire, et ça n'a pas marché. Alors vous avez essayé les menaces, mais ça n'a pas marché non plus. D'une certaine manière, j'ai eu de la chance que Chapman meure aussi vite. Encore quelques jours, vous auriez fini par envoyer Angel et Teddy me tuer. Vous aviez tellement peur que je double Chapman et que je crache le morceau que vous étiez prêt à m'éliminer. »

Light restait assis là sans bouger. J'avais touché trop juste pour lui permettre d'imaginer une riposte rapide. J'écrasai ma cigarette sur le rebord de la vitrine. Il ne réagit pas. Sa voix me parvint, basse, lointaine, comme si elle sortait du plus profond de lui-même. On aurait dit qu'il parlait sans vraiment s'en rendre compte.

« Qu'est-ce que vous voulez ? » demanda-t-il.

« Conclure un marché avec vous. »

« De l'argent ? Je croyais que l'argent ne vous intéressait pas. »

Il soupira, de fatigue et de déception.

« J'ai parlé d'un marché, pas d'argent. Vous me donnez l'information que je cherche et je promets de garder le silence. »

« Je ne comprends pas ce que vous voulez dire. »

« Je me rends bien compte que vous êtes un homme puissant, monsieur Light, et que quoi je fasse, je ne pourrais jamais vous nuire de façon durable. Mais je peux vous rendre la vie extrêmement désagréable et endommager votre réputation. A présent que vous êtes entré en politique, c'est votre atout le plus précieux. Il me suffit de raconter à un de mes amis du *Times* les sales coups que vous prépariez, et vous passerez tellement d'heures en compagnie de vos timbres que rien qu'à les regarder, vous en attraperez la nausée. »

« Tous les mêmes, vous autres, les maudits libéraux », fit-il d'un ton indigné, retrouvant un peu de sa fougue. « La politique, c'est le pouvoir, et le pouvoir est un sale travail. A chaque fois qu'un démocrate fait quelque chose, c'est du pragmatisme. Si un conservateur fait la même chose, c'est un crime impardonnable. Et pendant ce temps, notre vieux pays tombe entre les mains des rouges. »

« Il n'est pas question de politique dans cette affaire », fis-je, « seulement de haine personnelle. Je sais que vous êtes dévoué à votre cause et qu'à vos yeux le gouvernement est aux mains d'une bande de communistes qui ont tous leur carte et ne peuvent se lever le matin sans en référer à Moscou, mais vous ne pensiez pas à vos idéaux quand vous avez décidé de vous attaquer à Chapman. Vous ne vouliez pas le battre aux élections, vous vouliez le crucifier. »

« Et je l'aurais fait. Comme ça les gens auraient vu ce que vous êtes réellement, vous, les socialistes. »

« Le plus drôle, c'est que si vous n'aviez pas bougé, vous ne vous seriez pas retrouvé dans cette panade. Mais vous en avez trop fait, comme vous en faites trop en politique. Voyez-vous, je n'ai pas du tout apprécié la visite des deux imbéciles que vous m'avez envoyés. Ils sont entrés chez moi, ont saccagé mon salon, m'ont molesté. On aurait dit deux gamins dans un parc d'attractions. Il faudrait que ça vous arrive un jour, vous verriez à quel point c'est agréable. »

J'ouvris la vitrine et sortis l'un des albums. Light fut pris de panique.

« Bon sang, qu'est-ce que vous faites ? » hurla-t-il.

Je jetai l'album par terre.

« Je vous montre, au ralenti, ce qui s'est passé chez moi. Comme ça vous pourrez juger de vos propres yeux. Bien plus vivant que le commentaire radio, non ? »

Je fis tomber un autre album. Je procédais en douceur, avec une sorte de négligence feinte. Je n'avais pas l'intention d'abîmer la collection, mais je voulais secouer Light, lui faire comprendre qu'il ne contrôlait plus la situation.

Il bondit hors de son fauteuil et se rua sur moi avec une rage frôlant l'hystérie. C'était un vieil homme, mais il était robuste et en très bonne forme. Je n'avais pas envie de lui faire mal, mais je ne voulais pas non plus lui donner l'occasion de me décocher un coup de poing bien placé. Posant les mains sur sa poitrine, je le repoussai de toutes mes forces. Il partit à la renverse, heurta la table et s'écroula. Cela suffit à le convaincre de ne pas recommencer. Il se remit lentement debout.

« Très bien », fis-je. « Parlons. Soyez clair et je partirai. Mais plus de baratin, ou je déchire tous les timbres de votre collection. »

Light se rassit. Il était humilié et savait qu'il ne pouvait rien y faire. C'était une défaite terrible pour lui, mais je n'éprouvais aucune pitié.

« Dites-moi ce que vous voulez savoir », annonça-t-il, « et je vous répondrai. »

« Je veux savoir ce que vous aviez contre Chapman. Je veux savoir ce qui, d'après vous, pouvait le détruire. »

Il était abasourdi. Il ne lui était même pas venu à l'esprit que je ne savais rien. Toute sa stratégie s'appuyait sur la certitude que j'étais au courant du secret de Chapman et il comprenait à présent qu'il s'était trompé, qu'un excès d'habileté l'avait induit en erreur. Ce fut un moment délicieux et je le savourai. Plus d'une minute s'écoula avant que Light ne reprenne la parole.

« Chapman était en relation avec des gangsters », dit-il en me regardant droit dans les yeux, comme s'il voulait me prouver qu'avouer ne lui coûtait rien.

« Vous voulez parler de Contini ? »

« C'est exact. Contini. »

« Quel genre de relation ? »

« Chapman lui devait beaucoup d'argent. Des dettes de jeu qu'il refusait de payer. »

« Et lorsque Contini a compris qu'il ne rentrerait pas dans ses gains, il a organisé l'accident de Chapman. »

« Vous semblez en savoir autant que moi. »

« Pas tout à fait. Il y a encore des choses que je ne comprends pas. Le jeu par exemple. Chapman ne me paraissait pas le genre d'homme à se risquer à ça. »

« Ce n'était pas le jeu au sens habituel. Chapman a rencontré Contini par un intermédiaire quelconque, probablement le fils, et ils ont commencé à se voir régulièrement. »

« Comment avez-vous découvert cette amitié ? Elle n'était évidemment pas de notoriété publique. »

« Je prends des renseignements très précis sur mes athlètes. C'est un moyen d'éviter les situations embarrassantes avant qu'elles ne deviennent incontrôlables. Les joueurs de base-ball s'ennuient en tournée, et ils ont tendance à se mettre dans de sales draps, particulièrement avec les femmes. »

« Vous voulez dire que vous engagez des espions pour suivre les gens qui travaillent pour vous ? »

« Je ne considère pas ça comme de l'espionnage, c'est de la protection. Nous devons veiller à maintenir l'image de l'équipe. Les joueurs de base-ball font des cibles faciles pour la presse. Pendant plus de la moitié de l'année, leurs agissements sur le terrain comme à l'extérieur sont relatés quotidiennement dans les journaux. Ce sont des jeunes gens normaux et pourtant on les observe aussi étroitement que le président. Un grand acteur ou un chanteur d'opéra font parler d'eux uniquement les soirs de première, mais une équipe de base-ball est sur la sellette cent soixante-deux fois par saison. Et pas seulement dans une ville, mais dans tout le pays, à la radio et la télévision aussi bien que dans les magazines. La première allusion à quelque chose d'inhabituel dans le comportement d'un joueur fait éclater le scandale. Le base-ball est le grand sport américain, le symbole de tout ce qui fonde ce pays, et que je sois pendu si je laisse un joueur détruire tout ça. »

Parler de la façon dont il contrôlait la vie privée de ses joueurs eut un effet apaisant sur Light. Cela lui rappela sa propre importance et rétablit un certain équilibre dans la lutte qui nous opposait. Je ne voulais pas laisser la conversation s'égarer et j'intervins avant qu'il ne puisse continuer.

« Revenons-en à Chapman. De quel genre de jeu voulez-vous parler ? »

« Chapman avait signé un pacte avec le diable. »

« C'est sans doute votre avis, mais je vous demanderai d'être plus précis. »

« Je vous dis que Chapman avait signé un pacte avec le diable. Il jouait sur lui-même. Avant chaque match, il prédisait ses performances — tel nombre de *hits,* tant de points à la batte, un, deux *homeruns,* etc. — puis il pariait là-dessus avec Contini. Les enjeux étaient très élevés. J'estime qu'il devait avoir perdu près de cinq cent mille dollars à la fin de la saison. »

Je m'étais attendu à autre chose — une faute involontaire que Chapman aurait voulu cacher, une défaillance momentanée, une bourde stupide — à tout sauf à ça. C'était de la folie pure, une véritable entreprise d'autodestruction. Chapman avait tenté de contrôler son talent en le poussant si loin qu'il devait forcément, quoi qu'il arrive, lui faire défaut. Il avait accompli l'une des saisons les plus extraordinaires dont un joueur de base-ball puisse rêver, et tout ça, en fin de compte, pour rien. Cependant, il avait pris de cette façon un ascendant définitif sur le monstre. Peu importait que dans le processus, il fût lui-même détruit. Seul comptait le fait de reprendre possession de lui-même, ne fut-ce qu'un instant. C'était comme traverser une barrière de feu. La douleur l'avait rendu réel.

Light me regardait en souriant. Il était heureux de me voir désorienté, de savoir qu'il avait, en définitive, tenu le dernier atout en main. Il s'agissait, certes, d'une maigre victoire, mais elle lui fit momentanément oublier qu'il avait perdu la guerre.

« Je constate que vous êtes surpris, monsieur Klein », jubila-t-il. « Et ce n'est pas étonnant. C'est une information plutôt savoureuse. Vous pouvez imaginer ce qu'elle aurait provoqué si elle avait été utilisée contre un homme qui postulait à une charge sénatoriale. Ça l'aurait achevé. »

« Pourquoi n'a-t-il pas payé ce qu'il devait à Contini ? Etant donné l'absurdité totale de la situation, on aurait pu penser qu'il réglerait ses dettes. »

« Je suis incapable de vous le dire », déclara Light visiblement peu intéressé par ce point. « Peut-être ne possédait-il pas cette somme. Peut-être avait-il considéré ça comme un jeu, une distraction, pour laquelle il n'avait jamais eu l'intention de payer. Chapman possédant l'ego le plus démesuré que j'aie jamais rencontré. Il se croyait invulnérable. »

« Un ego démesuré, mais qui n'arrivait pas à la cheville du vôtre. »

« Peut-être. »

Light me sourit à nouveau. Il s'amusait à présent, et semblait presque avoir envie de prolonger la conversation. Je changeai abruptement de sujet.

« Que savez-vous de Bruno Pignato ? »

Le sourire disparut du visage de Light. Il me regarda et fronça les sourcils.

« Je n'ai jamais entendu parler de lui. »

« Il était dans votre intérêt de garder secrets les faits

concernant l'accident de Chapman jusqu'au début de la campagne électorale. Pignato travaillait pour Contini, et conduisait le camion contre lequel la voiture de Chapman s'est écrasée. Je suis allé le voir mercredi, ce dont on vous a informé, j'en suis certain. Jeudi, il était mort, assassiné dans sa propre maison. Je veux que vous m'expliquiez ça. »

« Je ne sais toujours pas de quoi vous parlez. Au nom du ciel, pourquoi aurais-je voulu du mal à quelqu'un que je ne connais même pas ? »

« Parce que Pignato était un homme instable. Il était rongé par la culpabilité, il se sentait responsable d'avoir mis fin à la carrière de Chapman, et il semblait prêt à en parler à la première personne qui lui poserait des questions. Il y avait une bonne chance qu'il crache le morceau avant que vous ne l'ayez décidé. »

« Vous vous trompez, Klein. Je ne sais rien de tout ça. »

Je n'insistai pas. Chapman avait été l'unique obsession de Light. Il n'avait même pas pris la peine de penser qu'un autre homme était impliqué dans l'accident.

« Une dernière chose », fis-je. « Je suppose que vous avez obtenu vos informations sur les liens entre Chapman et Contini par votre équipe d'espions. Mais tout le reste — les détails sur les paris, le faux accident — vous a été fourni par quelqu'un d'autre, n'est-ce pas ? Un homme nommé Wallace Smart, travaillant pour l'agence Dampler. »

« Un petit homme bien désagréable. »

« Combien l'avez-vous payé ? Je suis curieux de savoir ce que cette information valait pour vous, juste comme ça. »

« Vingt mille dollars. »

« Il a dû se montrer intraitable. »

« C'est ce qu'il a cru. En fait, j'étais prêt à donner beaucoup plus. Les hommes comme lui se satisfont toujours de trop peu. L'affaire a été rentable pour nous deux. »

« Vous voulez dire jusqu'à hier. »

Light haussa les épaules.

« C'est une façon de voir les choses, je suppose. Mais je ne regrette pas d'avoir perdu cet argent. C'était pour la bonne cause. »

« Si tant est que détruire un homme puisse être une cause. »

« Pour moi, c'en était une. »

Je regardai Light avec dégoût.

« C'est vraiment dommage que les gens qui ont l'argent soient tous des fils de putes comme vous. »

« Peut-être », dit Light avec un sourire. « Mais au moins, j'ai l'occasion d'apprécier la vie. Vous ne pouvez pas vous imaginer à quel point c'est délicieux d'être à ma place. Etre Charles Light est la sensation la plus exaltante du monde. »

« Dans le monde de Charles Light, peut-être. Pour le reste d'entre nous, c'est à peu près aussi séduisant qu'un cancer du poumon. Je connais des lépreux qui n'échangeraient pas leur place contre la vôtre. Et je parle de lépreux morts. Continuez à vous amuser, monsieur Light. Peut-être qu'un jour vous glisserez sur le plancher de la salle de bal et que vous vous romprez le cou. »

Je lui dis de ne pas se donner la peine de me raccompagner. Je saurais trouver la sortie.

17

Il était minuit passé lorsque je rentrai chez moi. En pénétrant dans le hall de l'immeuble, j'eus l'impression de revenir d'un long séjour à l'étranger. Me trouver dans la maison de Light m'avait mis mal à l'aise et j'étais content d'être rentré. J'étais un citoyen du monde à ras de terre et malgré les pots d'échappement, les poubelles débordantes et l'odeur graillonnante des gargottes, c'était là que je trouvais mon air. Vivre dans les hautes sphères ainsi que le faisait Light aurait nécessité le port du masque à oxygène et ça ne m'intéressait pas. Les masques à oxygène vous font ressembler à un insecte.

La journée avait été longue et j'étais épuisé. J'avais poussé mon corps au-delà de ses limites et plus que tout je désirais dormir. J'étais un peu moins découragé qu'à mon réveil. L'affaire prenait forme dans ma tête et je savais désormais que je n'allais plus m'égarer. C'était simplement une question de travail. J'étais sur la bonne voie, mais j'ignorais encore jusqu'où il me faudrait aller pour arriver au bout du voyage.

Au moment où j'ouvrais ma porte, je vis qu'il y avait de la lumière à l'intérieur. Je savais que j'avais tout éteint avant de partir ce matin. L'appréhension fit se contracter mon corps. Je sentais que je n'étais pas en état de me battre une fois de plus et je n'avais pas envie de me faire tirer dessus. Mais il était trop tard pour reculer. Celui qui m'attendait à l'intérieur m'avait entendu manœuvrer maladroitement mes clés et avait vu la porte s'ouvrir. Je décidai de laisser faire le hasard.

Judy Chapman leva les yeux et sourit quand elle me vit entrer. Elle était pelotonnée sur le canapé, pieds nus, et lisait *Dévotions* de John Donne qu'elle avait pris sur l'étagère. Elle portait un pantalon de velours vert, un col roulé gris, et elle était belle.

« Bonjour Max. »

« Comment êtes-vous entrée ici, Bon Dieu ? »

Ma voix était dure et coléreuse.

Dans un sourire plein de duplicité, elle répondit :

« Votre gardien est un grand romantique. Je lui ai dit que nous avions eu une querelle d'amoureux et que je souhaitais vous faire la surprise d'être là quand vous rentreriez. L'idée lui a plu et il m'a ouvert. Il a même voulu me donner des conseils. »

« Vous avez bien failli me faire mourir de peur. Encore heureux que je n'aie plus mon arme. J'aurais pu tirer sans sommation. »

Elle était très différente de la Judy que j'avais vue cet après-midi. L'anxiété qui la rongeait douze heures plus tôt avait fait place à une sorte d'ivresse — et je me demandai si c'était le prélude à une nouvelle plongée dans l'angoisse ou si elle commençait à intérioriser la tension et à s'y accoutumer. Il y avait un lampadaire derrière le canapé, dont la lumière traversait les cheveux de Judy avec l'étrange éclat d'une chandelle voilée, créant une sorte de halo éthéré autour de son visage, comme dans un portrait de la Renaissance. A cet instant, elle me parut incroyablement fragile, vulnérable au moindre souffle d'air, prête à s'évaporer.

« Vous ne me demandez pas pourquoi je suis venue ? »

Je la regardai d'un air faussement timide et répondis :

« Je pensais que vous veniez juste de me le dire. »

Amusée, elle me sourit à nouveau. Puis son visage redevint sérieux.

« En fait, je suis venue m'excuser. Je suis désolée de m'être comportée comme ça cet après-midi. Ce n'est vraiment pas mon habitude. »

« C'est le genre de choses qui arrive », dis-je. « Tout le monde était sous pression, et il y a eu quelques étincelles pendant un moment. »

« Il est vrai que je ne m'attendais pas à voir Bill débarquer. Et quand je vous ai entendus vous prendre du bec tous les deux... »

Elle secoua la tête, laissant le reste de sa phrase en suspens.

« On n'est pas très copains, Briles et moi. Ça doit être une sorte d'incompatibilité astrologique. » Je marquai une pause. « La seule chose que nous ayons en commun, c'est que nous vous aimons beaucoup tous les deux. »

C'était une remarque pesante qui nous embarrassa l'un et l'autre, nous plongeant dans un silence gêné, le genre de silence qui dure juste assez longtemps pour vous permettre de remarquer que vos chaussures vous serrent. J'avais du mal à m'adapter à la situation. Je n'arrivais pas très bien à voir ce qu'elle faisait là et j'étais trop fatigué pour chercher à résoudre ce problème. La seule chose à faire, décidai-je, était passer à la séquence suivante.

« Puisque vous êtes là », dis-je, « vous pourriez en

profiter pour goûter aux trésors de ma cave à vins. J'ai une bouteille de bordeaux et une bouteille de bordeaux. Laquelle préférez-vous ? »

« Le bordeaux, évidemment », fit-elle sans hésitation. « Il a l'air bien plus intéressant que le bordeaux. »

Nous échangeâmes un sourire et tout se retrouva en équilibre.

Je me retirai à la cuisine pour aller chercher le vin et deux verres. Lorsque je revins au salon, elle était debout près de la table, et fumait en regardant autour d'elle.

« J'aime mieux votre appartement que votre bureau », dit-elle. « Il dévoile un autre côté de vous-même et je crois que je le préfère au premier. »

« C'est juste un repaire de célibataire tout ce qu'il y a de classique. Meublé n'importe comment, un peu taudis, et généralement chaotique. Mais c'est un trois-étoiles par rapport à l'endroit où j'habitais quand j'ai recommencé à vivre seul. La version new-yorkaise du tremblement de terre de San Francisco. »

Nous nous assîmes à la table pour goûter le vin. C'était une bonne bouteille et j'étais content de l'avoir gardée.

Après quelques minutes de bavardage sans importance, Judy me dit :

« Je ne savais pas que vous aviez été marié. »

« Je pense que nous avons tous notre passé secret. Il y a aussi un petit garçon de neuf ans dans ma vie. »

Elle parut très intéressée par cette information, comme si elle me rendait plus tangible à ses yeux. Jusqu'à maintenant, j'avais été pour elle un personnage assez énigmatique, un enquêteur mystérieux qui faisait des choses bizarres, un type sans existence. Soudain, je devenais une personne à part entière. Un peu comme un gamin qui rencontre son prof de sciences au cinéma un samedi soir. Il éprouve un choc en découvrant qu'il s'agit d'un homme comme les autres avec une femme, deux enfants et un penchant marqué pour le pop-corn. Nous sommes tellement habitués à ne percevoir que certaines facettes des gens, celles avec lesquelles nous nous trouvons en contact, que c'est comme s'ils cessaient d'exister dès qu'ils sortent de notre champ de vision.

Elle me posa des questions sur ma vie conjugale et je lui parlait de Cathy et de la façon dont les choses s'étaient peu à peu dégradées. Elle me dit que Cathy semblait être quelqu'un de bien. Je répondis qu'elle ne se trompait pas, que fondamentalement j'étais seul responsable de notre divorce. Puis elle me posa des questions sur Richie. Je parlai de lui quelques minutes, expliquant que je m'efforçais de le voir au moins une fois par semaine. Elle paraissait heureuse de m'écouter raconter mes histoires et je sentais se tisser entre nous de nouvelles relations. Elle avait éprouvé une certaine attirance pour moi la première fois que nous nous étions vus, mais à présent, elle commençait à bien m'aimer. La distinction était importante. L'habile joute sexuelle de nos premières conversations faisait place à quelque chose de plus direct, de plus honnête. Nous étions en train de faire connaissance.

Je compris qu'elle n'était rien venue chercher d'autre chez moi qu'un peu de compagnie. Elle voulait oublier ce qu'elle avait vécu ces deux derniers jours mais n'avait personne vers qui se tourner sans être obligée d'en parler. J'étais le seul à connaître suffisamment sa situation pour ne pas lui poser de questions. Elle était probablement venue avec l'intention de coucher avec moi, n'attendant rien de plus qu'un peu d'oubli, un peu de répit. Mais la soirée avait pris un autre tour, celui d'une conversation à cœur ouvert engendrant une intimité bien plus grande qu'un simple contact physique. Parler avec quelqu'un, c'est un peu l'étreindre, et depuis le premier mot, j'avais l'impression que nous avions commencé à faire l'amour.

Nous attaquâmes la seconde bouteille de bordeaux. Judy continua à me poser des questions et je lui répondis. Elle était étonnée que j'aie abandonné la carrière juridique pour me lancer dans celle de détective privé. Elle ne connaissait personne qui ait délibérément renoncé à un avenir tout tracé. Je tentai de lui expliquer pourquoi je l'avais fait.

« J'ai trébuché sur le vieux conflit entre la loi et la justice », dis-je.

« Je ne comprends pas. »

« Le conflit entre faire ce qu'on vous dit de faire et faire ce qui est bien. Quand j'étais petit et que je voulais être avocat, je voyais ça comme un sommet d'idéalisme. J'allais aider les gens qui avaient des ennuis, envoyer un tas de méchants en prison et au bout du compte, le monde deviendrait un endroit meilleur. Puis j'ai appris qu'être avocat n'avait rien à voir avec le fait de résoudre les vrais problèmes ou de traiter les gens comme des êtres humains. C'est un jeu, avec ses règles et ses procédures, et la seule chose qui importe, c'est de gagner. J'ai fini par comprendre que je perdais mon temps, que je gâchais ma vie. »

« Vous n'êtes pas du genre à jouer le jeu. La plupart des hommes seraient perdus sans un système auquel se conformer. Mais vous, vous voulez prendre des risques. Ça fait de vous une sorte de marginal. »

« Je suppose que oui. Mais je préfère penser que ça

me donne de meilleures chances de comprendre les gens auxquels j'ai affaire. Je passe beaucoup de temps à entrer dans leur vie et à en sortir. En général, je fais ça très vite. Si je n'ai pas grand-chose aujourd'hui, c'est parce que je veux ne rien avoir à perdre. Ça me libère de me consacrer à ceux pour qui je travaille. »

« Vous avez votre vie à perdre. Pourquoi vous exposer ainsi pour des gens que vous connaissez à peine ? »

« Parce qu'ils ont besoin de moi. Parce qu'ils ont des problèmes qu'ils ne peuvent résoudre seuls. »

Judy resta silencieuse un moment et détourna les yeux.

« Vous voulez dire des gens comme moi, n'est-ce pas ? »

« Des gens comme vous, oui. »

« Mais vous, qu'en retirez-vous ? En quoi cela vous aide-t-il ? »

« Je ne sais pas très bien. Peut-être simplement en me permettant de vivre avec moi-même. J'y trouve peut-être une raison de me lever le matin. »

« C'est plus qu'un travail pour vous, n'est-ce-pas ? » demanda-t-elle doucement. « Vous y croyez vraiment. » Elle détourna les yeux à nouveau, comme si elle était gênée, tout d'un coup. « Je crois que je pourrais commencer à tomber amoureuse de vous, Max. »

J'allumai une cigarette, gardai le silence pendant un moment, puis lui souris.

« C'est le vin qui parle. Il vous monte à la tête et vous fait voir trouble. »

« C'est moi qui parle. Je me sens en sécurité avec vous. Vous êtes le premier homme que je rencontre qui ne veuille pas se servir de moi. »

« Mais je me sers de vous. Je me sers de vous pour rester sur l'affaire. Et quand elle sera terminée, nous ne nous reverrons probablement jamais. »

« Seulement si vous voulez qu'il en soit ainsi, Max. Mais si vous me laissez entrer, je ne m'en irai pas. Il faudra que vous me poussiez dehors. »

« La porte était ouverte le jour où nous nous sommes rencontrés », fis-je. « Je suppose qu'il est trop tard pour y faire quelque chose. Vous êtes déjà dedans. »

Le temps passa et ce qui essayait de se produire depuis trois jours se produisit enfin. Nous avions tous deux déjà pratiqué le rituel, mais cette fois, ni elle ni moi ne le rejouâmes de mémoire. Frissonnant dans l'obscurité du corps de l'autre, nous atteignîmes un point où tout redevint neuf, et au moment même où cela arrivait, nous sentîmes qu'il fallait le savourer au-delà de toute mesure. Nous nous étions abandonnés loin derrière.

Il était quatre heures passées. Judy et moi étions assis dans le lit et fumions en silence, nous contentant d'être l'un près de l'autre, de laisser nos corps épuisés se détendre avant le sommeil.

« Il y a quelque chose que je dois te dire », fis-je. « Je n'en aurai peut-être plus jamais l'occasion et je veux que tu l'apprennes par moi. »

Il lui fallut un moment pour répondre. Je sentis qu'elle répugnait à briser cette atmosphère de silence, à encombrer la chambre de mots. Elle éteignit sa cigarette et s'allongea, la tête sur mon épaule.

« Ne parle pas comme ça, Max. Ça me fait peur. »

« Ça n'a rien à voir avec nous. Ça concerne le passé. J'ai finalement trouvé ce qui est arrivé il y a cinq ans. »

Alors, je lui parlai de Chapman et de ce qu'il avait

fait pour provoquer Contini et le pousser à arranger l'accident. Judy resta étrangement insensible à mon récit. J'étais incapable de dire si elle avait atteint un point où plus rien ne pouvait la choquer ou si Chapman en était venu à compter si peu pour elle qu'elle se moquait de tout ce qui le concernait. Quelle que fussent ses motivations, je ne m'étais pas attendu à la voir indifférente.

« Ne parlons plus de ça », me dit-elle quand j'eus terminé. « La seule chose dont j'aie envie de parler ce soir, c'est de toi et moi. George est mort, et ce qu'il a fait quand il était vivant n'a plus d'importance. L'important, c'est ce que nous faisons, c'est de continuer à nous aimer. »

Après un long silence, je dis :

« J'ai tout de même du mal à croire que la mort de George ne te touche pas. Tu n'as pas besoin de cacher tes sentiments devant moi, Judy. Je t'écouterai si tu as envie d'en parler. »

« Ça me touche, mais à ma manière et pour des raisons qui me sont propres. Je ne peux pas faire semblant de pleurer un homme qui s'est emparé de ma vie il y a dix ans. Je sais que ça a l'air horrible, mais je crois qu'en réalité, je suis contente que George soit mort. Ça m'a libérée. Je vais pouvoir tout recommencer à zéro. »

« L'ironie, c'est que même mort, George dicte encore sa loi. »

« Je sais. Mais ce n'est que provisoire. J'ai confiance en moi, maintenant. Je crois que tout va s'arranger. Je le sais. »

« Moi aussi. »

« Et quand ce sera fini, je vais t'aimer si fort, Max, que nous rattraperons toutes ces années gâchées à ne pas nous connaître. Je cuisinerai pour toi, je coudrai pour toi, j'aurai des enfants avec toi et je te ferai l'amour à chaque fois que tu me regarderas. »

Elle était si sérieuse, si ardente, que je ne pus m'empêcher de rire.

« Ce n'est pas vraiment un discours de femme libérée. »

« Mais si. Seule une femme libérée peut choisir. Il faut être libre pour savoir ce que l'on veut. Ce n'est pas de ma faute si tu es ce que je veux. J'ai fait mon choix. Je veux que tu sois mon homme. »

« Je serai ton homme », fis-je, « et tu seras ma femme. Mais ça ne t'oblige pas à laver mon linge. Nous irons chez M. Wei au coin de la rue. Il a besoin de clients. »

Dix minutes plus tard, nous dormions. Nos bras et nos jambes étaient emmêlés, et ma dernière pensée, avant de sombrer, fut que nous essayions de former un corps unique. Pour cette nuit, nous voulions croire que nous ne pouvions plus exister séparés l'un de l'autre. Quelque part, au loin, une horloge sonna cinq heures. Le marchand de sable passait.

18

Il était neuf heures et demie lorsque je me réveillai. Comme je me rappelais où j'étais et ce qui s'était passé la nuit dernière, je me rendis compte que Judy était partie. Elle avait décidé de nous éviter l'épreuve du lendemain matin. Il était trop tôt pour nous confronter à nouveau l'un à l'autre, et elle avait besoin de temps, d'être seule avec ses sentiments, pour assimiler les émotions que nous avions vécues au cours de ces dernières heures. Pendant quelques instants, je fus déçu de ne pas la trouver à côté de moi, puis je compris que c'était mieux ainsi. Moi aussi, j'avais besoin de temps.

Je me sentais remarquablement en forme après une nuit aussi courte. Ces derniers jours, j'avais tiré sur un réservoir presque vide et à un moment ou un autre il allait forcément se retrouver à sec. Je me demandai combien de temps mon corps allait accepter ce que je lui imposais, combien de raclées et de nuits sans sommeil il pourrait encaisser avant de tomber en panne. J'avais trente-trois ans et la plupart du temps, je me sentais aussi bien qu'à vingt. Mais je savais qu'un jour, dans un futur pas si éloigné, je me réveillerai un matin en découvrant que j'étais entré dans l'âge mûr.

Cela ne me faisait pas peur, je voulais simplement y être préparé.

Je pris une douche, sautai dans un jean, enfilai un sweater et me préparai un gigantesque petit déjeuner — jus de fruits, œufs brouillés, toasts, le grand jeu. A dix heures quinze, assis à la table du salon, j'en étais à ma deuxième tasse de café et je lisais le livre de Donne, *Dévotions,* que Judy avait sorti la veille de la bibliothèque. Je ne l'avais pas ouvert depuis plus de dix ans et sa puissance m'ébranla. Un passage en particulier me frappa. « Nous avons un linceul dans le ventre de notre mère qui grandit avec nous depuis la conception, et nous venons au monde dans ce linceul, car nous venons chercher une tombe. » A mon avis, cela signifiait que nous vivons sous l'œil de la mort et qu'il n'y a aucune échappatoire. Nous ne trouvons pas la mort, comme le dit l'expression, elle est en nous depuis le commencement et nous suit partout où nous allons. Penser ainsi me paraissait cohérent. Il n'y a pas d'échappatoire. Je le comprenais.

Je ruminais ces pensées quand la sonnerie de la porte retentit. J'enfonçai le bouton de l'Interphone et demandai qui était là. La voix de Chip Contini me répondit. L'Interphone marchait très mal et j'eus peine à comprendre ce qu'il racontait. On aurait dit qu'il était à mille kilomètres, geignant sur une lande déserte au milieu de la tempête comme dans un vieil enregistrement du *Roi Lear.* La seule chose dont j'étais sûr, c'est qu'il voulait me voir de toute urgence.

Je fis les cent pas dans le salon, en attendant que l'ascenseur le mène jusqu'au neuvième étage et qu'il sonne à ma porte. Je pensais qu'il voulait me parler soit de l'affaire soit de la conversation que j'avais eue la veille avec son père. Probablement de son père, décidai-je, ce qui signifiait qu'il désirait en réalité parler de lui. A croire que j'avais déclenché une sorte de crise chez Chip en le forçant à faire entrer son père dans l'affaire Chapman. Il était trop vieux pour vivre un traumatisme d'adolescent. Mais comme les adultes inopinément atteinte d'une maladie infantile, il était très durement touché.

Il frappa — des coups rapides, impatients — et je lui ouvris. Je n'eus même pas le temps de dire bonjour. Il entra fou de rage, me repoussa et m'envoya dinguer dans le salon.

« Espèce de salaud », cracha-t-il. « Putain de fumier de salopard, je pourrais te tuer de mes mains. »

Il fonça à nouveau sur moi et je reculai.

« Assieds-toi et calme-toi, Chip. Je ne me battrai pas avec toi même si tu en meurs d'envie. Assieds-toi et dis-moi ce qui se passe. »

Mes paroles l'arrêtèrent dans son mouvement mais ne réussirent pas à apaiser sa colère. Je ne l'avais jamais vu se comporter avec violence auparavant et il était clair qu'il ne savait comment gérer l'ouragan qui s'était levé en lui. Pour la première fois de sa vie, il était confronté à des émotions brutes, non polies et elles faisaient de lui quelqu'un que j'avais du mal à reconnaître.

« C'est mon père », dit-il, « le visage bouillonnant de fureur. « Mon père est en train de mourir. Et c'est toi qui a fait ça Max, c'est toi qui l'as tué. »

« Je ne sais pas de quoi tu parles. Assieds-toi et commence par le commencement, je ne t'écouterai pas si tu ne fais pas un effort pour être un peu cohérent.

« Je te jure, Max, que s'il meurt, je reviendrai ici te tuer de mes propres mains. Je me moque de ce qui pourra m'arriver. Je te tuerai, je jure que je le ferai. »

Ça commençait à bien faire et j'arrivai à bout de patience. Je me mis à crier, comme un fermier ivre crie après son chien, je désignai une chaise et lui ordonnai de s'asseoir. La force de ma voix le stupéfia, et il resta là à me regarder. Je criai encore une fois et il s'assit.

J'allai à la cuisine et versai deux ou trois mesures de Cutty Sack dans un verre. Je revins au salon et le trouvai assis dans la même position, comme s'il était plongé dans une transe catatonique.

« Tiens, bois ça pour commencer », fis-je en lui tendant le verre. « Ensuite, on discutera. »

Il éclusa le scotch comme si c'était de l'eau, et l'alcool n'eut pratiquement aucun effet sur lui. Il était hors de lui-même et ne réagissait plus normalement aux choses. Son corps était aussi tendu qu'un ressort de montre et son esprit était ailleurs, en train de s'enfoncer dans l'angoisse qui l'entourait telle une aura devenue palpable. Je compris qu'il était épuisé. Il portait les vêtements que j'avais vus sur lui la veille et il n'était pas rasé. Il n'avait pas dû beaucoup dormir durant les dernières vingt-quatre heures.

« Maintenant, raconte », dis-je. « Quand j'ai quitté ton père hier, il était en pleine forme. »

« Eh bien il ne l'est plus », marmonna Chip, s'apitoyant sur lui-même. « Il est sous une tente à oxygène dans l'unité de soins intensifs du Lenox Hill Hospital et il est en train de mourir. »

« Arrête le mélo, Chip », fis-je d'un ton brusque. « Je sais qu'il est en train de mourir, tu me l'as déjà dit. Raconte-moi ce qui s'est passé. »

« C'est ce qui est arrivé après que tu es parti. On s'est disputés, mon père et moi. Une dispute horrible, la pire expérience que j'aie jamais vécu. Des cris, des hurlements, des insultes terribles de part et d'autre. A un moment, les choses se sont un peu calmées et nous avons décidé de quitter le bureau de bonne heure et de prendre le train pour Wesport. Il a eu une crise cardiaque dans l'ascenseur. » Chip s'arrêta et me regarda, au bord des larmes. On lisait une telle défaite dans ses yeux que je fus contraint de détourner les miens. « Tout ça, c'est de ta faute, Max. Tu n'aurais jamais dû me demander d'organiser cette entrevue. »

« Pourquoi vous êtes-vous disputés ? »

« Je voulais savoir la vérité. Je voulais savoir pourquoi mon père m'avait menti. »

« Et il te l'a dit ? »

« En partie. Le reste, je l'ai deviné tout seul. »

Maintenant qu'il commençait à se livrer, je le sentis se détendre, en proie à une sorte de morne fatalisme. Le fait de décrire ce qui s'était produit avait pour effet de renvoyer les événements dans le passé. Ils devenaient inaccessibles, immuables. Il fallait les accepter, parce qu'on ne pouvait plus influer sur eux.

Je dis :

« C'est toi qui as présenté Chapman à ton père, n'est-ce pas ? »

Chip hocha la tête.

« Je ne voulais pas. Mais George n'arrêtait pas d'insister. Il semblait si curieux de rencontrer mon père. Il était fasciné par toutes les formes de pouvoir et voulait s'en approcher au plus près. Finalement, j'ai cédé et je les ai invités tous les deux à dîner à Westport. »

« Judy était là aussi ? »

« Non. George et elle étaient dans une de leurs mauvaises passes. Ils ne sortaient pratiquement plus ensemble. »

« Est-ce que tu savais pour Briles, à cette époque ? »

« Je savais pour Briles et aussi pour les autres. George se confiait à moi. Il aimait me raconter sa vie privée. »

« Qu'est-ce qu'il ressentait au sujet de Judy ? Est-ce qu'il essayait que ça marche entre eux ou se contentait-il d'un mariage de convenance ? »

« Il la haïssait. Au point qu'il m'est arrivé de croire qu'il allait la tuer. George était mon ami, mais je n'ai jamais eu le sentiment de le comprendre. Il y avait quelque chose de dur en lui, comme s'il était entièrement démoli de l'intérieur. Il avait l'habitude d'engager des détectives pour la suivre et savoir avec qui elle couchait. Ç'aurait été logique s'il avait eu l'intention de divorcer, mais ça n'entrait pas dans ses projets. Il expliquait que c'était seulement pour réunir des preuves. Je n'ai jamais très bien compris ce qu'il voulait dire. »

« Qu'est-ce que tu penses de Judy Chapman ? »

« Je crois que c'est quelqu'un de bien. Un peu faible, peut-être, mais elle a dû faire face à un sacré nombre de trucs. Je ne sais pas comment elle a pu le supporter si longtemps. »

« Tu la crois capable d'avoir tué Chapman ? »

« Non. Elle est innocente. Elle n'aurait jamais pu faire une chose pareille. »

Je lui tendis mes cigarettes, mais il secoua la tête. J'en allumai une et demandai :

« Chapman et ton père ont-ils parlé de paris chez toi, ce soir-là ? »

« Non. C'était une rencontre purement mondaine. Rien d'important n'a été évoqué. » Il s'arrêta et me regarda d'un air perplexe. « Pourquoi auraient-ils parlé de paris ? »

« Ton père ne t'a rien dit, hier ? »

« Dit quoi ? »

Mon cœur rata un battement quand je compris que le père de Chip avait dissimulé le plus de détails possibles.

« De toute évidence, il ne t'a rien dit. »

Alors je lui assenai l'histoire, celle que j'avais racontée à Judy la nuit dernière. Chip la prit beaucoup plus mal qu'elle. Sa bouche béa littéralement lorsque je lui expliquai l'arrangement que Chapman avait pris avec son père. Quand j'eus terminé, il se leva et fit plusieurs fois le tour de la pièce sans un mot. Quoi qu'il fût par ailleurs, Chip était un homme honnête et rien dans sa vie ne l'avait préparé à affronter l'écœurement qu'il éprouvait à cet instant. C'était comme si je lui entrouvrais les portes de l'enfer pour la première fois.

« Mon père m'a dit qu'il s'agissait d'affaires », fit-il calmement. « Mais je ne savais pas à quel genre d'affaires il faisait allusion. » Il s'assit sur le canapé, ôta ses lunettes et se prit le visage dans les mains. « Je n'arrive pas à croire à tant de malveillance », répétait-il encore et encore. « Je n'arrive pas à y croire. »

« Ensuite, quand Chapman a refusé de payer ses dettes », continuai-je, « ton père l'a invité à une petite conférence dans la maison de Millbrook. Bien entendu, Chapman n'est jamais arrivé au rendez-vous. C'était une tentative de meurtre. Que Chapman ait survécu n'y a rien changé. Il était fini de toute façon. Et ton père, en gentleman fair-play qu'il est, a décidé d'en rester là. Après tout, il n'avait rien perdu. »

C'en était trop pour Chip. Son grand corps massif fut secoué de sanglots et l'appartement s'emplit du bruit de son chagrin. Je ne tentai pas de le consoler. Il pleurait son père, pleurait la perte de sa propre innocence, et rien de ce que j'aurais pu dire n'aurait eu d'importance. Il fallait que ça sorte, il ne pouvait plus y avoir ni mensonge ni échappatoire. Il pleura des larmes amères mais nécessaires. Les larmes qui le séparaient de son âge d'homme.

Quand la crise fut passée, je l'emmenai dans la salle de bains, lui tendis une serviette et lui dis de se passer la figure sous l'eau. J'allai dans la cuisine faire la vaisselle du petit déjeuner. Un quart d'heure plus tard, Chip apparut dans l'embrasure de la porte, m'adressant un pâle sourire. Je remarquai qu'il avait utilisé mon rasoir et s'était coupé au menton. Un morceau de Kleenex rouge de sang étanchait la coupure.

« Viens », dis-je, « je t'accompagne à l'hôpital. »

Nous prîmes la 72e rue vers l'est, en direction de Central Park. C'était encore une belle journée ; un peu plus fraîche, avec un air pur et une lumière dans les rues qui dessinait des ombres nettes et puissantes. Nous restâmes silencieux jusqu'au parc. Chip avait été humilié de s'effondrer devant moi et il n'avait aucun moyen de savoir si je n'étais pas en train de me moquer secrètement de lui parce qu'il m'avait montré sa faiblesse. Ce n'était pas le cas. Mais je n'avais pas l'intention de le lui révéler. Il devrait le deviner tout seul.

Lorsque nous eûmes franchi le mur de pierre qui séparait le parc de la rue, il retrouva la parole, comme s'il considérait l'herbe et les arbres comme un auditoire plus réceptif à ses pensées. Avançant d'un pas lourd dans ses impeccables chaussures de chevreau et son costume froissé, il ressemblait à un réfugié égaré au pays des cyclistes, des joueurs de balle et des *joggers*. Mais l'endroit était sans importance. Il n'accordait aucune attention à ce qui l'entourait.

Il parla de son père. Ses souvenirs lui revenaient en désordre et il louvoyait dans le temps tandis que le passé le submergeait. Il sauta de ses premiers jours au collège de Dartmouth au labrador qu'on lui avait offert pour ses huit ans, revint à la naissance de sa fille cadette. A chaque fois, son père était là. Rien de tout cela n'était nouveau pour moi. D'une certaine façon, tout le monde a les mêmes souvenirs. Les événements qui les façonnent peuvent être différents, mais les qualités dont nous les parons sont les mêmes. Ce sont nos vies et nous les considérons avec le respect qu'on accorde aux choses les plus sacrées. Chip parla de la générosité de son père, de son sens de l'humour, de son amour pour les enfants. On aurait dit qu'il prononçait son éloge funèbre et rien dans ses paroles ne traduisait la réalité brutale du personnage. La vérité flottait au-dessus de chacun de ses mots comme un ange exterminateur mais, pour l'heure, il avait choisi de ne pas remarquer sa présence. Il aurait le reste de sa vie pour se battre avec cet ange. C'était son adieu au père qu'il s'était imaginé avoir, un adieu plein de douceur et d'infinie bonté, comme on démantèle une maison de poupée.

A l'entrée du Lenox Hill Hospital, je lui dis :

« Peut-être qu'il te fera la surprise de s'en sortir. »

« C'est ça », répondit Chip. « Et demain, c'est Noël. »

« On ne sait jamais. C'est un vieux plutôt coriace. »

« Laisse tomber les gentillesses, Max. Ça n'a plus d'importance. J'espère presque qu'il sera mort quand j'arriverai là-haut. Ça rendrait les choses beaucoup plus simples. »

« La mort n'est jamais simple. »

« Je sais. » Il se détourna et regarda à travers la porte vitrée. « C'est juste que je ne veux plus jamais lui adresser la parole. »

Et il n'eut plus à le faire.

19

Richie m'attendait dans le hall de l'immeuble de la 83e rue Est. Il était une heure passée et il patientait depuis longtemps. Sa casquette ornée du célèbre emblème N Y sur le crâne, vêtu d'un Ti-shirt jaune affichant son prénom, d'un jean et de chaussures de cendrée blanc et vert, il était assis dans un fauteuil assez vaste pour en accueillir cinq comme lui et martelait tranquillement son gant de base-ball de son poing droit. Un sac Pan-Am sur lequel était posé un exemplaire plié de *The Sporting News* traînait à ses pieds. Son corps maigrichon était tellement courbé tandis qu'il se concentrait sur la poche de son gant qu'il avait pris la forme d'un point d'interrogation.

« Ben mon vieux », fit-il en m'apercevant, « tu es sacrément en retard. Le match doit déjà en être à la troisième reprise. »

« Non, il reste presque une heure. On arrivera à temps si on se dépêche. Tu as un pull ? »

« Dans mon sac. »

« D'accord, allons-y. »

Je savais que je n'aurais pas dû perdre un après-midi au stade alors que je me trouvais au beau milieu d'une enquête. Mais j'avais besoin de temps pour réfléchir, pour prendre un peu de recul sur l'affaire et la regarder d'un œil neuf. Je me disais aussi que rien n'était plus important que de passer ces quelques heures avec Richie. Je voulais lui offrir une belle journée, une journée dont il se souviendrait.

Cathy l'avait envoyé m'attendre dans le hall, sa manière à elle de me faire comprendre qu'elle ne voulait pas me voir. Ce qui signifiait sans doute qu'elle avait pris sa décision. J'en conclus qu'elle allait déménager dans le New Hampshire.

Pénétrer dans un stade de grandes lignes est une expérience qui ne ressemble à aucune autre. On sort du métro, où on a été entassé dans un environnement de métal et de machineries, pour émerger dans un paysage de briques, de parpaings et de rouille urbaine. On fait le tour du stade avec quelques milliers de semblables à la recherche de la bonne entrée, on donne son billet à un type en uniforme, on franchit un tourniquet et on pénètre dans l'obscurité d'un tunnel de béton nu plein d'échos et de corps bousculés. On a l'impression qu'on a fait tout ce chemin uniquement pour participer à la séquence onirique d'un film de Fellini.

Puis on monte la rampe et on y est. Il est presque impossible de tout appréhender d'un coup. La sensation d'espace est si forte que durant les premiers instants, on ne sait plus où on est. Tout est devenu si vaste, si vert, si parfaitement ordonné qu'on se croirait soudain dans le parc d'un château de géant.

Peu à peu, on commence à s'habituer. On perçoit les moindres détails, les petites choses qui contribuent à créer l'impression générale. On admire la blancheur idéale des bases, la symétrie du monticule du lanceur, la terre impeccabement ratissée du champ intérieur. On voit les gigantesques lettres et chiffres électriques du tableau d'affichage et on prend peu à peu conscience de la foule, en commençant par les inconnus les plus proches pour finir par la masse indistincte, bruyante et colorée, des gens les plus éloignés. Au cours des deux ou trois heures qui suivent, la géométrie du terrain va totalement accaparer votre attention. En plein cœur de la ville, on se retrouve immergé dans un univers pastoral, à regarder une petite balle blanche voler dans l'espace et dicter le comportement de dix-huit joueurs adultes. Rien au monde n'a plus d'importance que cette balle. Elle vous captive si complètement que lorsque votre troupeau quitte enfin le stade pour retrouver le monde normal, vous la gardez dans l'œil comme l'éclair d'un flash qui vous a aveuglé.

Nos sièges se trouvaient entre le marbre et la première base, à hauteur de terrain au centre de la tribune, et nous y arrivâmes au moment où les entraîneurs s'avançaient pour discuter avec les arbitres et communiquer l'ordre de passage des batteurs. J'étais content que nous n'ayons rien manqué du match. Jusqu'à présent, Richie ne connaissait le base-ball qu'à la télévision et les perspectives folles et raccourcies de la caméra n'avaient jamais rendu justice au jeu. Il était important qu'il comprenne que ce sport n'était pas un flot continu de mots sortant de la bouche d'un commentateur, ponctué entre chaque reprise de spots publicitaires pour des marques de bière. Je voulais qu'il voie la chose de ses propres yeux et en grandeur réelle. Au cours des premiers instants, il ne s'appartint plus. Il avait toujours été un enfant plutôt secret, peu enclin à montrer ses émotions, mais cette fois, il réagit comme n'importe quel gosse de neuf ans. Bouche bée, il regardait partout en même temps et n'arrivait pas à tenir en place. Ce qui parut l'impressionner le plus fut la découverte que les joueurs des Americans n'étaient pas des ombres noires et blanches en deux dimensions, mais des êtres de chair et de sang. Il fut subjugué en voyant que ses héros existaient vraiment.

Tandis que les Americans entraient sur le terrain et que tout le monde se levait pour l'hymne national, Richie me tira par la manche et demanda :

« Quand est-ce qu'on pourra revenir, papa ? »

« Le match n'a même pas encore commencé. Pourquoi te soucier déjà de la prochaine fois ? »

« Parce que si je dois aller aux toilettes ou un truc comme ça, ça serait dur de penser que je ne reverrai jamais ce que j'aurais loupé. Imagine que je rate un *homerun* ? Je ne me le pardonnerais pas. »

« Est-ce que ça veut dire que tu as envie d'aller aux toilettes ? »

Gêné, il regarda le bout de ses chaussures pour éviter mon regard.

« Je crois que oui. »

« Alors, allons-y. Personne ne va frapper un *homerun*. »

Nous nous levâmes sur le « *twilight last gleaming* » pour rejoindre les urinoirs. Les toilettes des hommes étaient bondées, et Richie parut un peu intimidé par la bousculade et la fumée de cigares. Je restai près de lui tandis qu'il attendait son tour. A chaque fois qu'une clameur s'élevait des tribunes, il demandait si je pensais que c'était un *homerun*. Je répondais que non, c'était probablement un bon lancer ou une belle action, mais il ne me croyait pas. Pour lui, cinq *homeruns* avaient été frappés en notre absence.

Quand nous regagnâmes nos sièges, Detroit avait deux retraits et un coureur en première base. Le tableau d'affichage n'annonçait ni *hit* ni erreur, aussi expliquai-je à Richie que le joueur avait gagné une base automatique sur quatre mauvais lancers. Le regard qu'il me décocha disait qu'il avait compris ça tout seul. Marston, un grand droitier moustachu qui avait gagné dix-huit matches la saison dernière, était au monticule pour les Americans. Il sortit le quatrième batteur de Detroit avec une superbe balle cassante, basse et extérieure. Richie en conclut très sérieusement qu'il avait une « sacrée étoffe ».

Il avait raison. Marston était précis, autant qu'Amado, le lanceur de Detroit, un vétéran gaucher qui avait remporté plus de deux cents matches dans sa carrière. La partie s'installa rapidement dans un de ces duels classiques entre lanceurs, le genre de jeu qui se décide sur un simple, obtenu grâce à une batte brisée, une erreur ou un but sur balles avec les trois bases pleines. A la fin de la troisième reprise, le score n'était toujours pas ouvert. Detroit avait un seul *hit* et New York aucun.

Cathy avait bourré le sac de sandwiches, donnant à Richie pour instructions de ne pas me laisser lui acheter de hot dogs avant de les avoir tous mangés. Je ne voulais pas être responsable d'une éventuelle indigestion et je respectai le marché. Richie parut se satisfaire d'un sac de cacahuètes et de deux Coca. Dix minutes après chaque Coca, nous dûmes retourner aux toilettes.

J'étais impressionné par la façon dont Richie se concentrait sur le jeu. Rester assis à la même place pendant plus d'une heure met la patience d'un gamin de neuf ans à rude épreuve, mais il était trop absorbé par la partie pour s'agiter. Seules les balles fausses qui retombaient de notre côté de temps en temps parvenaient à le distraire. A chaque fois que l'une d'entre elles filait plus ou moins dans notre direction, il se levait, frappait dans son gant et criait : « Je suis là ! ». Une ou deux fois, il s'intéressa tellement à ce qui arrivait à la balle, et à qui l'attraperait, qu'il perdit le fil du match. Mais le reste du temps, il suivit parfaitement.

A la cinquième reprise, l'arrêt-court de Detroit obtint un double, à la suite d'une frappe nette dans le champ extérieur droit. Marston contourna rageusement le monticule, ramassa le sac de résine et le jeta au sol dans un nuage de poussière blanche. Ensuite, il se défonça et sortit les deux batteurs suivants sur des chandelles au champ intérieur. Ce qui fit entrer Hillman, le jeune troisième base de Detroit, qui arrivait en tête des statistiques de la ligue pour les *homeruns* et les retraits sur prises. Sans fanfaronnade, il frappa calmement la première balle de Marston, l'envoya au centre gauche et obtint un simple qui permit à Detroit de marquer. Le score resta de un à zéro pendant les trois reprises suivantes. L'étrange lancer tourbillonnant d'Amado, qui ressemblait au mouvement d'un jouet mécanique, envoyait continuellement les frappeurs de New York à la pêche. Tout lui réussissait. Ses balles rapides bourdonnaient, ses balles courbes s'inclinaient et les Americans ne pouvaient pas le déstabiliser. Il n'eut qu'un seul moment difficile, quand Webster, le joueur de champ extérieur droit, frappa un boulet vers la droite du champ centre qui semblait parti pour produire un triple. Mais Green, le rapide joueur de champ centre de Détroit, courut au moins trente mètres pour réaliser un attrapé plongeant acrobatique dans les parpaings de la piste d'échauffement. Après trois reprises, New York n'avait réussi qu'à envoyer deux joueurs en première base, et tous deux grâce à des buts sur balles. Amado avançait tranquillement vers un match parfait.

A la première moitié de la neuvième reprise, Detroit réussit un simple, un amorti sacrifice, un *groundout* qui fit avancer le coureur en troisième base, puis un *hit* surprise qui porta la marque à deux à zéro. Marston avait admirablement lancé, ne concédant que cinq *hits*, mais apparemment, cela n'allait pas suffire. Quand Amado revint au monticule à la fin de la neuvième reprise, personne dans le stade ne doutait qu'il allait finir avec une fiche vierge. Après que le premier batteur fut retiré sur trois prises, Richie secoua la tête d'un air morose et dit que les carottes étaient cuites. Entra alors le deuxième base Royce — bon frappeur de simples mais pas très puissant — et tout changea brusquement. Essayant de protéger le marbre, il leva sa batte sur une balle rapide, basse et extérieure. La balle rebondit sur le bois, partit vers le champ intérieur droit, suivit la ligne des fausses balles et continua jusqu'aux premiers rangs pour le plus court des *homeruns*. Tandis que Royce trottait d'une base à l'autre, un vacarme s'éleva des tribunes, une clameur folle qui dura si longtemps qu'il dut ressortir de l'abri pour saluer la foule d'un coup de casquette. Amado réagit d'une façon qui me plut. Il leva simplement son gant, reçut la balle que l'arbitre lui envoya et commença à la frotter, comme toutes les précédentes. Lentement, méthodiquement, avec un air d'ennui profond. Il n'y avait rien d'autre à faire.

Webster, le frappeur suivant, obtint un simple au centre et la tonalité de jeu changea. Non seulement Amado ne réaliserait pas le match parfait, mais il risquait désormais de perdre également la partie. Lorsque Turner continua par un *hit,* que la maladresse du champ intérieur transforma en double, plaçant des coureurs sur la seconde et la troisième base, Amado fut sorti. Wilton, le lanceur remplaçant dégingandé de Detroit, quitta l'abri et trotta jusqu'au monticule pour affronter Costello, le batteur de New York le plus en vue du moment. Richie était debout, joignant ses cris à ceux des quarante mille autres spectateurs, comme si sa propre vie était en jeu.

Ce qui se produisit ensuite fut totalement inattendu. Je n'avais vu cette stratégie qu'une seule fois, quinze ans auparavant, alors que je jouais dans l'équipe du collège. Les joueurs adverses l'avaient appliquée et nous avions perdu un match important. Le truc consiste à placer ses meilleurs coureurs en deuxième et troisième base et quand la manœuvre marche, tout se passe à la vitesse de l'éclair. A l'instant où Wilton s'élançait pour sa première balle, on comprenait déjà ce qui était en train de se produire. Webster et Turner bondirent comme un couple de gerbilles vers les bases suivantes et Costello se mit en position pour tenter l'amorti. C'était le coup sacrifice. Quand il est bien exécuté, rien ne peut arrêter la machine. Costello réussit un bon amorti qui retomba à droite du monticule du lanceur. Quand Wilton ramassa la balle, Webster atteignait déjà le marbre, inscrivant le point d'égalisation. Wilton n'avait pas d'autre choix que d'envoyer la balle vers la première base pour éliminer Costello et il fit un lancer paresseux qui devança le batteur de trois ou quatre pas. Ce dont il ne se rendit pas compte, c'était que Turner ne s'était pas arrêté et quand le joueur de première base vit Turner contourner la troisième base pour filer vers le marbre, il était trop tard. Il y eut un jet de balle, il y eut une glissade, il y eut un nuage de poussière. Mais Turner touchait au but et le match était terminé. Un double sur coup sacrifice. Trois-deux pour les

Americans et au revoir. On allait commenter cette manœuvre jusqu'à la fin de la saison.

Le métro pour Manhattan était si bondé qu'il était impossible d'y faire autre chose que de retenir sa respiration et d'espérer ne pas se faire marcher sur les pieds. Je parvins à trouver un bout de siège pour Richie et il se plongea dans l'Annuaire des Americans que je lui avais acheté au stade, examinant les chiffres et les images avec l'inébranlable concentration d'un étudiant en histoire médiévale à la bibliothèque de Princeton. Pris au milieu d'une mêlée de fans suants à l'haleine chargée de bière, je n'essayais même pas d'atteindre la barre d'appui. Avec tous ces coussins de chair autour de moi, il m'était impossible de tomber. Nous roulâmes ainsi pendant trois quarts d'heure. C'est dans cette rame de métro que tout devint enfin clair pour moi. Un fragment de souvenir vint se loger dans ma conscience, quelques pierres descellées se détachèrent du mur que je contemplais depuis quatre jours et soudain, je vis la lumière de l'autre côté. J'étais arrivé là d'une manière si oblique qu'au début je ne m'en rendis même pas compte. J'avais fait le tour du monde et maintenant que j'étais revenu à mon point de départ, je découvrais que c'était ma destination depuis le commencement. J'étais parti à la recherche de pieuses vérités et de réponses absolues et il s'avérait que les seules choses qui importaient réellement se présentaient sous un aspect dérisoire — les remarques d'un chauffeur de taxi ridicule et une stratégie hors norme dans un match de base-ball. Toute l'énergie que j'avais dépensée pour mettre au jour, toutes les informations prétendument importantes pour lesquelles j'avais risqué ma peau n'étaient en fin de compte que des détails. Les leçons que j'avais besoin d'apprendre m'avaient été données gratuitement. J. Daniels m'avait prouvé que les choses ne sont parfois que ce qu'elles ont l'air d'être et le coup sacrifice avait démontré que l'amorti peut être aussi efficace que le *homerun*. Il m'avait fallu du temps pour déchiffrer ces messages, pour détecter en eux des métaphores de l'affaire Chapman. Je voulais des faits, rien que la réalité froide et dure, et je comprenais à présent le plus important — que la réalité n'existe pas sans l'imagination pour la percevoir. Je n'avais plus besoin de courir. Tout serait résolu avant que j'aille me coucher. Le match avait duré un peu plus de deux heures et il n'était que vingt-deux heures cinq lorsque je ramenai Richie. Cathy proposa d'entrer boire un verre, mais je déclinai son invitation. Je savais qu'elle voulait me parler, je savais ce qu'elle allait me dire et que je pourrais la faire changer d'avis si je le désirais. Elle avait pris sa décision mais je lisais dans ses yeux qu'elle attendait de moi que je l'en dissuade. C'était ma dernière chance et pendant une fraction de seconde, je fus tenté d'entrer en annonçant que je me réinstallais avec elle. Richie était entre nous, nous regardant l'un et l'autre, conscient qu'il était en train de se passer quelque chose d'important, ne sachant plus très bien de quoi il s'agissait. L'idée me traversa que ce serait le seul moment de sa journée avec moi dont il se souviendrait. Lorsque Cathy réitéra son invitation et que je lui opposai un second refus, je vis quelque chose se briser en elle. Ses lèvres se contractèrent, ses yeux se durcirent et elle me regarda comme si je venais de la gifler. Nous étions revenus à notre point de départ, cinq ans plus tôt.

« C'est cruel, ce que tu as fait mercredi soir, Max », dit-elle. « Je ne te le pardonnerai jamais. »

« Je ne veux pas ton pardon, Cathy. Je veux seulement que tu fasses ce que tu as à faire. »

Nous nous dévisageâmes, puis elle céda à une crise de larmes rageuses et ravageuses. Elle m'insulta d'une voix qu'elle ne contrôlait plus, déchaînant contre moi un ouragan d'amertume incohérente. Une seconde plus tard, elle me claqua la porte au nez. Je restai là une minute pleine, à écouter ses gémissements et la voix aiguë de Richie qui réclamait des explications en hurlant. Je m'abstins de frapper à nouveau.

En me dirigeant vers l'ascenseur, je me mis à penser à mon 38. Le perdre avait été une erreur stupide pour laquelle je me maudissais. C'était la seule chose dont j'avais besoin désormais.

20

Briles habitait dans un immeuble au coin de la 116ᵉ rue et de Morningside Drive. Presque tous ceux qui vivaient là entretenaient un rapport quelconque avec Columbia. Les bâtiments se dressaient comme une sorte de forteresse sur les Heights, séparant la communauté universitaire du monde qui s'étendait à ses pieds. De l'autre côté de la rue se trouvait Morningside Park, une falaise de mauvaises herbes et d'affleurements granitiques descendant jusqu'à la plaine de Harlem et traversant l'interminable étendue des quartiers pauvres. Si l'on ignorait ce qu'il y avait par là, on pouvait se tenir dans Morningside Drive, regarder le panorama et l'admirer comme un paysage pittoresque. Mais tout le monde savait ce qu'il y avait par là. Ce n'était pas un quartier qui attirait beaucoup de touristes.

Comme je gravissais les marches de l'entrée, je vis un vieil homme avec une canne venir vers moi à petits pas. Il ouvrit la porte de l'intérieur et je me précipitai pour la lui tenir. J'avais espéré entrer dans l'immeuble sans avoir à me servir de l'Interphone de Briles et je pris cela pour un bon présage. Le vieil homme m'adressa un sourire bienveillant et je le saluai. C'était Edward Bigelow, un professeur d'économie dont j'avais été l'élève lors de ma première année à l'université. Il devait avoir au moins quatre-vingts ans et j'eus du mal à croire qu'il m'avait reconnu. Je n'étais qu'un visage parmi les milliers qu'il lui avait été donné de contempler au fil des ans et je me souvenais distinctment de ne jamais avoir ouvert la bouche dans son cours. La lueur de reconnaissance qui avait brillé dans son œil n'était rien de plus qu'une assomption raisonnable. Il y avait de bonnes chances pour que toute personne de moins de cinquante ans croisée dans le voisinage ait été jadis l'un de ses étudiants. S'ils étaient tous comme moi, aucun d'eux ne s'y connaissait en économie.

Briles vivait au quatrième étage et je décidai d'emprunter l'escalier. La sonnette sur la porte verte de son appartement émit un triste ding-dong lorsque je l'enfonçai. Quelques secondes plus tard, le judas s'ouvrit et un œil me regarda. Encore quelques instants et l'œil se mit à parler.

« Qu'est-ce que vous faites ici ? » demanda Briles derrière la porte.

« Je suis venu m'excuser. »

« De quoi ? » Sa voix était toujours hostile, comme si son aigreur avait pris les proportions d'une gastrite chronique.

« De la prise de bec que nous avons eue hier. Je ne veux pas de ressentiment entre nous. »

« Très bien. Pas de ressentiment. »

Le judas se referma et j'entendis Briles s'éloigner. Je posai mon doigt sur la sonnette et la manœuvrai sans interruption pendant trente bonnes secondes. Le judas finit par se rouvrir.

« Pourquoi ne vous en allez-vous pas, Klein ? » dit Briles. « J'essaye de travailler et vous commencez à me casser les pieds. »

« C'est important. J'ai récolté des informations qui devraient suffire à tirer Judy Chapman d'affaire. Mais j'ai besoin de votre aide. En nous associant, je pense que nous pouvons y arriver. Je sais que vous ne voulez pas la voir couler, Briles. Elle représente trop de choses pour vous. Laissez-moi entrer, que nous parlions de tout ça. »

Le judas se referma à nouveau, il y eut un long silence puis la porte s'ouvrit. Briles était vêtu d'un pantalon de velours marron, d'un maillot de footballeur blanc et vert et de ce genre de brodequins qui faisaient fureur dans les cercles intellectuels. Il tenait un livre dans la main gauche, marquant une page de l'index. Il était effectivement en train de travailler. Son visage, toutefois, semblait hagard, avec des cernes sous les yeux, et il faisait bien son âge. Briles en était arrivé au point de sa vie où son apparence dépendait de la quantité de sommeil qu'il avait pu s'octroyer et du degré de tension auquel il était soumis. Dans les bons jours, il pouvait avoir l'air d'un jeune homme. Mais aujourd'hui était un mauvais jour.

Il me fit entrer dans un salon muni de fenêtres à la française qui donnaient sur un petit balcon surplombant les quartiers périphériques. C'était une pièce confortable, meublée avec goût et sans prétention, un lieu de réception où ne traînaient ni livres ni papiers, rien qui fût lié à son travail. Briles s'assit dans un fauteuil capitonné près de l'une des fenêtres. Un cabinet à liqueurs en bambou laqué était placé contre le mur, à sa gauche. Je m'installai sur le sofa bleu de l'autre côté des fenêtres. Nous nous observâmes à travers la pénombre qui se glissait entre nous.

« Vous avez parlé d'informations », fit-il sèchement. « Je voudrais savoir de quoi il s'agit. »

« Ça recouvre un tas de choses. » Je ne voulais m'engager ni trop loin ni trop vite. « Apprises pour la plupart depuis notre conversation de mercredi dans votre bureau. Je comprends maintenant que c'était une erreur d'essayer de vous forcer la main cette fois-là. Je vous soupçonnais de me cacher quelque chose, mais je ne savais pas qu'il s'agissait de faits dont vous n'étiez pas libre de me parler. »

« Je suppose que vous faites allusion à mes relations avec Judy. »

« Exact. Avec Judy. Mais aussi avec George. Je suis arrivé en vous posant des questions sur lui et bien entendu c'était la dernière personne dont vous aviez envie de débattre. Vous pensiez que j'étais au courant de votre liaison avec Judy et que j'avais plus ou moins l'intention de m'en servir à mes propres fins. »

D'un geste de la main, Briles tenta de minimiser la portée de mes paroles.

« Très bien, nous nous sommes trompés l'un et l'autre ce jour-là. Mais ça n'a plus d'importance. Tout le monde est au courant de mes relations avec Judy, maintenant. C'est une des choses dont ils se servent pour l'enfoncer. » Il se renversa sur son siège et ferma les yeux. « Mon Dieu. Je n'arrive toujours pas à croire qu'elle est accusée de meurtre. C'est totalement inconcevable. »

« Vous l'aimez toujours, n'est-ce pas ? »

Il avait la tête en arrière, levée vers le plafond et ses yeux restaient clos. Je l'entendis à peine quand il parla.

« Oui, je l'aime toujours énormément. »

Je refoulai mon dégoût, m'efforçant de contenir mes émotions. Je ne voulais pas recommencer la scène que nous avions jouée la veille dans l'appartement de Judy.

J'avais beau le mépriser, il était essentiel pour moi de garder mon calme.

« A votre place, je ne m'en ferais pas trop pour cette accusation de meurtre », repris-je. « J'en sais assez pour affirmer qu'elle n'est pas coupable. Il ne me manque presque rien pour parvenir à le prouver. L'affaire n'ira même pas jusqu'au tribunal. »

Briles ouvrit grand les yeux et me regarda avec une expression indécise, comme s'il balançait entre l'espoir et la suspicion. Il voulait me croire mais il n'était pas sûr que je ne cherchais pas à l'attirer dans un piège.

« Vous en êtes sûr ? » demanda-t-il. « Qu'avez-vous découvert ? »

« George Chapman n'a pas été assassiné par sa femme. En fait, il n'a été assassiné par personne. Il s'est suicidé. »

Il lui fallut un moment pour se pénétrer du sens de mes paroles. Il avait eu si peur de ce que j'allais dire qu'il avait d'abord paru ne pas m'entendre. Puis son visage se décolora, il expira bruyamment et s'affaissa dans son fauteuil.

« Il était fou », fit-il pour lui-même. « Encore plus fou que je ne le pensais. »

« Savoir que c'est un suicide est une chose, le prouver en est une autre. C'est là que tout commence à se compliquer. Pour que Judy s'en sorte sans procès, il m'appartient de rassembler des preuves. »

« Vous devez bien avoir quelques idées. Vous ne seriez pas arrivé aussi loin sans avoir une image claire de la situation. »

« J'ai une centaine d'idées et elles partent toutes dans des directions différentes. Je dois les rassembler en un joli fagot bien net que je déposerai sur le bureau de

Grimes. Sinon, il ne voudra même pas m'adresser la parole. En ce qui le concerne, l'affaire est terminée. »

« Pas très encourageant. »

« Jusqu'à hier, c'était presque désespéré », fis-je. « A chaque fois que j'approchais d'une réponse, il se produisait quelque chose de bizarre. Une lettre disparaissait de mon coffre, un homme était assassiné dans le New Jersey, je recevais des menaces par téléphone, quelqu'un essayait de me tirer dessus — des tas de petites choses bizarres. Assez pour me donner envie de tout laisser tomber et de devenir expert dans une compagnie d'assurances. Puis j'ai reçu une aide inattendue. »

Briles me regarda avec curiosité, prêt à poursuivre son petit jeu, devinant pourtant que je n'allais pas le laisser faire.

« De qui ? »

« D'une source très intéressante. Hier après-midi, je suis allé dans une librairie acheter quelques excellents ouvrages offrant un aperçu inédit sur l'âme criminelle. Vous êtes un bon écrivain, professeur Briles. J'admire la précision de votre style. Il dénote une intelligence remarquablement claire. »

« Je suis flatté que vous ayez une si haute opinion de mon travail », dit-il, quittant son fauteuil pour s'approcher du cabinet à liqueurs. « Mais ce genre de compliment m'embarrasse toujours. Et quand je suis embarrassé, j'ai soif, semble-t-il. » Il m'adressa un sourire patelin. « Voulez-vous prendre un verre avec moi ? »

« Non, merci », fis-je, « je m'entraîne pour mon prochain combat. »

Briles ouvrit la double porte du cabinet et se pencha vers les bouteilles et les verres. Lorsqu'il se redressa, il ne tenait rien qui puisse se boire. Il avait un automatique à la main et le pointait sur mon estomac. Un 45, sans doute l'arme dont il s'était servi pour tuer Pignato. Il me sourit stupidement. Il paraissait très nerveux, comme si l'objet qu'il tenait était un petit animal vicieux qu'il n'était pas sûr de pouvoir contrôler.

« Je vous en prie, Klein, dites-m'en plus. Ça commençait tout juste à devenir intéressant. »

« Vous n'arrivez plus à penser clairement, l'Enrhumé », fis-je. En m'envoyant une balle dans le ventre, vous privez Judy de toutes ses chances de s'en sortir. Je suis son seul espoir. »

« Ne vous en faites pas pour ça. Tout se passera très bien. Continuez votre histoire. Je veux entendre tout ce que vous avez à dire avant d'en venir à la phase suivante. »

Je décidai de parler. Ma voix était la seule chose qui pouvait me garder en vie et plus longtemps je tiendrais, plus j'aurais de chances de sortir d'ici indemne. Je pensai à Schéhérazade qui avait distrait le prince avec ses histoires pour retarder le moment de son exécution. Mille et une nuits de sursis. Je n'étais pas aussi optimiste. J'espérais juste gagner quelques minutes.

« Tout était dans vos livres », dis-je. *Le Gangster en costume de flanelle grise,* par exemple. On peut y lire l'interview d'un témoin anonyme, un caïd qui a coopéré avec vous dans l'intention, explique-t-il, de remettre les pendules à l'heure et de faire comprendre aux gens que le milieu a changé. Finies les pratiques à la Al Capone. Il n'est qu'un homme d'affaires comme un autre. Etant donné que j'ai rencontré moi-même ce personnage et que je connais certaines de ses expressions favorites, je n'ai pas eu trop de peine à l'identifier. Victor Contini reste ce qu'il est, même entre les pages d'un livre. Ce lien entre Contini et vous était tout ce qu'il me fallait pour vous faire entrer dans le tableau. Et puis, il y avait cette histoire de coffre et la manière dont il a été ouvert. Si vous aviez simplement renoncé à récupérer cette lettre stupide que vous aviez envoyée à Chapman, elle aurait eu de grandes chances de rester sans effet. Grimes ne s'y intéressait pas et elle n'a jamais figuré dans le dossier qu'il constituait contre Judy. Mais la lettre a disparu. C'était un boulot impeccable : pas d'effraction, pas d'outils, un cas d'école sur la façon de violer les coffres-forts. Je savais qu'aucun professionnel n'était impliqué dans cette affaire pour son propre compte. Ce qui signifiait qu'il avait été engagé par quelqu'un. Ça ne pouvait être que vous. Vous avez consacré un bouquin entier à un perceur de coffres. »

Briles ne put s'empêcher de sourire à cette évocation, amusé de constater à quel point il avait été malin.

« Willie Shaw », dit-il, « le meilleur dans sa partie. Quand le livre est sorti, il m'a expliqué que j'avais fait de lui une star. Cet homme m'idolâtre. Lorsque je l'ai appelé l'autre jour pour lui demander de me rendre ce petit service, il a considéré qui c'était un grand honneur. »

« Vous êtes un type étrange, Briles. D'un côté vous menez une vie paisible et confortable. Vous êtes un professeur distingué, enseignant dans une université célèbre, vous passez votre temps à écrire des livres et à donner des cours. Mais en même temps, vous êtes hypnotisé par votre obsession pour la boue, le mal et les monstres qui hantent les égouts de la société. Vous me faites penser à ces honorables gentlemen victoriens qui s'adonnaient régulièrement à leurs penchants pour le péché puis regagnaient tout sourire leurs honorables cénacles. Tout s'est passé sans accroc pendant des années. Vous êtes parvenu à bâtir une carrière respectable à partir de vos obsessions, à faire entrer toutes les parts de vous-même dans des compartiments bien cloisonnés, qui ne se chevauchaient jamais. Vous preniez votre plaisir en côtoyant cette marginalité qui vous fascine, mais sans quitter l'autre bord, comme un voyeur collé à la vitre. Mais vous vous êtes trouvé aux prises avec une femme que vous ne parveniez pas à manœuvrer, n'est-ce pas ? Judy Chapman est une vilaine petite traînée à l'esprit pervers et vous vous roulez à ses pieds. Vous ne pouvez pas vous passer d'elle. »

« Ne parlez pas comme ça de Judy. Ce n'est pas vrai et vous le savez. Je ne vous laisserai pas dire des choses pareilles. »

« Allons, Briles. C'est une pute, une grue de bas étage avec un joli minois et des vêtements élégants, et elle vous a fait tomber dans la fange. Elle est prête à se mettre sur le dos devant tout ce qui porte un pantalon et ça vous rend fou, n'est-ce pas ? Elle baiserait un chien sans un battement de paupière. Il n'y a pas de coup plus facile dans toute cette foutue ville. Pourquoi ne l'appelez-vous pas pour lui demander où elle a passé la nuit dernière ? »

« Je sais où elle a passé la nuit, espèce de fumier », cria Briles. « Maintenant fermez votre gueule où je vous tue. »

« Tout ça a fini par vous dépasser, hein, Briles ? Vous vouliez l'avoir pour vous tout seul et quand Chapman a refusé de lui accorder le divorce, vous avez compris que vous deviez faire quelque chose pour l'écarter de votre route. Votre chance a été de rencontrer Contini. Vous avez découvert l'histoire des paris et lorsque Contini vous a annoncé ce qu'il avait l'intention de faire pour récupérer ses billes, vous n'avez pas prévenu George. Vous êtes devenu un élément du complot. »

Briles me regarda avec des yeux fous. C'était un supplice pour lui de m'entendre déballer ces choses qu'il avait gardées secrètes si longtemps. Mais il ne pouvait s'empêcher de m'écouter. Tout remontait à la surface et il était saisi d'une sorte de fascination naïve face à ce qu'il avait accompli. A cet instant, j'aurais sans doute pu le désarmer sans combattre. Mais je ne le compris que plus tard, trop tard. Les brusques changements d'émotions qui ponctuaient cette confrontation m'interdisaient d'agir. Briles finirait par s'écrouler, mais j'ignorais combien de temps cela prendrait.

« George s'est remis peu à peu », repris-je, poursuivant mon récit. « Si incroyable que cela puisse paraître les choses sont reparties comme avant. Puis elles ont empiré. Progressivement, Judy s'est désintéressée de vous. Vous aviez connu votre apogée la nuit où la voiture de Chapman s'est encastrée dans le camion de Pignato, après quoi la dégringolade a commencé, la lente dégradation d'une liaison qui se vidait de sa substance. Il y a six mois, elle a fini par vous jeter. Et c'est ce qui vous a démoli, Briles. Toutes vos coutures ont craqué. »

« C'était injuste. Après tout ce que j'avais fait pour elle, tous les risques que j'avais pris, c'était vraiment trop injuste. Elle me devait un peu de loyauté. »

« Mais vous n'avez pas renoncé. Ce rejet a renforcé votre détermination à la reconquérir. Et George vous barrait toujours la route. Alors, pour la deuxième fois, vous avez essayé de l'éliminer. Et cette fois-ci, vous avez été beaucoup plus consciencieux. Vous ne vous êtes pas contenté de rester assis passivement à regarder la chose se produire, vous avez monté vous-même toute la machination. Ça a commencé avec l'enquête de moralité que les démocrates ont fait faire sur Chapman. Wallace Smart est venu vous parler et tout d'un coup, vous avez entrevu le moyen d'enclencher la machine sans vous salir les mains. Vous avez révélé à Smart la vérité à propos de l'accident et vous lui avez conseillé d'aller voir Light avec ça. Smart était content. Il a pu prendre sa retraite grâce aux bénéfices de la transaction. Light était content. Il avait à présent ce qu'il lui fallait pour démolir Chapman. Vous étiez content — pour un moment, du moins. L'ennui c'était que Light bloquait l'information en attendant la campagne électorale et que vous commenciez à vous impatienter. Alors, vous avez envoyé cette lettre à Chapman. Vous vouliez l'affoler, mettre la pression sur lui, en lui faisant savoir que le secret se baladait dans la nature. Mais George a été plus malin que vous. Il était peut-être fou, mais il avait des tripes. Il a compris que si son secret venait à l'oreille du public, sa carrière politique se terminerait avant même d'avoir commencé et qu'il resterait sur le carreau. Rien n'était plus important pour lui que sa réputation, pas même sa vie. Il est parti comme un sénateur romain afin de protéger son secret. Je crois qu'il savait depuis le début que la crise était inévitable. Il s'agissait de tirer le maximum de ce qui lui restait à vivre jusqu'à l'échéance et quand l'échéance est arrivée, il était prêt. Il s'est montré très fin stratège en retournant votre lettre à son avantage. C'est la raison pour laquelle j'ai été engagé. Il voulait accréditer l'idée qu'on cherchait à le tuer et je lui servais de témoin. Maintenant qu'il savait qu'il allait mourir, il avait l'intention d'entraîner Judy avec lui. Il a maquillé son suicide de façon à faire croire qu'elle l'avait assassiné. Il s'est infligé une mort de cauchemar par simple esprit de vengeance — il la haïssait à ce point. Et il était tellement sûr de lui qu'il ne s'est même pas senti obligé de rester pour voir si son plan fonctionnerait. Il était persuadé que ce serait le cas. Et le plan a fonctionné — à la perfection. Il est mort sans que sa réputation soit entachée, et sa femme a été accusée de meurtre. »

« George était un fou », dit Briles. « Si je n'avais pas envoyé cette lettre, il aurait fini par tuer Judy. Ce doit être évident même pour vous. Je l'ai fait pour la protéger de lui. Je voulais sauver Judy. »

« Mais il n'était pas utile de tuer Pignato. Ce n'était qu'un témoin innocent. Si vous étiez si anxieux de dissimuler votre rôle dans l'accident de Chapman, pourquoi ne vous en êtes-vous pas pris au caïd, à Contini lui-même ? »

« Contini n'aurait jamais parlé. Par contre, Pignato s'est confié à vous. Je l'ai vu de mes propres yeux. Je vous ai suivi dans le New Jersey et je vous ai aperçu avec lui dans le bar. Il devait mourir. Je ne voulais pas qu'il soit en mesure de raconter ce qu'il savait. Je ne pouvais pas laisser mêler mon nom à ça. La police serait allée droit chez Judy et elle n'aurait pas eu la moindre chance. Ils l'auraient envoyée en prison pour le restant de ses jours. »

« Au point où nous en sommes, elle ne coupera sans doute pas à la prison. »

« Vous vous trompez. Vous allez la tirer de là. »

« Je ne vois pas comment je pourrai faire ça quand vous m'aurez mis cette balle dans le ventre. »

Briles baissa les yeux sur l'arme qu'il tenait à la main, comme s'il avait oublié jusqu'à son existence. Il était vidé, paralysé de fatigue. Il s'assit sur une chaise en face de moi et me dit :

« Je ne vais pas vous tuer, Klein. J'ai essayé hier, mais uniquement parce que j'étais furieux contre vous. Je ne veux plus vous tuer. Vous êtes la seule personne capable d'aider Judy et vous allez le faire. »

Son humeur s'était radoucie et se teintait à présent d'une touche de regret. C'était comme si le temps avait reculé, le ramenant à sa première jeunesse, à sa condition de petit garçon qui comprenait qu'il n'était pas assez fort pour jouer à des jeux d'adulte.

« Qu'allez-vous faire maintenant ? » demandai-je.

« Je ne sais pas. Je crois que je vais rester assis ici un moment. »

Il regardait le plancher entre ses pieds.

« Vous ne croyez pas que vous devriez me donner cette arme ? Le coup pourrait partir accidentellement. »

Il contempla à nouveau le 45, le tournant et le retournant entre ses doigts à la façon d'un enfant examinant un objet inconnu.

« Je ne veux pas vous donner cette arme, Klein. Elle a été une compagne fidèle. Je la garde. »

Sans me laisser le temps de prononcer un mot de plus, Briles leva l'automatique jusqu'à ses yeux et le regarda. Pendant un court moment, son visage resta vide d'expression. Puis ses yeux s'écarquillèrent, devinrent aussi grands que l'univers. Il n'y avait plus rien en lui que de la peur. Il venait de découvrir qu'un camion fou fonçait sur lui et qu'il n'avait plus le temps de s'écarter. Il enfonça le canon du 45 dans sa bouche et appuya sur la détente.

21

Grimes vint. Et les Smith. Et les hommes du labo. Ensuite on emporta le corps de Briles dans un sac en plastique. Il me fallut presque une heure pour parvenir à adresser à nouveau la parole à quelqu'un. J'avais vu mourir des hommes, et j'en avais tué un moi-même. Mais la mort de Briles était ce que j'avais vu de pire. Elle n'allait plus jamais me quitter.

Nous redescendîmes de Morningside Drive jusqu'au poste de police. Grimes m'emmena dans son bureau, mit en marche le magnétophone qui s'y trouvait et me demanda de parler, ce que je fis sans m'interrompre pendant une quarantaine de minutes. Quand j'eus terminé, Grimes fit entrer un sergent qui apportait un sandwich et du café pour moi. Je pris une bouchée du sandwich puis renonçai. Je parvins à avaler le café. Grimes ouvrit alors un tiroir de son bureau, en sortit une bouteille de Jack Daniels et remplit mon gobelet en plastique. J'avalai le bourbon. Puis Grimes me demanda de tout reprendre à zéro et je parlai encore pendant une heure. L'inspecteur réagissait à peine à ce que je disais. Il se tenait renversé sur sa chaise, les yeux fermés et, de temps en temps, hochait la tête ou laissait échapper un petit grognement. Je me faisais l'effet d'un conteur primitif rapportant un mythe ancestral au chef de la tribu. Chaque détail de l'histoire nous était familier et nous savions tous deux qu'aucun ne pouvait être modifié. Mais ce n'était pas tant l'histoire qui comptait que le fait de la raconter et celui de la revivre. Rien de tout cela ne rendait Grimes très heureux, mais il était visible qu'il ne le contestait pas. Il n'avait pas vraiment le choix. Il savait que l'affaire était terminée.

Lorsque j'eus fini mon second récit, il dit :

« Contini est mort, vous savez. Il est mort cet après-midi à l'hôpital. »

Je n'avais aucun commentaire à faire là-dessus, aussi gardai-je le silence. Grimes se pencha, les bras posés sur le bureau, et me regarda avec un froncement de sourcils impatient.

« On dirait bien que tous ceux que vous avez rencontrés cette semaine se sont débrouillés pour sortir de scène à la vitesse grand V, Klein. C'est une sorte de pouvoir magique, chez vous. Tout ce que vous approchez tombe sur le dos et meurt. »

Encore une fois, je m'abstins de répondre. C'était une pensée qui m'avait traversé l'esprit plusieurs fois ces dernières heures mais je ne voyais pas le moyen de rendre les faits plus plaisants. Les circonstances m'avaient transformé en porteur de mort et j'étais à présent cerné par les fantômes que j'avais créés.

« Ils ont tous disparu, maintenant », continua Grimes, « Chapman, Pignato, Contini et Briles. Je me moque de savoir si l'histoire que vous m'avez racontée est vraie. Il ne reste plus personne pour en parler. Elle va être pratiquement impossible à prouver. »

« Pas besoin de prouver quoi que ce soit », dis-je. « La seule chose que vous ayez à faire c'est de convaincre le District Attorney de laisser tomber les charges qui pèsent sur Judy Chapman. »

« Vous croyez que les choses sont encore comme au temps où vous travailliez au Bureau du D.A. Ce nouveau type, Simmons, est différent. Il est bien trop engagé, et à titre personnel, sur l'affaire Chapman. Il préférera aller jusqu'au bout plutôt que d'admettre qu'il a fait une erreur. »

« Il sera bien plus embarrassé au tribunal quand Burleson commencera à ouvrir des voies d'eau un peu partout dans la coque de son dossier », fis-je. « Toute l'histoire remontera à la surface et l'image de Chapman en sortira tellement salie qu'aucun jury n'acceptera de condamner sa femme. Simmons est sans doute un imbécile, mais il est assez malin pour ne pas prendre le risque de le faire savoir en public. Il se trouve dans une situation délicate parce que vous l'y avez mis, lieutenant, et il peut s'en tirer avec élégance en affirmant qu'on a découvert de nouvelles preuves. Comme vous serez celui qui les aura mises à jour, il pourra vous féliciter d'avoir économisé l'argent des contribuables et d'avoir résolu cette affaire complexe et embarrassante avant qu'elle n'arrive jusqu'au tribunal. Vous vous en sortirez tous les deux avec les honneurs. Le public pleurera George Chapman et déplorera son suicide tragique, et tout le monde quittera le théâtre le mouchoir à la main. »

« Et vous, Klein ? Vous sautez sur votre cheval et vous vous éloignez dans le soleil couchant. »

« C'est ça. Avec un air d'harmonica un peu triste en fond sonore. »

Le téléphone fonctionna comme il convenait. Grimes entra en contact avec son chef qui lui dit de s'occuper personnellement de l'affaire, puis Simmons fut joint chez lui. Le District Attorney s'était mis au lit de bonne heure avec un rhume et n'apprécia pas vraiment d'être réveillé à onze heures du soir par la voix grinçante de Grimes. Mais il accepta de venir. Dès qu'il sut de quoi il s'agissait, il annonça qu'il serait là dans une heure. J'appelai Burleson chez lui, à Westport, et lui appris la nouvelle. Il lui faudrait moins de quatre-vingt-dix minutes pour arriver en ville. Ensuite, j'essayai de joindre Dave McBell, mais il n'était pas chez lui. Je me promis de ne pas oublier de l'inviter à déjeuner la semaine prochaine.

Simmons et Burleson débarquèrent tous les deux en costume trois pièces. Malgré l'heure tardive, ils étaient venus travailler et ni l'un ni l'autre ne se serait senti à l'aise sans son uniforme. Je portais toujours le jean que j'avais enfilé ce matin et je me faisais l'effet d'un cantonnier invité par erreur à un congrès de confectionneurs. Mais Grimes n'était pas plus fringant que moi. Son nœud de cravate avait tourné sous le col de sa chemise infroissable et sa veste était aussi fripée qu'un vieux morceau de papier d'aluminium. Nous formions un quatuor improbable. Mais nous parvînmes à faire ce qui devait être fait.

Je laissai Grimes tenir le crachoir. Je voulais que ce soit son show et, tandis que nous revenions sur les événements qui avaient abouti au suicide de Chapman, Simmons écoutait avec attention, la mine sinistre, comprenant peu à peu qu'il ne pourrait jamais affronter Burleson dans le prétoire. Il fallut près de trois heures pour régler tous les détails, mais en fin de compte j'obtins ce que je désirais. Les charges contre Judy Chapman seraient abandonnées.

Tandis que nous quittions le poste de police, Burleson m'arrêta sur les marches pour me serrer la main et me féliciter du travail que j'avais accompli. Mais tout ça ne m'intéressait plus. Trop de choses avaient été détruites pour que je puisse éprouver une quelconque satisfaction. Je voulais seulement m'en aller.

« Vous devriez l'appeler », dis-je à Burleson, « pour lui annoncer la bonne nouvelle. »

« Je le ferai », répondit-il. « Demain matin à la première heure. »

« Je voulais dire maintenant. De toute façon elle ne dort pas. Si vous lui apprenez qu'elle est tirée d'affaire, peut-être pourra-t-elle prendre un peu de repos. Elle vient de traverser une sale période. »

Burleson était réticent à appeler qui que ce soit à trois heures du matin, mais j'insistai et il finit par accepter. Nous regagnâmes le bâtiment et il passa sa communication de l'un des téléphones publics de l'entrée. Je lui demandai de ne pas dire à Judy que je me trouvais avec lui, puis je sortis l'attendre dehors. Il réapparut dix minutes plus tard, le sourire aux lèvres.

« Vous aviez raison », dit-il. « Elle ne dormait pas. »

« Comment a-t-elle réagi ? »

« Un soulagement énorme. Elle n'arrivait pas à croire que c'était fini. »

« Vous lui avez parlé de Briles ? »

« Seulement après lui avoir annoncé la bonne nouvelle. »

« Qu'a-t-elle dit ? »

« Elle n'a rien dit. A mon avis, elle a eu du mal à tout digérer d'un seul coup. »

« A-t-elle demandé à me parler ? »

« Evidemment. Mais je lui ai dit que je ne savais pas où vous étiez. »

Burleson montra une Cadillac bleu clair garée de

l'autre côté de la rue et me demanda s'il pouvait me déposer quelque part. Je lui répondis que ce n'était pas la peine, que j'avais envie de marcher. Nous nous serrâmes la main encore une fois et encore une fois, il me remercia pour ce que j'avais fait. Je le regardai traverser, monter dans sa grosse voiture et mettre le contact. Quand il s'éloigna, je fus content de me retrouver seul. Mais cette sensation ne dura qu'un moment. Lorsque le bruit du moteur s'éteignit, je réintégrai la désolation de mes propres pensées.

Je traversai les heures suivantes dans un brouillard. Au lieu de rentrer chez moi pour dormir un peu, je tentai de lutter contre mon hébétude en marchant. Je rôdai dans les rues vides, tenant compagnie au bruit de mes pas. Je ne vis personne à l'exception de quelques survivants se traînant jusqu'à chez eux après un samedi soir trop arrosé et d'un clochard solitaire qui enfonçait sa tête dans une poubelle. C'était le moment où New York se fige. Plus tout à fait la nuit, pas encore le jour. Les limbes. C'est là qu'était ma place.

Juste après le lever du soleil, j'entrai dans un restaurant de nuit du Village pour prendre le petit déjeuner. Quelqu'un lisait le *Sunday Times* au comptoir et je vis qu'il y avait un papier sur la mort de Victor Contini à la une. Il occupait le même emplacement que celui qui avait été dévolu à l'accident de Chapman cinq ans plus tôt. A présent, ils étaient morts tous les deux, à croire qu'ils s'étaient annulés l'un l'autre. Je me demandai si la réputation de Chapman survivrait à la révélation des véritables circonstances de sa mort, qui surviendrait le lundi. Non qu'il y accordât désormais la moindre importance. Où qu'il se trouve, il pouvait continuer à bercer ses rêves de grandeur. Lui,

Briles et Contini, ils pouvaient tous continuer à rêver jusqu'à la fin des temps.

A un moment donné du petit déjeuner, je décidai de me débarrasser du chèque que Chapman m'avait donné mercredi. Je me rendis compte que je ne voulais pas que son argent me nourrisse et paye mes cigarettes au cours des prochaines semaines. Je ne voulais ni me sentir lié à lui ni avoir l'impression de lui devoir quelque chose. Il s'était servi de moi comme d'un pion et je désirais effacer le rôle que j'avais joué dans sa stratégie suicidaire. Richie pourrait peut-être utiliser l'argent pour s'offrir une escadrille de luges en vue de sa nouvelle vie dans le New Hampshire. Il n'aurait pas besoin de savoir d'où il venait. Je réglai l'addition du petit déjeuner puis me mis en route pour une longue excursion jusqu'à mon bureau et au chèque qui s'y trouvait. J'étais heureux de savoir à nouveau ce que je faisais, heureux de marcher vers un but. Le soleil du petit matin apparut au-dessus des immeubles comme l'œil injecté de sang d'un cyclope.

Judy Chapman était assise dans mon bureau quand j'y pénétrai. Vêtue d'un pantalon blanc et d'un chemisier turquoise imprimé, elle manipulait son briquet d'un air absent tout en regardant fixement la suie sur les vitres opaques. A chaque fois que je l'avais vue cette semaine, elle portait une tenue différente et tout tombait parfaitement sur elle. Elle ne savait pas être moche. Elle se tourna en m'entendant entrer et m'adressa un dc ces sourires qui vous font croire qu'il ne pleuvra plus jamais jusqu'à la fin de vos jours. C'était le fameux lendemain matin que nous avions raté la veille. Je lui rendis son sourire et allai m'asseoir derrière mon bureau. Je me sentais si fatigué que je savais à peine où j'étais. Au moment même où elle se déroulait, j'avais l'impression de revivre une scène du passé, l'impression que tout cela s'était déjà produit auparavant.

« C'est terminé, maintenant », dis-je. « Plus de police, plus d'avocats. C'est fini. »

« Je sais », dit-elle. « Burleson m'a appelée il y a quelques heures. J'ai essayé de te joindre chez toi, mais tu n'y étais pas alors j'ai pensé que je te trouverais ici. J'avais très envie de te revoir. »

« Briles est mort. »

« Je sais. Burleson me l'a dit. »

« Il s'est tiré une balle dans la bouche alors que j'étais assis à un mètre cinquante de lui. »

Elle frissonna.

« Je ne savais pas que tu y étais. »

L'idée que j'avais assisté au suicide semblait l'horrifier davantage que le suicide lui-même.

« J'y étais. Avant que ça n'arrive, Briles et moi avons eu une longue conversation. Il était toujours amoureux de toi, tu sais. Désespérément amoureux de toi. »

« Je ne voulais pas de cet amour. Tu t'en doutes. »

« Tu avais tort quand tu m'as dit qu'il n'était pas capable de jalousie. Il était fou de jalousie et il s'est transformé en criminel et en assassin parce qu'il pensait qu'il pourrait te reconquérir. »

« Ne parlons pas de ça, Max. C'est trop horrible. Je ne veux plus y penser. »

« Mais moi, je veux en parler », dis-je. « C'est important que nous passions tout ça en revue une dernière fois. »

Elle me regarda avec une sorte d'affolement. Les choses ne ressemblaient pas à ce qu'elle s'était imaginé et elle ne comprenait pas pourquoi j'insistais à ce point.

Je la blessais alors qu'elle était juste en train de se remettre d'autres blessures et je lisais la douleur sur son visage.

« S'il te plaît, Max », dit-elle. « Je préférerais éviter ça. Je veux faire des projets avec toi, quitter la ville et partir loin, rien que nous deux. Il faut que je récupère après cette… cette épreuve. »

« Je dois d'abord éclaircir certains points. Tu vois, j'ai le sentiment bizarre que Briles ne m'a pas tout dit et avant que nous partions où que ce soit ensemble, je veux savoir où je mets les pieds. Je veux dire, n'est-ce pas un peu troublant que tous les hommes de ta vie finissent par se suicider ? »

Elle me dévisagea un long moment, refusant de croire ce qu'elle venait d'entendre. Puis elle se mit à pleurer des larmes silencieuses qui sourdaient de ses yeux et roulaient sur ses joues, dessinant un réseau de prismes minuscules qui luisaient dans la lumière du bureau.

« Comment peux-tu être si cruel, Max ? Tu t'imagines que je n'ai pas de sentiments ? »

« Des sentiments, tu en as », dis-je. « Mais uniquement à ton endroit. »

« Et vendredi soir ? Ça ne signifie plus rien pour toi ? »

« C'est de l'histoire ancienne. A peu près aussi palpitant que ce que pensaient les dinosaures en s'enfonçant dans leurs mares de goudron. »

Ma brutalité la plongea dans un nouveau silence blessé et ses pleurs redoublèrent, comme si elle découvrait soudain qu'elle ne pouvait plus rien me cacher.

« J'aurais pu t'aimer tellement, Max », dit-elle. « Je t'aurais rendu si heureux. Mais tu as tout gâché. »

« Tu étais dans le coup depuis le début, n'est-ce pas », fis-je. « Tu t'es servie de Briles pour te débarrasser de George. Et tu savais que même si Briles se faisait prendre il ne révélerait jamais ton rôle dans l'histoire. Tu en étais certaine, hein ? Il était tellement fou de toi qu'il te suffisait de dire “ fais le beau ” pour qu'il le fasse. Il s'est tué il y a moins de douze heures pour te protéger et ta seule réaction est de refuser d'en parler. Eh bien, je veux en parler, moi, et tu vas m'écouter. C'est toi qui as dit à Briles d'envoyer Smart chez Charles Light et c'est toi qui l'as persuadé d'expédier cette lettre à George quand les choses ont commencé à traîner. Tu as promis à Briles de te remettre avec lui et il t'a crue. C'était facile, il ne valait pas cher à tes yeux. La seule chose qui comptait vraiment c'était de faire sortir George de ta vie une bonne fois pour toutes. Tu es allée jusqu'à t'offrir le luxe de le tenir informé de ce que tu préparais. C'était la base même de ton plan. Tu t'y es si bien prise qu'à la fin il ne lui restait plus que deux solutions ; te tuer ou se tuer lui-même. Si j'avais été à sa place, je t'aurais probablement étranglée de mes mains, mais George était un gentleman et tu le savais. Quel que soit son choix, il voyait bien qu'il était fini. Une vraie guerre des nerfs, pas vrai ? Tu n'arrêtais pas de lui répéter que tu allais révéler son secret et qu'il ferait bien de se dépêcher de se tuer avant qu'il soit trop tard. Et puis, Briles a envoyé la lettre et George a compris que l'heure était venue. Il t'a annoncé ce qu'il allait faire, comment il allait se tuer de façon à ce qu'on puisse croire que tu l'avais assassiné, et tu l'as mis au défi d'aller jusqu'au bout, n'est-ce pas ? Tu es restée assise là, dans la cuisine, et tu l'as regardé boire le poison, puis tu es sortie tranquillement sous le soleil de Lexington Avenue pour aller faire un peu de shopping.

Il y a eu des jours difficiles après ça, mais à présent tout est terminé et tu es tirée d'affaire. George est mort, Briles est mort et tu peux faire toutes les conneries que tu veux. Dis-moi un peu ce que ça t'a fait de regarder George boire le poison. J'aimerais savoir ce que tu as ressenti, ce qui t'est passé dans le crâne à ce moment-là. »

Tandis que je parlais, elle ne cessait de secouer la tête, sanglotant d'une manière incontrôlable. C'était comme si une part d'elle-même voulait rejeter la fureur de mes accusations tandis qu'une autre pleurait parce qu'elle savait que c'était impossible. Elle s'étranglait avec sa propre médiocrité, avalant tout le mal qu'elle avait fait à sa vie et lui trouvait le goût du venin. Elle garderait ce goût dans la bouche jusqu'à la fin de ses jours. Mes yeux restaient rivés sur elle, incapables de se tourner vers autre chose. C'était le visage de la mort qui m'avait poursuivi depuis le début et il était beau au-delà de toute imagination. Quoi qu'il puisse lui arriver, elle resterait belle.

« Tu ne comprends pas », dit-elle quand j'eus terminé. « Tu ne comprends pas, Max. C'était horrible. Je n'ai pas pu supporter de le voir faire ça. J'ai dû m'enfuir. C'était un cauchemar. »

Elle cacha son visage dans ses mains et continua à pleurer longtemps. Quand la crise fut passée, elle retrouva peu à peu sa contenance, tira un mouchoir de son sac et s'essuya la figure.

« Je suppose que tu n'as pas envie d'entendre ma version des faits, n'est-ce pas ? » murmura-t-elle.

« Non. Je ne veux plus rien entendre sur le sujet. »

« Peu importe que tu te trompes, que tu commettes une terrible erreur ? »

« Oui. Peu importe. »

Elle se leva, prononçant d'une voix contenue et impersonnelle :

« Envoyez-moi votre facture, monsieur Klein. Je vous ferai parvenir un chèque par la poste. »

« Vous ne me devez pas un sou », dis-je. « Nous sommes quittes. »

Elle me jeta un regard dur, cherchant sur mon visage une ouverture, un signe d'encouragement. Je ne lui concédai rien.

« Si jamais vous voulez connaître la vérité », dit-elle, « faites-le moi savoir. Je serai heureuse de vous la révéler. »

Puis elle quitta la pièce. Pendant quelques minutes, je me contentai de rester là, à regarder la porte, n'osant pas bouger de ma chaise, n'osant pas respirer. Puis je baissai les yeux et vis qu'elle avait oublié son briquet sur mon bureau. C'était comme si elle me disait qu'une partie d'elle-même était encore là, que je pouvais entretenir la flamme si je le désirais. Je ramassai le briquet et l'allumai. La petite flamme jaune donna une lueur pâle dans la lumière du matin. Je la regardai un long moment, si longtemps que je finis par ne plus la voir. Puis le métal commença à chauffer dans ma main. Quand il devint trop chaud pour que je continue à le tenir, je laissai tomber le briquet sur le bureau.

Je ne devais plus jamais la revoir.

Paul Benjamin, 1978.

SÉRIE NOIRE

Dernières parutions :

2180. — BE-BOP À LOLA . . . . *François Joly*
2181. — LE CARCAN . . . . *Bill Pronzini*
2182. — BAXTER . . . . *Ken Greenhall*
2183. — LA CHASSE AU BAHUT . . . . *Linda Barnes*
2184. — UN VIOLON POUR MOZART . . . . *Joseph Bialot*
2185. — L'INNOCENT AUX MAINS VIDES . . . . . . *John Lutz*
2186. — LES TROTTOIRS DE SANTA MONICA. . . . *Les Roberts*
2187. — L'EXTRÊME LIMITE . . . . *Peter Lacey*
2188. — QU'EST-CE QUE TU T'IMAGINES? . . . . . *Thomas H. Cook*
2189. — MONSIEUR MAJESTYK . . . . *Elmore Leonard*
2190. — J'AI DU GÉNIE. . . . . *Parnell Hall*
2191. — UN TRIO SANS ESPOIR . . . . *Teri White*
2192. — LA TRAQUE INFERNALE . . . . *Jimmy Sangster*
2193. — ARRÊTEZ LE FOLKLORE!. . . . . *John Douglas*
2194. — ADIOS PESETAS! . . . . *Jack Barnao*
2195. — C'EST PAS DU JEU! . . . . *Robert B. Parker*
2196. — POINT DE CHUTES . . . . *J. A. Jance*
2197. — HISTOIRES CHAUDES . . . . *Loren D. Estleman*
2198. — EH BIEN, CHANTEZ MAINTENANT! . . . . *Barbara Paul*
2199. — LE CINÉMA DE PAPA . . . . *Jean-Bernard Pouy*
2200. — LA SŒUR DE MINUIT. . . . . *Albert Marvin*
2201. — PIERRE DE SANG . . . . *Michaël Allegretto*
2202. — POLO ET SES POULAINS . . . . *Jerry Kennealy*
2203. — LE NOYÉ DE BEVERLY HILLS . . . . *E. V. Cunningham*
2204. — LA VIE EN ROUGE . . . . *Max Allan Collins*
2205. — RASTA BASTA . . . . *John Westermann*
2206. — LE BOUCHER DE CLEVELAND . . . . *Max Allan Collins*
2207. — BONNE CHASSE . . . . *Archer Mayor*
2208. — LES CORBILLARDS REVIENNENT À VIDE. *Julius A. Lion*
2209. — HISTOIRES POUR RIRE ET POUR PLEURER. *Bill Pronzini*
2210. — HAUTE COUTURE ET BASSES BESOGNES . *Thomas H. Cook*
2211. — DU PLOMB DANS LA TÊTE . . . . *James N. Frey*
2212. — SCOOP TOUJOURS! . . . . *Keith Peterson*
2213. — BALLES DE CHARITÉ . . . . *Gérard Delteil*
2214. — ON S'ÉCLATE?. . . . . *Loren D. Estleman*
2215. — LA NUIT DU SOUVENIR. . . . . *Joseph Bialot*
2216. — J'AIME LE MAUDIT!. . . . . *Peter Lacey*
2217. — UNE CAROTTE POUR LE BAUDET . . . . . *Les Roberts*
2218. — TROIS CARRÉS ROUGES SUR FOND NOIR. *Tonino Benacquista*

2219. — SANG POUR SANG. . . . . *Richard Martin Stern*
2220. — VENDETTA EN VENDÉE. . . . . *Jacques Syreigeol*
2221. — LA CHASSE AUX MARMOTS . . . . *Richard Harper*
2222. — LE SABRE ET LE VIRUS. . . . . *J. A. Jance*
2223. — LE POIDS DES MORTS! . . . . *Stuart M. Kaminsky*
2224. — PAS DE QUARTIER! . . . . *James E. Martin*
2225. — ROMPEZ LA GLACE. . . . . *Les Roberts*
2226. — MERCENAIRE À TOUT FAIRE. . . . . *Ted Wood*
2227. — LA MAFIA NE PASSERA PAS . . . . *Max Allan Collins*
2228. — LE POKER MORTEL . . . . *A. W. Gray*
2229. — LA SOUTANE EN PLOMB . . . . *Loren D. Estleman*
2230. — GARE AUX TONTONS TUEURS!. . . . . . . *J. P. Hailey*
2231. — LA DOULEUR DES MORTS . . . . *Hervé Le Corre*
2232. — REQUINS D'EAU TROUBLE . . . . *Robert Campbell*
2233. — LE RETOUR DE PERRY MASON. . . . . . . *Thomas Chastain*
2234. — LE FAUBOURG DU CRIME . . . . *Marx Richard Zubro*
2235. — LE PIÈGE AU JARDINET . . . . *Marie & Joseph*
2236. — LE PARADIS DES POULETTES. . . . . *Marvin Albert*
2237. — LA COURSE AU SAC. . . . . *Max Allan Collins*
2238. — LA RUE DES MAUVAIS ANGES . . . . *Gerald Petievich*
2239. — LE ROYAL BOUGNAT . . . . *Joseph Bialot*
2240. — À CLAQUER DES DENTS . . . . *Marcia Muller*
2241. — NUIT APACHE . . . . *Patrick Mosconi*
2242. — UNE MORT DANS LE DJEBEL. . . . . *Jacques Syreigeol*
2243. — AU PLUS NOIR DE L'HIVER. . . . . *Michael Allegretto*
2244. — PAS TOUCHE AUX PAPOUS!. . . . . *Riall W. Nolan*
2245. — DRÔLES DE COUPS DE CANIF . . . . *Lawrence Block*
2246. — LA TRAQUE AUX FANTÔMES. . . . . *Martin Blank*
2247. — L'HOMME AU MÉGOT. . . . . *François Joly*
2248. — TA LANGUE AU CHAT? . . . . *Karen Kijewski*
2249. — VOUS PARLEZ D'UNE PAROISSE!. . . . . . *Hillary Waugh*
2250. — UN TÉMOIN HORS DE PRIX . . . . *Jeffrey Ashford*
2251. — ÇA BROUILLASSE À FRISCO . . . . *Marcia Muller*
2252. — LA CHASSE À LA B.D. . . . . *Ron Goulart*
2253. — L'ŒIL ÉTAIT DANS LA BOMBE . . . . *Mark Schorr*
2254. — DERNIER CARAT . . . . *Les Roberts*
2255. — LA CONFIANCE RÈGNE. . . . . *Gérard Delteil*
2256. — LA MENTEUSE EST SANS PITIÉ . . . . . . *Loren D. Estleman*
2257. — ZAUNE. *Oppel*
2258. — LE CRÂNE EN FLEUR . . . . *Anne Wingate*
2259. — LES BAGAGES D'ICARE . . . . *Joseph Bialot*
2260. — MIRACLE EN VENDÉE . . . . *Jacques Syreigeol*
2261. — JACKPOT. . . . . *Bill Pronzini*
2262. — JE T'ATTENDS AU TOURNANT . . . . *Charles Williams*
2263. — LA COMMEDIA DES RATÉS. . . . . *Tonino Benacquista*

2264. — L'HOMME ZIGZAG . . . . *Marvin Albert*
2265. — GARE AUX GAILS . . . . *Michael Geller*
2266. — CIEL NOIR . . . . *Noël Simsolo*
2267. — LA POUPÉE PENDOUILLAIT . . . . *Robert B. Parker*
2268. — LE DIABLE EN ROBE BLEUE . . . . *Walter Mosley*
2269. — HISTOIRES DE FEMMES . . . . *Julius A. Lion*
2270. — UN FRAGMENT D'AGONIE . . . . *James E. Martin*
2271. — LA MORT PRÉFÈRE LES BLONDES . . . . . *Anne Wingate*
2272. — PERRY MASSON PERSISTE ET SIGNE . . . *Thomas Chastain*
2273. — LES ANGES MEURENT AUSSI . . . . *Alain Bellet & Frédéric Larsen*
2274. — FUGUE EN TUEUR MAJEUR . . . . *Teri White*
2275. — LES VOYAGES DE NICK POLO . . . . *Jerry Kennealy*
2276. — VENEZ VOIR LES CADAVRES, MESDAMES. *Marie & Joseph*
2277. — LA PEAU DU VENTRILOQUE . . . . *Ron Goulart*
2278. — FANTASIA À L'OPÉRA . . . . *Stuart M. Kaminsky*
2279. — LA FOURMI QUI ABOIE . . . . *Charles West*
2280. — UNE BONNE ANNÉE POUR LES ROSES . . . *Mark Timlin*
2281. — ET RODRIGUEZ, ALORS? . . . . *Bill Albert*
2282. — L'ARGENT DU TURC . . . . *Arthur Lyons*
2283. — LA POUPÉE QUI TUE . . . . *John Lutz*
2284. — LE CHERCHEUR D'OR DORT . . . . *Douglas McBriarty*
2285. — LE SERPENT À PÉTROLE . . . . *Les Roberts*
2286. — CASSEZ PAS LA CASSETTE! . . . . *Albert DiBartolomeo*
2287. — PIRAÑA MATADOR . . . . *Oppel*
2288. — COSMIX BANDITOS . . . . *A. C. Weisbecker*
2289. — UN TICKET POUR LA MORGUE . . . . *Lawrence Block*
2290. — LA BELLE DE FONTENAY . . . . *Jean-Bernard Pouy*
2291. — LA GRENOUILLE AUX PATTES D'OR . . . . *Jonathan Fast*
2292. — UN PASSÉ PAS SI SIMPLE . . . . *Robert B. Parker*
2293. — LE BOUCHER DE CHICAGO . . . . *Robert Bloch*
2294. — CONFIDENCES SUR L'ESCALIER . . . . . *Pascale Fonteneau*
2295. — FAUSSE BALLE . . . . *Paul Benjamin*

Prochain volume à paraître :

2296. — VALDEZ EST ARRIVÉ! . . . . *Elmore Leonard*

Cet ouvrage a été composé
par l'Imprimerie Bussière.
Reproduit et achevé d'imprimer sur Roto-Page
par l'Imprimerie Floch à Mayenne
le 20 mars 1992.
Dépôt légal : mars 1992.
Numéro d'imprimeur : 32274.

ISBN 2-07-049295-8 / Imprimé en France.